請待在有光的地方

光のとこにいてね

一穗ミチ
Ichiho Michi
——著

繁體中文版作者序

願每個人的生命中，都照進這樣的光

當我還是個名為小孩的、不自由的生物，一到傍晚就必須和最喜歡的好朋友道別回家，總是讓我好悲傷。明明還想再相處更久一點，明明大人到了晚上都還是可以和朋友聊天、可以去自己想去的地方。可是長大成人的我，卻不再用兒時那樣的熱情去追求哪一個朋友了。大家各有各自的事業和家庭，偶爾能享受短暫的交流便已經足夠，我們在聚會後乾脆地回到只屬於自己的日常。「下次再約哦」、「改天再一起吃飯」，這些模糊的約定即使不能實現也無人介意。該思考的、該處理的事情都堆積如山，無暇將時間和熱量撥付給友誼，這才是我們的現實。我並不因此渴望回到不自由的童年，但仍然不時懷念當時的那種心情。

如果緊抱著不自由的愛長大成人，會怎麼樣呢？不自由當中，存在著不受任何人侵犯的自由；從自由當中，也會催生出新的不自由——在這兩者之間，我們該如何折衷妥協？不自由並不必然是一種不幸，同時自由也不一定能保證幸福。這個故事中登場的兩個女孩，因為彼此的不自由而結下緣分，逐漸長大成人，緊抓著我曾經自然而然捨棄的那些事物，絕不放手。有人說她們單純美好，也有人說她們自私妄為、偏差扭曲。對作者而言，她們「就只是這樣的女孩」，僅此而已。

書寫這篇序文的現在，臺灣才剛發生一場大地震，在此向受災民眾致上由衷的慰問。日本今年的地震也特別多，從元旦石川縣那場地震開始，好幾次都教人提心吊膽。

日常脆弱地土崩瓦解，與重要之人的離別總是突如其來。無論體認過多少次世事無常，也不會有習慣的一天，我們將重新受無數次的傷，每一次都猶如初見。但正因身處於黑暗之中，我們才明白洩漏進來的一線微光有多美，也能在眼瞼內側反覆描摹著那一縷光，行過幽暗之地。即使那是唯有自己能看見、只對自己有價值的事物也無所謂——願每個人的生命中，都照進這樣的光。

一穗ミチ

CONTENTS

第一章

羽翼之處

週一學鋼琴，週二學游泳，週四學書法和英語會話，週五學芭蕾。週三不上才藝課，在家寫完功課之後念函授的講義，溫習鋼琴。自從升上國小以後，我的行事曆就被這樣周而復始的行程填滿。

然而升上二年級，黃金週過後的某個週三，媽咪突然在放學後說「妳也一起過來」，讓穿著制服的我坐上車。車子開了三十分鐘左右，媽咪把車停在收費停車場，牽著我的手又走了二十分鐘。停車場四周大多是沉重巨大的四方形建築物，看起來像工廠或倉庫，但走著走著便來到了一條擠滿小公寓和獨戶建築的街道，就好像周遭的景物縮小了一樣。是要去誰家拜訪嗎？我東張西望，但媽咪沒有停下腳步，最後到了一個四處都是空地的荒涼地方，空地上長著稀稀疏疏的草，還豎著大牌子（上面寫著我看不懂的字，還有不知哪裡的電話號碼）。好幾棟形狀相同的建築在眼前排成一整列，周遭圍著柵欄。那也是住家嗎？光滑的淺藍色外牆，還有它側面寫著的數字都讓我沒來由地害怕。我家是有院子的獨戶住宅，班上小朋友也大多住在類似的房子裡。

「這裡是哪裡？那是什麼？」

或許是對我停下腳步感到不耐煩，媽咪緊緊握住我的手：「這裡叫做『公寓社區』，是媽咪朋友的家。」媽咪說著，用力拽著我往前走。

「妳知道媽咪在當志工吧，今天也是來做志工活動的。」

媽咪在老人家住的設施，還有爸比工作的那間醫院當朗讀志工。

「要讀書給別人聽嗎？」

「對。」

媽咪簡短答道，便不再看我，這是「不要再說話，也不要多問」的信號。公寓社區的建築物從「1」編號到「10」，「5」和「6」這兩棟建築物之間有一座由柵欄隔開的小公園，裡頭只有沙坑、單槓和時鐘，時鐘指針指在四點前的位置。還來不及仔細打量，我就被媽咪拉著走進寫著「5」的那棟建築物。裡面沒有電梯，兩戶人家的玄關門隔著狹窄陰暗的樓梯彼此相對，有掛著名牌或可愛門牌的人家，也有信件從信箱裡滿溢出來、擠得像一捧花束的人家。門板是混合了淺藍和綠色的奇怪顏色，銀色的門把看起來冰冰冷冷。媽咪沿著之字形的樓梯一口氣爬上五樓，站在一扇除了寫著「504」的牌子以外空無一物的門前暫時喘了口氣，牽著我的手心裡溼漉漉地流著汗。媽咪伸出指頭按了門邊的按鈕，便響起一聲尖銳的「叮咚」聲，聲音比我家的電鈴更大、更刺耳，我開始擔心左鄰右舍的人聽了都會跑出來。

門把發出吱軋聲轉動，門板打開一道細細的縫，一個不認識的男人露出臉來，我嚇了一跳，躲到媽咪身後，雙手緊緊揪住制服帽子的圓形帽簷。

「你好歹也上個鎖吧，太不小心了。」

媽咪看也不看我一眼，神態自若地對那個人開口。她跟爸比或哥哥說話、跟游泳課教練和宅配叔叔說話用的都不是這個聲調，而是像草莓果醬沾在湯匙或餐刀上那樣的聲音，甜甜地黏著耳朵，抹也抹不掉。

「這種房子裡哪有什麼好偷。」

「即使沒什麼值錢東西也該小心呀。反正你一定又通宵喝到早上了吧，臉色真差，再像以前那樣被救護車送去醫院也無所謂嗎？」

「真囉嗦。」

男人答得很不客氣，我第一次聽見有人用這種語氣跟媽咪說話。男人的鬍碴、蓬亂的頭髮和充血的眼白，以及自屋內流出的滯悶空氣全都教我怕得雙腿發軟。媽咪不以為意的態度也讓我害怕，但她卻強硬地把我從身後拉出來說「就是這孩子」，讓我在男人面前站好，像要把我遞出去一樣。

「跟人家打招呼。」

「我叫小瀧結珠……」我用細如蚊蚋的聲音報上名字。男人低頭看著我，打量了一陣後「嘿」地從鼻子裡笑了一聲。

「這麼小聲，妳沒給這小鬼吃飯？」

「她怕生啦。」

媽咪泰然自若地回嘴，好像一點也不怕那個男人，句尾的「啦」帶著一點親暱隨興的鼻音，媽咪平常絕對不會這樣說話。她好像絲毫感覺不到我的不安。

「因為是女孩子，平常都被寵著呢。來，再說一次。」

媽咪用手掌拍了我的背一下，但我說不出話來。也許是對我不大感興趣，男人很快便抬起臉說：「不用啦。」從他下巴突出的幾根長鬍鬚和鼻孔都黑壓壓的。

「小結珠。」

男人突然這麼說，語氣聽起來不像是想跟我說話，只是想喊我的名字，所以我沒有回答。

「快快樂樂生活，好好長大吧。」

在我不知該如何回話的時候，媽咪再一次把我拉到身後，手搭上門把，大幅打開門扇，往室內踏出一步。「結珠。」她沒有回頭，對著驚訝的我這麼說：

「媽咪在這邊有事情要忙，妳下樓去，在我們剛剛上樓梯的地方等，媽咪大概過半小時就去找妳。是一樓哦，不要亂跑。公園裡有時鐘，妳會看時間吧？有人跟妳搭話也不要回答，如果對方還繼續糾纏，妳就打開防身警報器。」

「妳要做志工活動？」

「對。」

男人學著我的語氣說「妳要做志工活動？」然後突然高聲大笑起來，他被媽咪的背影擋住，我看不見他的表情。「不要那麼大聲。」在媽咪尖銳的聲音之後，大門發出我從沒聽過的巨大聲響「砰」地關上，笑聲聽起來遙遠了一些，但還聽得見，在媽咪喀嗒一聲鎖上門之後也一樣。

我一步一步走下樓，來到大門入口的集合式信箱旁邊，在通往一樓住家的幾階樓梯上坐了下來。弄髒制服說不定會被媽咪責罵，但也是媽咪沒給我時間換衣服的，而且在這種奇怪的地方站著等三十分鐘，感覺就像被罰站的小孩一樣，太丟臉了。媽咪為什麼要念《活了一百萬次的貓》和《清秀佳人》給那種大叔聽呢？

我抱著膝蓋，動也不動地坐在原地，感受到制服裙子口袋裡那顆鵝卵形防身警報器的重量。這是我升上國小時拿到的東西，顏色是灰濛濛的粉紅色，我不喜歡。據說只要拉動繩子，警報器就會發出響亮的聲音，但我一次也沒用過。萬一有陌生人跟妳搭話、萬一有陌生人跟著妳、萬一有陌生人觸碰妳……這些「萬一」都很可怕，可是碰上那些「萬一」的時候，無論警報器的聲音有多響，媽咪可能也不會趕到我身邊來的想像更教我害怕。

眼前這座公園裡空無一人，也許是因為沒有鞦韆也沒有溜滑梯，所以沒有人想來吧。豎起耳朵，能聽見不知哪裡傳來孩童的嬉戲聲、大人的說話聲、廢棄物回收的廣播聲，但我所在的這一帶卻靜得聽不見任何聲響。把耳朵貼在淺藍色的牆壁上，堅硬的觸感讓耳垂冰冰涼涼的。我坐在陰暗的樓梯間，看著階梯上磨損的防滑溝和水泥的裂隙，心裡越來越寂寞，好想跑到明亮的地方去，呼吸陽光下柔軟暖和的空氣。在這裡動也不動地坐著，感覺身體都快縮成一塊石頭了。陌生的公園感覺就像是屬於別處小孩的地盤，踏進其中雖然讓人緊張，但現在沒有任何人在，我可以練習勾膝上槓。沒關係，只要在媽咪下樓之前回到這裡就好。我這麼說服自己，站起身跑了出去。

就在這時候，對面公寓的陽臺映入視野。

在五樓最邊角的一戶，有個看起來年紀和我差不多的女孩子，把整個身體都探出了扶手外側。就像吊單槓做前迴環的時候一樣，她把手臂撐在欄杆上，身體離地，看得我倒抽一口氣。我環顧左右，不見半個人影，一時間伸手想去拿口袋裡的防身警報器，但一想到實際拉響它之後警報聲會如何響徹這座安靜的公寓社區、被媽咪發現我不聽話到處亂跑之後會怎麼樣，我就怕得不敢拉動繩子。而且，要是嚇到那個女生，說不定反而更危險。我不知所措，戰戰兢兢地往那座陽臺底下走近，仔細一瞧，那個女孩子扭著頭往旁邊看，好像在窺視隔壁家的陽臺。

她想做什麼？我移不開視線，這時咻地颳起一陣強風，女孩的長頭髮像鯉魚旗一樣在風中鼓動，好像隨時都要被吹上天空，看得我心臟撲通撲通跳。我只能呆站在原地往上看，那個女生注意到我，朝我看了過來。

事後回想起來，我也不曉得自己怎麼會這麼做。在四目相對的瞬間，我朝著五樓的陽臺，極盡可能伸長了雙手，像在說，下來吧。張得太開的手指隱隱作痛，我朝著指尖另一端的她伸出手，毫不猶豫。那女孩用一雙細瘦得彷彿隨時都會折斷的手臂支撐著身體，朝下俯視著我。

感覺就像有某種東西要掉下來了一樣，又或者是有東西要往上升呢？就像仰頭看著雪花飄落的時候，那種分不清上下的感覺。我感到目眩，緊緊閉上眼睛，這時有什麼東西滴在我額頭上。天氣這麼晴朗，卻下雨了嗎？我睜開眼睛用手指去抹，觸感滑滑的不像雨水，我的指尖被染上了紅色。我趕緊抬頭往陽臺看，但那裡已經空無一人。薄紗窗簾在敞開的紗窗內側飄動，剛才聽過的響亮關門聲「砰」地傳來。過不久，一個氣喘吁吁的女孩子出現在我面前。一頭蓬亂的長髮留到腰際，穿著一件好像只拿個大布袋剪開孔一樣沒有花紋、沒有鈕釦，也沒有緞帶的衣服，腳底下踩著一點也不合腳的成人涼鞋。

「對不起。」

那女孩每次起伏著肩膀喘氣，就有紅色的液體從她下巴滴滴答答流下來。

「我嚇了一跳，不小心流鼻血了。」

她說著，用手背來回去揉，從鼻子下方到嘴邊都像塗了口紅一樣被抹成一片紅色，我急忙阻止她。

「不行。不可以揉，那個……」

「果遠。」

那女孩說。

「我叫校倉果遠。」

我唯一的朋友，是隔壁家的「小綠」。小綠是隻鸚鵡，住在鳥籠裡，牠真正的名字是「小嗶」，但看牠黃綠色的羽毛很漂亮，我便擅自幫牠取了「小綠」這個名字。

隔壁只住著一個女人。我出門到托兒所或國小上課的時候，常常和那個正好回家的大姊姊擦肩而過，她手上提的便利商店塑膠袋總是透出罐裝啤酒的金色。然後大概到晚飯時間，隔壁家的門會打開，緊接著響起高跟鞋叩叩叩走下樓梯的腳步聲。看到那個大姊姊，我才知道原來也有晚上出門、早上回家的工作。她染著一頭像稻草一樣乾巴巴的金髮，兩隻耳朵戴著叮鈴噹啷的大耳環，到了夏天會穿上肩帶細到快斷掉的洋裝，大片裸露的背後畫著一隻藍色孔雀。我覺得好漂亮，但不曉得為什麼，媽媽總是叫我「不可以看」。

大姊姊大部分時候都臭著臉看也不看我，偶爾卻會說上兩句「要上學啊？」、「路上小心車子哦。」她會在薄薄的牆板另一側，用溫柔的聲音喊著「小嗶」。聽見小綠片片斷斷地叫著「小嗶」、「早安」，總讓我鬆一口氣。但大姊姊心情惡劣的時候會翻倒家裡的東西，和經常到她家玩的那個男人彼此大吼大叫，這時候小綠一叫，大姊姊就會罵牠「你好吵！」把牠連同整座鳥籠扔到陽臺。小綠在狹小的籠子裡拍打著翅膀，叫著「小嗶」、「你好吵」，我只能祈禱小綠不會再遭到更過分的對待。

可是，也只有在大姊姊像這樣嫌棄牠太吵的時候，我才能隔著陽臺的隔板見到小綠。我把身體探出欄杆往隔壁看，小聲叫了聲「小綠」，小綠便站在棲木上歪著頭對我嘰嘰喳喳叫了幾聲，回了我一句「小嗶」。牠不願意記得「小綠」這個名字。大姊姊有時會在房間裡，哭著說「小嗶對不起」。想像背上養了隻小孔雀的女人獨自抱著鳥籠道歉的情景，我就覺得有點可憐，即使大姊姊有時候欺負小綠，我還是無法討厭她。
我的寶物是小綠的羽毛，是從陽臺隔板底下悄悄溜進我家這一側來的美麗掉落物。有一陣子公寓社區裡的小孩很熱中於一種叫做「塔麻可吉」的電子寵物蛋，我連那種玩具在玩什麼都搞不太懂，所以不覺得想要也不羨慕。欣賞小綠毛茸茸的羽毛，拿它搔著自己的手背或臉頰，癢得發笑，對我來說還更好玩。我曾經嚮往繪本上讀到的羽毛筆，於是拿黑色蠟筆用力把羽毛根部塗黑，試著拿它在日曆背面塗塗畫畫，但不太成功。不過我也沒有想寫信的對象，所以沒關係。學校、公寓和小綠，就是我世界的全部。
所以那天一回到家，我也馬上先探頭往陽臺看，發現隔壁陽臺上放著鳥籠，立刻丟下書包去叫了聲「小綠」。
「我回來了。」
「小嗶。」
「小綠，你好嗎？」
「早安，小嗶、小嗶。」
小綠聽不懂我說的話，只是聽到聲音而鳴叫而已。不過小綠不會無視我，也不會說傷人的話，這就足夠了。
「小綠，你好乖。」
我雙手撐在欄杆貼近隔板的地方，「嘿」地撐起身體，觀察小綠。比起踮腳尖，這個姿勢能看得更清楚。小綠在小小的籠子裡啪噠啪噠拍著翅膀，感覺像高興，也像在抗議。

「小嗶，好想見、好想見你。」

「想見誰？」

「好想見你──」

「小綠，你想去見朋友嗎？」

我想跟小綠玩耍，但小綠說不定想和其他小鳥一起玩。牠一定很想離開這座鳥籠，到外面自由飛翔吧。

我看向天空。一陣強風把我的頭髮吹得在風中鼓動，如果這是翅膀的話，我就能飛了──我邊想邊往下看，這時注意到有個人影獨自站在樓下。那是個女孩子，一身紅色系的衣服和帽子，那是誰？我沒見過這個女生。

那個女生也看著我。然後，她直直朝我伸出雙手，像在說，到我這裡來。

小綠用比剛才更高亢的聲音叫著「好想見你──」，握著欄杆的手傳來撲通、撲通血液流動的脈搏聲。為什麼呢，我明明不害怕，也一點都不緊張。

鼻腔深處突然一陣涼意，比鼻水更稀的東西流出來，當我意識到發生什麼事時，已經有幾個紅點掉了下去。糟糕，我流鼻血了。我在驚嚇或生氣的時候很容易流鼻血，血說不定滴到了樓下那個女生。我十萬火急地跑回房間，套上媽媽的涼鞋就往外跑。快點、快點，不然那個女生說不定就走掉了。不知為何，我急得像熱鍋上的螞蟻，也沒捏住鼻子，就三步併作兩步地衝下樓梯。那個女生還在那裡，一臉驚訝地看著我。她的額頭上沾到了血，所以我先說了句「對不起」。

「我嚇了一跳，不小心流鼻血了。」

我用手背往還在流血的鼻子底下揉了揉，被那個女生制止了。

「不行。不可以揉，那個……」

「果遠。」

我說。

「我叫校倉果遠。」

不曉得她念哪一間小學，我在公寓社區沒看過這身制服。她從制服外套口袋裡拿出衛生紙，給了我一張。

「塞在鼻子裡。」

「嗯。」

我把衛生紙揉成一團塞進鼻子，那女孩便安心地點點頭，又抽出一張衛生紙把自己的額頭擦乾淨，然後像大人一樣做了自我介紹。

「我叫小瀧結珠，七歲，念國小二年級。果遠，妳念幾年級？」

除了媽媽以外幾乎沒有人用名字叫過我，我心跳加速，小小聲地說，我也是。

「我和結珠妳同年級。」

「這樣呀。」

太好了，她沒有露出厭惡的表情。喊她名字她沒有生氣，讓我鬆了一口氣。

「結珠，妳不是這座社區的人吧？是從哪裡來的呀？」

「我從滿遠的地方搭車子過來的，現在在等媽咪把事情辦完。」

在那裡，她指向對面的五號棟。

「那要不要來我家玩？」

我緊張地提出邀請，但結珠果斷地搖搖頭說「不用了」，我瞬間對自己感到羞恥。就算找她到家裡來，我也端不出果汁招待她，家裡也沒有遊戲機或洋娃娃可以玩。可是，結珠好像不是因為我太不知分寸才拒絕的。

「我必須等媽咪回來，其實媽咪交代我不能離開樓梯那邊的。」

「她什麼時候會來？」

「大概再二十分鐘吧。」

結珠看起來有點坐立難安，五號棟的樓梯明明就近在旁邊而已。我還想跟結珠多說點話。

「這樣時間還很多喲。」

「嗯……但是媽咪說不能亂跑，我還是先回去了。掰掰。」

不能再做那麼危險的事情囉——她像個大姊姊一樣交代過我，便轉過身去，走到五號棟三號房和四號房之間的樓梯前方拘謹地坐下，像隻乖巧的小貓。

我放棄說服她，回到家之後在洗手臺前拔掉塞在鼻子裡的衛生紙，把手指伸進鼻孔裡轉了一圈，血液乾燥後的粉末便從裡頭掉下來。我用手迅速把它們拍掉，走出陽臺去尋找結珠的身影，但從我家這裡看不見她。過不久我就分了心，開始看起天上的雲朵和扶手上的鏽斑。自從結珠說「再二十分鐘」之後，也不曉得已經過了幾分鐘，結珠有辦法什麼也不做，就這麼乖乖在原地等待嗎？

我看著底下的公園，數著自己指紋的圓圈、摳著欄杆上的鏽斑打發時間，這時看見結珠從樓梯那裡走了出來。一個女人牽著她的手，那一定就是結珠的「媽咪」了。欄杆擋住了視線，我正想跳起來把身體探到扶手外側時想起了結珠剛才的提醒，於是只把臉貼到欄杆縫隙之間。

與其說牽手，結珠的媽媽更像是硬拉著結珠的手在往前走，結珠腳步匆忙地跟在後面，看了都擔心她會不會摔跤。結珠媽媽不曾回頭看她一眼，感覺就算結珠跌倒了，她也會把結珠繼續往前拖。

我在心裡默念著剛才沒說到的那句「掰掰」，結果結珠還真的抬頭往這裡看了過來。但那也只是短短的一秒之間，她馬上別開了視線，匆匆忙忙消失在我的視野之外。

回家的車上，媽咪說「今天的事情不可以告訴任何人哦」，我點頭說「好」。我坐在後座，看不見媽咪的臉，只能從後照鏡中看見她瞇細了眼睛。她是不是要說什麼了？我緊張起來，但媽咪到家之前都沒說半句話。那之後一天、兩天，隨著時間過去，那座公寓社區的記憶逐漸遠去。那個可怕的大叔，和名叫果遠的奇怪女孩子，說不定都不過是一場夢。像揉麵團一樣，我把只存在於自己腦袋裡的記憶反覆拉長、揉捏，對於它的真實性越來越沒有自信。

所以，當我下週三也被帶到公寓社區的時候，雖然害怕地心想「又來了？」，但同時也稍微鬆了一口氣，原來那不是夢。媽咪再一次爬上五號棟的五樓，按響門鈴，上次那個大叔從屋裡探出臉來。

「叔叔好。」

這一次我迅速打了招呼，以免被媽咪催促，大叔聽了微微揚起嘴角說：「乖孩子。」語氣聽起來一點也不像誇獎。我果然不喜歡這個人，我這麼想著低下頭，媽咪的聲音從髮頂落了下來。

「結珠，妳和之前一樣到樓下等我。」

我回答「好」，小心翼翼地走下樓梯，避免發出腳步聲。公寓社區真的存在，大叔也不是幻覺，那我下週也必須再到這裡來嗎？好討厭哦，我想。與其這樣，我還寧可媽咪多安排幾堂才藝課。可是我還只是國小二年級生，即使我說「我可以自己顧家」，媽咪也不會聽。如果可以不顧媽咪的意見，自己一個人決定事情，那會是什麼感覺？開心嗎？還是可怕呢？我邊想邊下到一樓，便看到果遠笑容滿面地站在那裡。

「結珠。」

她略微喘著氣，一上一下反覆踮起兩隻腳後跟，迫不及待地喊我的名字。知道這個女生也不是夢，我覺得好高興，因為連媽咪也不知道我遇見了果遠，這是只屬於我的秘密。果遠有點害羞地笑了笑，指向五號棟說：「我看見妳過來了。」

「妳又待在陽臺上嗎？」

「嗯，但我沒有做危險動作哦。結珠，上次妳也是星期三過來的吧，下週三也會來嗎？」

「我也不知道。」

我們在樓梯上肩並肩坐下。

「妳媽媽是來辦什麼事呀？」

「她說是志工活動，我也不清楚。」

「妳不會想問媽媽嗎？」

「我不敢問。」

「為什麼？」

「……很可怕呀。」

「她會罵妳嗎？」

「這個嘛……」

媽咪不會對我大吼大叫，不會打我，也不會罰我不准吃飯。她只要說一句「結珠，這樣不對吧」、「妳不要讓媽咪為難」，或是長長嘆一口氣，我的心臟就會撲通撲通狂跳，手指也動彈不得。「我媽媽也常常生氣喲。」果遠莫名開朗地說。

「她會說『妳吵死了，給我安靜！』，但明明就是我媽比較大聲。」

她滿不在乎的語氣讓我笑了出來。果遠那頭長髮坐著感覺會碰到地面，我告訴她「會弄髒哦」，她便用雙手草草將頭髮分成兩邊往前撥，從肩上垂到身前。

「妳不綁起來嗎？」

「我不知道該怎麼綁。」

我的頭髮是每天早上媽咪替我綁的，在鋼琴發表會或是特別的日子（到爺爺奶奶家的日子、爸比帶我們到餐廳吃飯的日子）還會繫上紅色緞帶。我坐在媽咪的梳妝檯前，因為「妳不要動哦」的一句話渾身緊繃，即使梳子勾到頭髮、髮夾尖端刮到頭皮，也都默默忍耐。

「我可以幫妳編辮子哦，妳家有沒有橡皮筋？」

「平常綁東西用的橡皮筋嗎？」

「一般的那種綁起來會痛，所以不行，要用專門綁頭髮的橡皮筋。」

「那沒有，我媽媽也都不綁頭髮。」

果遠的頭髮到處打結、亂翹，看起來好像平常都不梳整。我媽咪總是說，「結珠，妳要是在外面表現得沒教養，會丟爸比和媽咪的臉喲」，果遠的媽咪都不介意嗎？我媽咪看到果遠不曉得會說什麼，說不定會立刻牽著我的手走開，把她當成路邊小石子一樣視而不見。這想像使我內心沮喪起來，媽咪要是對果遠態度冷淡，我會很難過的，因為我已經喜歡上果遠了。剛才她笑得那麼開心，興奮得像隻搖著尾巴的小狗，一看見她的瞬間，我就知道這一整個星期她都在等我。不管是媽咪、爸比、哥哥，還是學校的老師和朋友，相隔一週見到我，都不會那麼高興。即使果遠只是太無聊了，我還是好開心。

「果遠，上週妳在陽臺上做什麼呀？」

「我在看隔壁的小綠。」

「小綠？」

「是一隻鸚鵡，牠的鳥籠有時候會被放到外面。」

原來是鸚鵡啊，真沒意思，我心想。又不是什麼罕見的動物，而且小鳥的嘴喙和爪子尖尖的，碰到人感覺很痛，我不太喜歡。

「鸚鵡學校也有吧？」

我念的那間小學裡養著鸚鵡、兔子和雞。

「有是有，但我又沒辦法靠近去看。」

果遠鬧彆扭似的回答。

「這樣呀？」

「只有高年級生才能當飼育股長……而且我一靠近，大家都會不高興。」

把臉埋在雙膝之間的果遠，看起來比迷路的小狗還失落。

「跟老師說吧？」

「老師也不太喜歡我，因為我媽會叫老師不要給我吃營養午餐。全班只有我帶飯糰去學校吃。」

「那是過敏吧？我們班上也有這種同學喲，不能跟大家吃一樣的食物，不然身體會不舒服。」

「過敏？我不太懂欸。我媽媽討厭『添加物』，也討厭魚和肉，她說那些東西有毒，不可以吃。」

「那妳沒吃過漢堡排，也沒吃過炸蝦囉？」

「嗯。」

果遠帶到學校的是一種叫「什穀米」的茶色飯糰（好像跟雜炊飯不一樣），點心吃豆渣餅乾或豆子。果遠家好奇怪哦，我這麼想著，但沒說出口。我們還是小孩子，所以就像我聽媽咪的話一樣，果遠也必須聽她媽媽的話。淋上番茄醬的漢堡排和沾滿塔塔醬的炸蝦比較好吃什麼的，不可以說這種多餘的話。

「果遠，我來教妳編辮子。」

「真的嗎？」

果遠唰地抬起頭重新看向我，雙眼閃閃發光，我鬆了一口氣。

「嗯，站起來吧。」

我們的身高幾乎一樣高。我將手伸向她留到肚臍上方的長頭髮，果遠擔心地問我：

「會不會臭？」

「咦？妳沒有洗澡嗎？」

「有洗！可是是用鹽巴和醋洗的……」

「鹽巴和醋都是用來煮菜的，洗頭髮應該用洗髮精和潤髮乳吧？」

「可是我媽媽……」

又是這句話。果遠的頭髮上確實有一股刺鼻氣味，但我毫不介意地用手指將它梳開。即使我勾到打結的頭髮，果遠也只是皺皺鼻子，什麼也沒說。

「像這樣，把頭髮分成三束，照順序疊上來就好了……妳看，很簡單吧？」

「真的耶。」

「如果一直編著辮子，解開的時候頭髮也會捲捲的，很好玩哦。」

我替她把右半邊的頭髮一路編到髮梢，果遠把那條辮子拉到面前，高興地直說「好厲害！」只是簡單的三股辮，明明沒什麼好厲害的呀。看著果遠的笑臉，我內心就像天空下起驟雨時那樣湧起層層疊疊的陰雲，厚重的烏雲灰撲撲的，雨水好像隨時都要掉下來。雖然覺得想哭，但那和鋼琴彈不好被老師訓斥的「難過」，還有媽咪對我拿到乖寶寶印章的圖畫看也不看一眼的「難過」都不一樣，我不明白這是什麼心情，也不曉得自己為什麼會這麼想。明明果遠笑得這麼開心，我也做了件好事才對。

「我來試試看，結珠妳要幫我看著哦。」

「嗯。」

果遠手指的動作有些遲疑，但還是努力編著剩下半邊的三股辮。看著她那副認真的模樣，我總覺得胸口的烏雲緊緊擰在一起，零零星星的雨點滴落腹中。果遠編好了辮子看向我，像在問我「怎麼樣？」那條辮子歪歪扭扭，到處都是翹起的毛髮，手法十分拙劣。

「編得很棒喲。」

果遠坦然接受了我的謊言，雙手珍重地捧起辮子。

樓上響起「砰」的關門聲，我的雙腿瞬間僵硬得像兩條木棍。叩、叩、叩走下樓梯的腳步聲，是媽咪。

「果遠，到那邊去，會被媽咪發現。」

我粗暴地推了果遠的肩膀一把，不知怎地腦中只有「絕對不能被媽咪發現」這一個念頭。幸好果遠沒有回嘴，迅速向後轉便衝了出去。唉，跑成那樣，辮子肯定一下子就散開了。明明是我自己趕她走的，卻覺得胸口發痛。隨著果遠的背影逐漸跑遠、媽咪規律的腳步聲逐漸接近，那陣痛楚越發強烈，與心臟的鼓動合而為一。

「結珠，回去囉。」

「好的，媽咪。」

媽咪什麼也不知道，不知道我那隻被她硬攥起來的手不久前才剛推過了果遠的肩膀，也不知道它碰觸過果遠的頭髮。

下週三，結珠也來到了五號棟。我堅信每週都見得到她，所以不像第一次那樣驚訝，只覺得好高興。

那天我自己編的三股辮馬上就散開了，但沒關係，編法我已經記了起來。我拜託媽媽「買綁頭髮用的橡皮筋給我」，結果媽媽說「搞那麼麻煩還不如剪掉」。

——過來，我現在就幫妳剪。

——不要！

難得結珠教了我怎麼綁辮子，剪短就綁不起來了。媽媽碎碎念著「妳到底是在哪學了這些多餘的東西」，她平常就是這樣子，我一點也不在意。我媽媽總是在生氣，但我不害怕她。結珠好像很害怕她媽媽。回想起她推著我的肩膀，說「會被媽咪發現」時膽怯的聲音，我突然覺得她有點可憐。

第三次和結珠見面的時候，她一看到我，就道歉說「對不起」。

「為什麼要道歉？」

「上次我推了妳的肩膀。」

「完全沒關係喲。」

結珠鬆了一口氣似的點點頭，然後忍不住笑出來：「妳那髮型是怎麼回事？」

「我在挑戰能編幾條辮子。」

我頭上綁了好多條比鉛筆還細的辮子，這髮型雖然被結珠笑了，但我不覺得丟臉。看到結珠的表情像三股辮散開一樣放鬆下來，我就覺得心裡癢癢的。她告訴我，只要把髮尾繞一圈塞進三股辮裡，即使不用橡皮筋綁起來也不容易散開，我得好好練習才行。

結珠從帽子底下露出來的頭髮很漂亮，辮子綁得整整齊齊地往上盤起。

讓我想起以前，住二號棟的紗由實媽媽烤給我們吃的蘋果派。餡上蓋著辮子紋樣的麵糰，還在烤箱裡就飄出香噴噴的味道，出爐的時候表面光滑油亮，現在回想起來還是感覺肚子都要叫起來了。可是，最後我還是沒吃到蘋果派，因為在紗由實媽媽切下一塊分給我之前，我媽媽就來了。

——不要讓我家小孩吃這種莫名其妙的東西。

媽媽站在打開的玄關門口，滔滔不絕地說起「白砂糖」和「添加物」、甚至是「接種疫苗」對「人體」的「危害」有多麼嚴重，還說守護孩子遠離這些東西是為人父母的責任，放任不管是一種「虐待」。紗由實的媽媽皮笑肉不笑地頻頻點頭說「是、是」，對我道歉說「不好意思呀，阿姨都不知道」，然後說了聲「再見」，把我送出門外，關上了門。比我大一歲的紗由實，臉上一直帶著尷尬的表情。

「結珠，妳吃過蘋果派嗎？」

「吃過喲，但我比較喜歡巧克力蛋糕。」

「我只吃過普通的蘋果，我媽媽也討厭蛋糕那些的。」

結珠偏了偏頭。「是哦……」她沉吟著點點頭：

「妳媽咪討厭的東西很多呢。」

我不太喜歡那些把媽媽稱作「媽咪」的小孩，這個叫法感覺黏答答的，讓我背後起雞皮疙瘩。可是結珠口中的「媽咪」咬字清晰，如果說其他小朋友的「媽咪」像軟趴趴的落花生，那結珠的就像富有彈性的葡萄一樣順耳。我喜歡結珠喊的「媽咪」，喜歡她戴起圓帽子、穿起筆挺的國小制服那麼適合，也喜歡她友善親切地對待我，從不對我說難聽的話，還教我怎麼綁辮子。

還有，也喜歡她第一次見面的時候朝我伸出了雙手。每次想起那時結珠張開到極限、彷彿就要裂開的十根指頭，和她認真的眼神，我總覺得自己真的掉下去好像也沒關係，結珠說不定會毫髮無傷地接住我——明明不可能有那種事才對。

「問妳唷，結珠，妳那時候站在陽臺底下，為什麼會伸手呀？」

「嗯——我也不知道，可能嚇到了吧。」

她有點難為情似的快速回答完，笑著說：「還好果遠妳沒有掉下來。」

「欸，我們去公園玩嘛。」

雖然沒有鞦韆也沒有溜滑梯，但總比坐在陰影處潮溼的樓梯上來得好。結珠低下頭，又抬起臉，來回看著她那雙黑鞋亮晶晶的鞋尖和那座公園。

「妳不想去嗎？」

「不是不想，可是我媽咪……」

「只要像第一次那樣馬上回來就好了呀，看著時鐘就沒問題。」

我鍥而不捨地試著這麼說，總覺得結珠也希望我說服她。最後，結珠終於帶著略顯緊張的表情「嗯」地點了頭。

「那就等我下週過來的時候。」

「不是現在？」

我想跟結珠一起去公園玩耍，即使只有一分鐘、三分鐘也好，所以聽了大失所望。公寓社區裡的其他小孩都排擠我，一個人玩太無聊了，我一直想著哪天要是交到朋友，就要結伴一起到公園去玩。

「我需要先做好心理準備。」

結珠正經八百地說。我不知道「心理準備」要準備什麼，得像遠足那樣拿好通知單和小冊子，事先準備要帶的東西嗎？雖然不知道，但我滿足於結珠願意傾聽我的願望，於是和她打了勾勾：「那就下週，約好囉。」

下一週，我從五樓走下樓梯，和等在一樓的果遠手牽著手，一步不停地跑進公園，因為要是停下腳步，我說不定又會脫口說出「下週再說」。果遠的手溫暖柔嫩，和媽咪那雙在夏天也冷冰冰的手完全不一樣。我們肩並肩坐在單槓上，用大人的視線高度環視周圍。雖然天氣陰沉，有點悶熱，但這座空無一人的公園是不屬於任何人的「地盤」，就像我們兩個人的庭園一樣，我的心情也豁然開朗。

「結珠，妳看。」

果遠雙手抱著膝窩，掛在單槓上一圈又一圈旋轉起來。要是放著不管，感覺她會一直轉下去。「會頭暈哦。」我擔心地阻止她。

「不會啦，結珠也一起玩吧。」
「現在穿著裙子，所以不可以，運動的時候要穿運動的衣服才行。」
「因為妳媽咪會生氣？」
「不只是媽咪，要是我穿裙子跳上跳下的，爸比也會說『這樣太粗野了』。」
「『粗野』是什麼意思？」
「嗯……就是沒規矩的意思。」
「結珠妳什麼都知道耶。」
「才沒有呢。」
果遠站在三架單槓裡最高的那一架底下，往上一跳抓住橫槓，大幅擺動著雙腿，讓整個身體前後搖晃。然後她突然放手，整個人便借勢飛出去，在一公尺之外落地。因為劇烈活動的關係，果遠沒有用橡皮筋綁起來的兩條辮子前端已經鬆開了。
「問妳哦，有爸爸在是什麼感覺？」
果遠回到我身邊這麼問。
「咦？」
「因為我家沒有爸爸。」
「為什麼沒有？」
「不知道，一直都沒有，我問媽媽，她也不告訴我。」
「咦，所以妳不知道自己爸比的名字，也不知道他長什麼樣子？」

「嗯。」

果遠答得乾脆，我不敢置信，如果是我的話，根本不敢把這種事告訴任何人。我家的爸比雖然每天都在我上床睡覺之後才回家，假日也經常出門，很少有機會見到他，但那和「沒有爸比」完全不一樣。沒有爸比卻連原因都不知道，如果是我的話會覺得好丟臉。可是果遠不一樣，我覺得丟臉的事她無所謂，我擁有的知識她不瞭解，我吃過的東西她沒吃過，她和我完全不一樣。可是我想，或許是因為完全不一樣，我才會喜歡果遠吧。假如她什麼都跟我一模一樣，那相處起來說不定很沒趣。

「我的爸比是醫生，他很忙，所以很少待在家。在家的時候，他會問我學校的課程和才藝課上到哪裡了、讀了哪些書之類的問題。」

「是哦。那妳有兄弟姊妹嗎？」

「有個哥哥，他現在高三，要準備考試，所以平常都在房間裡念書。」

「在學校以外的地方也在念書，好用功哦。」

其實在升上高三之前，哥哥就幾乎都待在房間裡了。偶爾在走廊碰見他的時候，即使我跟他打招呼說「早安」、「你回來了」，他也會視而不見地走掉。媽咪跟哥哥說話比較尊重，都叫他「健人哥哥」，總是耳提面命地告訴我「妳不可以打擾到健人哥哥哦」。哥哥就算把脫下來的襪子隨便亂丟，或是吃完飯不收碗盤，媽咪都不會生氣。

「這樣聽起來，有爸爸和哥哥好像也沒什麼意思耶。」

「才沒有那種事。」

我有點生氣。

「是嗎？」

「因為我有飯吃、能上學，都是多虧爸比在外面工作，而且哥哥也很會念書……」

「我也有飯吃，也能上學呀。」

「我和果遠不一樣。」

我忍不住語氣強硬地頂回去，從單槓上跳了下來，臉頰發熱。我剛才生氣了，因為自己被說得像果遠一樣而感到排斥，因為不想變成家裡沒有洗髮精、不能吃漢堡排和蛋糕的小孩。可是這是非常冷血的想法，怎麼辦？

「結珠？」

見我雙手緊緊握拳，果遠湊過來看著我的臉，向我說了聲「對不起」。

「妳生氣了嗎？對不起，我不會再說這種話了，妳不要生氣。」

必須道歉的是我，可是，要是把自己剛才的想法如實告訴果遠，果遠一定會不開心的。所以我搖搖頭，只回答她：「我沒有生氣喲。」

「真的？」

「真的。果遠，妳再示範一次剛才那招好不好，放開手跳得很遠的那個。」

「好呀！」

果遠興高采烈地跳上高高的單槓，比剛才更用力地晃動身體。咻、咻，鬆開一半的三股辮跟著搖晃，整雙都灰撲撲的運動鞋腳尖彷彿能搆到飛機雲。我看著果遠，看著天空，看著五號棟，看著媽媽所在的５０４號房陽臺。那裡堆滿了垃圾袋，令人不安。

「結珠，我要跳囉，看好了！」

果遠高聲說著，放開雙手。她的身體位在幾乎要迴轉到單槓另一側的高處，我倒抽了一口氣，張嘴想說「危險」，但已經來不及了。果遠呈現高舉雙手的萬歲姿勢，身體被拋上半空。那一瞬間，時間好像停止了，耀眼的太陽光從雲層間照射下來，投射出果遠的影子，就連她辮子鬆開的髮梢都能看得一清二楚。但是下一個瞬間，她已經在比剛才更遠的地方「噠」一聲落了地，看向我得意地笑了開來。

「好厲害。」

我說。

「果遠，妳好厲害。」

即使胸中的陰霾沒有消失，但多虧了果遠，陰雲之間似乎開了一個小縫，光從那裡洩漏下來。或許那道縫隙再過不久又會被堵上，但我決定好好記住果遠飛躍到遠處的模樣，還有她此刻開心的笑容。

結珠好像生我的氣了。雖然她人很好，馬上就跟我說「我沒有生氣喲」，但那時她臉上的表情好恐怖。不知道自己做錯了什麼，這一定是因為我太笨的關係。媽媽老是生氣地罵我「我看妳是白痴吧」，班上和公寓社區裡的小朋友也都罵我「笨蛋」。我已經習慣了，但萬一被結珠討厭、以後不能再一起玩，我會很難過的，所以下一次見面時，我跟結珠說：「因為我很笨，萬一以後亂講話又惹妳不開心，對不起呀。」結珠一聽，眉毛和眉毛之間都擠出了皺紋。

「為什麼要說這種話？果遠，妳才不笨。」

「可是大家都這麼說。」

「我不會這樣說。妳一下子就學會編辮子了，還編得很漂亮。」

被結珠一碰，我的頭髮看起來柔順又閃亮，好像髮質都變好了，一定是因為我心裡高興，所以每一根頭髮都開心。我鼓起勇氣，向結珠坦白一個秘密。

「那個呀，妳不要笑我哦……其實我不會看時鐘。」

「咦？妳說那個？」

結珠指向豎立在公園裡的時鐘。

「嗯。啊，數字我看得懂！三點、六點、九點好像也看得出來，但其他就不懂了。」

一年級的時候，我在數學課上發呆看著窗外的校園，結果老師不知不覺就講解完了。「大家有聽懂嗎？」周圍的同學們大聲說「有——」還有同學炫耀說「這些我三歲就會了」，我不敢說我沒有聽懂。

「這個我可以教妳。」

結珠從種樹的地方撿了一根細樹枝過來，在地面寫上數字教我看時鐘。一天是二十四小時，一小時是六十分鐘，一分鐘是六十秒。時鐘上的一天從兩根指針指著「12」的地方開始，時針會繞兩圈。短針表示「小時」，長針表示「分鐘」……老師的講解明明那麼無趣，結珠的說話聲卻毫無困難地傳入耳中，一下子就把那坨糾結成團的「我聽不懂」的絲線解了開來。

「果遠，這樣妳懂了嗎？」

「嗯。」

「那麼，現在幾點？」

我抬頭看向時鐘回答，心臟撲通撲通地跳。

「三點四十分。」

「沒錯，答得很好。」

結珠像真正的老師那樣誇獎我。

「那再過五分鐘，長針會指向哪裡？」

「九的位置。」

「答對了，果遠，妳已經會看時鐘了。我就說妳不笨吧？」

我沒有回話，目不轉睛地盯著時鐘看。我看得懂時鐘了，已經理解了時鐘上那兩根「一回過神就發現它們在動」的指針代表什麼意思！說不定我真的不是笨蛋。眼前的景象嘩地開闊起來，我突然覺得那兩根黑黑尖尖又冰冷的指針變得非常親切，因為它們隨時都站在公園，不眠不休地告訴我們現在幾點。

「好耶！好耶！」

我開心地蹦跳起來，結珠豎起食指「噓！」了一聲。

「太大聲會吵到鄰居吧。」

我停下動作，用氣音說：「結珠，謝謝妳。」這一次結珠笑著湊過臉說：「太小聲了，我聽不見啦。」結珠身上有其他家庭的味道，我突然想摸摸結珠的頭髮，就像她剛才觸碰我的頭髮那樣，說不定她也會和我一樣開心。

「結珠，我可以幫妳編辮子嗎？」

我在她耳朵旁邊問，結珠立刻退開，用手摀住耳朵。

「咦？」

「我想幫妳編辮子。」

「不可以。」

「可是，我已經編得很漂亮了吧？」

「這還用了橡皮筋和髮夾那些的，果遠妳綁不來。萬一頭髮散開，馬上就會被媽咪發現了。」

結珠的語氣嚴肅，我明白了無論拜託幾次應該都沒有用。我悄悄看向結珠從那頂貼著樹葉圖案紋章的帽子底下露出的後腦杓，三股辮被好多支髮夾固定得嚴絲合縫，我心想，結珠的媽媽顯然連她的一根頭髮都不允許它亂翹。

公寓社區的公園，成了只屬於我們的秘密基地。雖然一點都不隱密，卻是我們私底下不被任何人打擾的遊樂場。和果遠一起沐浴著午後明朗的陽光非常舒服，我們嗅聞手掌上摸過單槓之後帶有的金屬氣味，在草皮上尋找蟻窩，拔起雜草把草葉唰地縱向撕開，即使沒有遊戲機、沒有點心，也玩得很盡興。雲朵緩緩飄過天空，鴿子裝忙似的搖頭晃腦走過，沙坑裡的細沙偶爾有亮晶晶的顆粒混雜其中。只要兩個人一起，看見什麼都雀躍不已。我好喜歡白天越變越長的這個季節。

果遠的媽咪好像在超市工作。

「那間超市只賣一種叫做『有機食品』的東西，我們家吃的米都是那邊買的。雖然那些米都是棕色，但我媽說那是沒有使用『著色劑』的證據。」

「那妳放學回家之後，家裡都沒有人在？」

「嗯。」

「那才藝課怎麼辦？」

「我沒有上才藝課。」

「平常放學之後，妳在家都做些什麼呀？」

「在日曆背面畫畫。」

果遠繼續說下去。

「因為我負責每天撕掉一張日曆。一開始都會先畫有數字的那一面對吧？畫滿了再翻到背面，就覺得整張紙變得一片全白，很開心哦。」

她說她喜歡月初那幾天，因為空白的部分最多；假日的數字是漂亮的紅色，所以看了也高興起來；偶爾忍著不畫，等到累積兩、三張日曆紙再一口氣畫滿，就有難得奢侈一天的感覺……果遠說的這些我完全不懂，卻也覺得很有意思。我一直以為所有媽咪都總是在家，負責接小孩上才藝課，檢查作業、聯絡簿和隔天的課表。我覺得自己就像超市零食專區任你裝到滿的那種袋子，媽咪把她挑選好的東西往裡面塞得滿滿的，只要夾鏈袋的開口還關得上，即使擠到袋子鼓漲變形、隨時都會撐破也無所謂的透明的小袋子。

可是，我現在有了果遠這個連媽咪也不知道的秘密朋友。媽咪心中有她自己的秘密，我心中也有我的秘密。像顆蛋一樣揣著它令人害怕，同時又讓我充滿期待，就像是用力邋鞦韆，把身體盪得很高很高的那種感覺。要是這裡有鞦韆就好了。

「好好哦。」

果遠用指尖捏著我的制服裙襬喃喃說。

「我也好想穿穿看這種衣服。只要到妳們那間學校念書，所有人都能拿到這套衣服嗎？」

「嗯。」

我點了頭，但制服不是免費的，而且我隱約記得，上幼稚園的時候我和爸比媽咪三個人還一起接受過面試。果遠家沒有爸比，感覺好像也沒有錢。可是我說不出「妳不行的」這種話，所以轉而問她：「妳要穿穿看外套嗎？」

「不用，沒關係。」

果遠搖搖頭，三股辮的尾巴跟著搖晃。今天她只在後腦杓編了一條粗辮，果遠的辮子越編越漂亮，我看了很開心。

「因為，那件外套有可能是『化學纖維』吧？」

「化學纖維是什麼？」

「我也不知道，但我媽說她討厭『化學纖維』，內褲和襪子全部都要穿『有機棉』材質的才行。」

「為什麼不能穿化學纖維？」

「她說了一堆，但太複雜了，我聽不懂。」

聽慣了的「討厭」。我和果遠截然不同，卻有些地方非常相像：無論我們理解或不理解，媽咪訂下的規則都必須遵守。還有，我們不太清楚自己的媽咪喜歡什麼，卻對她討厭的東西瞭若指掌。

無論來到這座公寓社區幾次，結珠好像還是不太清楚她媽媽在做的「志工活動」到底是什麼。

——一到504號房，就會見到一個不認識的大叔，我每次都要跟他打招呼，但總覺得好可怕，我不喜歡他。而且大叔每次都只是朝我看一眼而已，為什麼非得跟他見面呢？

——要不然結珠，妳問問看妳媽媽吧？

——之前也說過了，我不敢問。

——為什麼？

——不敢就是不敢嘛。

我媽媽也從來不聽我說話，她動不動就生氣，有時候生起氣來也很恐怖。可是，結珠對她媽媽感受到的「害怕」，可能又跟我不一樣。

我媽媽會知道「志工活動」是什麼嗎？晚上，吃著什穀米配白蘿蔔煮豆子的時候，我試著問她。

「妳認識住在五號棟504號房的那個大叔嗎？」

媽媽從對桌轉動眼珠子瞪向我。

「為什麼問這個？」

「沒為什麼啊。」

「那個大叔對妳做了什麼嗎？」

「沒有啊，我只是突然有點好奇而已。」

我連忙用力搖頭。

「妳不要靠近他哦。那傢伙好像酒精中毒，老是渾身酒氣到處亂晃，有時候還聽到他嘴裡喊著莫名其妙的話。」

「酒精中毒是什麼呀？」

「妳不需要知道。總而言之，絕對不要告訴他，妳白天自己一個人在家。」

「那媽媽，我問妳哦，志工活動又是什麼？」

「偽善者的消遣。」

媽媽嫌麻煩似的回答。

「『偽善者』是什麼？」

「妳好煩啊，等妳長大就懂了，趕快給我去洗澡。」

我家的浴缸，必須要打開熱水和冷水兩邊的水龍頭，先確認過溫度適中才能開始放洗澡水。水開著不管它會滿出來，要是拖拖拉拉地不去泡澡，水也會涼掉。結珠告訴我，她家的浴缸只要按一個按鈕就會自己放水、關水，水放好了會響起音樂，水涼掉了還會自動加熱，所以隨時都能用溫度正好的水泡澡。而且浴缸很寬敞，雙腳都伸直了也碰不到另一端，淋浴還有各種選擇，分成強、弱，還有像霧一樣充滿整間浴室的蒸氣。結珠家簡直就像魔法屋一樣，我整個人坐進狹窄的深底浴缸心想。因為結珠住在魔法屋一樣的房子裡，所以她媽媽在做的「志工活動」，聽起來也像某種咒語。

偽善者的消遣。我模仿著媽媽剛才的語調，輕輕笑了出來。雖然不懂這句話是什麼意思，但我聽得出她在說壞話。媽媽微微撇著嘴角諷刺人的時候，看起來最漂亮。大概三歲還四歲時，我問過她：「我們家為什麼沒有爸爸？」媽媽回答：「因為他是個混帳。」

我到現在還是很喜歡她當時的表情。

我媽媽不像別人家的媽媽那樣化妝，也不精心梳理髮型，卻還是長得很漂亮。她臉上雀斑很多，頭髮每次都是自己隨便剪的，但即使如此，我知道公寓社區裡的男人們還是會斜著眼偷看我媽。在社區裡四處閒晃，各種小道消息和壞話都會自然而然傳入我耳中，好像誰也不在乎有沒有被我聽見，一定是因為大家都覺得我是笨蛋的關係。當女人們七嘴八舌地說校倉太太頭腦有問題、從來不幫忙社區事務的時候，男人們總是露出曖昧的笑容袒護我媽。

——我覺得她不是什麼壞人啦。

——她一個女人家孤零零地照顧小孩子，各方面都很辛苦嘛。

聽說，其中還有人特地跑去我媽工作的超市，買了價格高昂的「有機栽培米」，結果鬧到夫妻吵架。做出這種事只會讓我媽越來越孤立而已，他們明明都是大人了，怎麼會不懂這麼簡單的道理呢？我媽的口頭禪是「住在這裡的都是群討人厭的傢伙」，她有時候也會在浴室裡哭泣，可能是因為不喜歡任何人而傷心吧。

大人要不是很可怕，就是令人作嘔。至於小孩，男生會拿橡皮擦屑丟我，對我說「妳臭死了」，女生會刻意在我眼角看得見的地方交頭接耳、吃吃發笑。所有人都好討厭。我還算喜歡我媽，要是沒有媽媽在，我就沒飯吃，也沒得洗澡了，還是喜歡著她比較輕鬆。

我真正發自內心喜歡的，只有小綠和結珠——我看著自己像海帶芽一樣在熱水中搖曳的頭髮心想。在小綠之前還有一隻「小茶」，但牠現在不在了。

對我張開雙手的結珠；每週一次，只能在短短一段時間說到話的結珠；害怕「媽咪」的結珠。我好想再多跟結珠待在一起，要是能跟結珠上同一間小學該有多好。可是那樣的話，結珠說不定也會像其他同學一樣說我的壞話、嫌我笨。我沒有好吃的小點心可以分給結珠，也沒辦法像結珠教我編辮子、看時鐘那樣教她什麼。結珠跟我相處說不定馬上就厭倦了，再也不會跟我一起玩。

一這麼想像，我突然傷心起來，眼淚從比喉嚨深處更深的地方湧上來溢出眼眶，馬上滴進了浴缸，和泡澡水融在一起。在這之前，無論別人對我說什麼、做什麼，我從來都沒哭過。可是為什麼呢，只要一想到有可能被結珠討厭，我就覺得一切都完蛋了。「據說地球到了一九九九年就會滅亡！」一年級的時候，班上的男生吵鬧著這麼說，弄哭了幾個女生，老師生氣地告訴大家「沒有這回事」。當時我沒什麼感覺，只覺得未來的事情誰也不知道。但現在我懂了，要是結珠不在了，我一定會「滅亡」吧。我吸了吸鼻水，凝結在天花板上的水滴啪嗒滴上我的後頸，我「呀」地縮起脖子。

「果遠，妳還要泡多久！」

聽見媽媽不耐煩的聲音，我急忙回答：「現在就出去。」幸好眼淚已經不流了。

「我到504去看看好了。」

靠在公園圍籬上的果遠突然說出這種話來，我忍不住緊緊抓住她的手。

「為什麼？」

「因為很好奇嘛。啊，我不會現在去啦，等到結珠妳不來的日子，我再偷偷去偵察。」

她說出「偵察」這個詞的時候顯得有點自豪，可能是最近新學的詞吧，但現在我顧不得那種事。

「不行。」

我語氣強硬地這麼說。

「我不會去按門鈴啦，只是站在外面看一看而已。」

「不可以。」

我用雙手緊緊抓住果遠的手。即使我再怎麼阻止，感覺她還是會去，因為她是為了看隔壁家的鸚鵡，可以把身體探出陽臺欄杆外面的女生，是敢毫不猶豫放開單槓的女生。果遠有著某種敢在鞦韆盪到最高點時面不改色往下跳的、讓人捏把冷汗的危險氣質。

「不會怎麼樣的。」

「我都說不可以了。」

要是果遠見到了那個大叔，媽咪說不定會發現我的小秘密。不對，我在乎的不是這個。我不想讓果遠觸碰到那個大叔混濁的眼睛和粗暴的聲音，總覺得那會讓果遠沾上無論用醋還是用肥皂都清洗不掉的髒汙，我無法接受。

「妳不要這樣。」

我感覺到下眼瞼湧上一股熱流。看見我眼眶含淚，果遠慌張地不斷說「對不起」。

「我答應妳不去、不會去了。」

「真的？」

「嗯。」

我這才終於放開果遠的手，拿手帕按著眼睛。眼淚消退之後，我忽然難為情了起來，為了掩飾困窘，我挪動雙手彈起看不見的鋼琴。

「妳在做什麼呀？」

「練習鋼琴指法，複習前天教的東西。」

「兩隻手的手指可以分別做出不同動作耶，好厲害。」

果遠兩眼發亮地看著我的雙手，好像已經把剛才的事情全拋到腦後。「這沒什麼好厲害的。」我說著靠上圍籬，壓得它吱嘎作響。

「對了，有一首曲子叫做〈卡農〉哦。」

在發表會上，有上級生演奏了帕海貝爾的卡農。我喜歡它的開頭，像赤著腳輕輕踏入淺水灘。

「和我的名字發音一樣？[1]真的嗎？是什麼樣的曲子啊？」

我試著哼了一段，果遠偏了偏頭。

「沒聽過耶，結珠妳會彈嗎？」

「完全不會，我才剛學到黃色拜爾而已。」

「黃色拜爾？」

「就是像鋼琴教科書那樣的課本。」

我手指的動作已經不是在複習指法，只是胡亂在半空中舞動，果遠卻仍然看著我的指頭，像看著某種耀眼的東西。要是現在這裡有架鋼琴，刺耳的不和諧音馬上會拆穿我的謊言。

「等我練習到會彈卡農了，再當面彈給妳聽。」

儘管如此，我還是不由自主地在謊言之上編織另一個謊言。果遠家沒有鋼琴，我不可能邀請她到家裡來，我們也不念同一所學校。即使我真有一天學會彈奏卡農，也不會有能夠彈給果遠聽的一天。

我和學校裡的朋友也會立下不切實際的約定，像是「有一天我們一定要一起到朋友家過夜」，或是「以後一起去主題樂園玩吧」。這些約定沒有實現也沒關係，只是彼此口頭相約就很開心了，就像欣賞櫥窗裡的蛋糕一樣。然而現在，在我對果遠撒謊的瞬間，卻感覺到一種像薄紙或草葉割傷手指的痛覺。傷口細微得肉眼看不見，連OK繃都不需要貼，卻過了好久還是一抽一抽地發痛發癢。

「嗯。」

1 果遠（kanon），在日文中發音與「卡農」相同。

要彈給我聽哦，果遠笑瞇瞇地這麼說，我因此後悔剛才不應該隨口亂說話。我將手指緊緊捏成拳頭，掌心冒著汗，黏答答的很不舒服。六月也即將結束了。我已經換上了布料輕薄的夏季制服，果遠身上的衣服卻只有袖子長度改變。到了七月，第一學期[2]即將結束，然後暑假就要來了。我忽然想，暑假期間媽咪也會定期到這裡來嗎？

雖然對結珠那麼說，但我還是對五號棟的５０４號房好奇得不得了。我不明白結珠為什麼那麼拚命想阻止我，而且要是知道了５０４號房那個大叔的情報，結珠應該也會很高興吧。午休時在學校圖書室讀到的偵探故事非常有趣（我特別喜歡「偵察」這個厲害的詞），我很想自己冒險看看，而且也想為結珠做點什麼。

為了立刻把結果告訴結珠，偵察還在星期二進行。要是沒有任何發現，我就不提起這件事了。放學回家之後，我只跟正好出現在隔壁陽臺上的小綠說了聲「我出發了」，便走出家門。用麻繩掛在脖子上的家門鑰匙貼著皮膚，在我每一步走下階梯時跟著跳動。剛開始它還冰冰涼涼的很舒服，轉眼間就被我的體溫焐熱，再也不冰了。

下到一樓，我確認過附近都沒有人之後，一口氣從公園旁邊跑過去，衝進五號棟的入口。首先我調查了一下集合式信箱，但「５０４」的信箱沒有名牌，查不出大叔叫什麼名字。我們社區的公寓每層樓都有一號房到六號房，一號和二號、三號和四號、五號和六號彼此相鄰，中間都隔著一道樓梯。

我躡手躡腳爬上五樓，小心不發出腳步聲。５０４號房的門口果然也沒有門牌，我悄悄把一隻耳朵貼上鐵門。堅硬冰冷的觸感，還有沒編成辮子的頭髮沙沙的摩擦聲，除此之外什麼也感覺不到。我繼續偵察，輕輕推了推門板下方的郵件投遞口，洞口發出小小的「啪」一聲開了一條縫，房間裡的空氣流瀉出來。或許是我的錯覺，但總覺得那股空氣混濁溼暖，有點臭味。還有，絕不是錯覺的，聲音。

女人在哭的聲音。不，是好像在哭一樣的叫聲。我聽過養小綠的大姊姊房間裡傳出同樣的聲音，和單純的哭泣不同，聲音時高時低，有時候像在呻吟。聽到那個聲音總是讓我嘴巴裡湧出唾液，莫名感覺到類似動物園的氣味——就像現在。大姊姊的這種聲音不分早上中午晚上，每次媽媽聽到，總是瞪著牆壁嫌棄地嘀咕「差勁透頂」。

那種「差勁透頂」的聲音，從５０４號房的大叔家傳出來，而且比大姊姊房間聽到的更清楚、更大聲。我一隻手按住郵件投遞口的蓋子，蹲在那裡動彈不得。好恐怖，我不想聽，心臟一脹一縮地跳得好大聲，感覺就連在身體外側也能聽見，害我緊張得不得了。那陣叫聲就像在跟我的心跳聲比拚一樣越來越大聲，變得接近悲鳴。好恐怖，我緊緊閉上眼睛，這時聲音忽然停了下來。只能趁現在了，我得趕緊逃跑。

我迅速站起身衝下樓梯，再一次從公園旁邊跑進六號棟，上樓跑向自己家。明明流

2 日本採用三學期制，第一學期為四月到七月，第二學期為九月到十二月，第三學期為一月到三月。

著汗，手指卻像冷得要命的日子一樣不聽使喚，打不開鎖，我在家門口急得跳腳，好像用全身跳著奇怪的舞蹈。終於進到家裡，我一鎖上門、扣上門鏈，膝蓋忽然發起抖來，整個人癱坐在媽媽的涼鞋上面。要是那個大叔發現了我，一路追過來怎麼辦？萬一他跑到陽臺監視我怎麼辦？汗溼的衣服貼在背後，感覺好不舒服。

今天是星期二，不是結珠過來的日子，所以在那個房間裡的不是結珠媽媽，或許是我家隔壁的大姊姊也說不定。說不定每個星期三，結珠的媽媽也在那個房間裡發出「差勁透頂」的聲音。我開始害怕結珠被某種烏漆抹黑的東西吞沒。結珠明明都阻止我了，都是我不聽勸告自己跑去偵察，結果一直覺得有什麼糟糕的事情即將發生，搞得自己心神不寧。

糟糕的事馬上就發生了。我不記得自己是如何換上睡衣的，但我直接鑽進被窩，沒起來吃飯也沒洗澡，隔天早上就發了燒。媽媽在我額頭上塗了厚厚一層臭臭的軟膏，邊塗邊說「這可是很貴的」，然後用熱水沖泡成分不明的粉末，讓我喝下那杯加了蜂蜜後嚐起來有土味的飲料，就出門上班去了。有錢買奇怪的藥膏，我還比較希望她拿那些錢買水果和冰淇淋給我吃。頭痛又發燒讓我昏昏沉沉，我在睡夢中流了滿身汗，每次醒來就慢吞吞地走到廚房去，打開水龍頭咕嘟咕嘟大口喝自來水，流過嘴巴和喉嚨的水甘甜美味得讓我驚訝。今天是星期三，我要等結珠來才行。儘管不能出門，我至少想在陽臺上朝她揮揮手。可是中午一吃完冰箱裡的粥（用我們家平常吃的什穀米熬成的），我馬上就睡著了，再醒過來時，一隻冰涼的手掌放在我額頭上。

「嗯，燒退了，看來藥膏有效。」

啊，媽媽回家了，已經是晚上了。「要吃飯嗎？」她問我，但我還在為了沒跟結珠打到招呼而失望，所以回答「不用」，再一次沉入夢鄉。在夢裡，我也沒能見到結珠。

我在清晨很早的時間餓醒，枕頭旁的鬧鐘還沒指向六點。我穿著睡衣悄悄走出家門，前往平常那座公園。外面天已經大亮，我看見送報的人騎著堆滿報紙的單車漸行漸遠。明知道她不可能在，但我得親眼確認過，才有辦法轉換心情迎接下一週到來。抵達公園時我跑得有一點點喘，開始在空無一人的公園裡巡邏。單槓、沙坑、幾棵樹木，這時間氣溫仍然涼爽，陽光比中午更透明柔軟。深呼吸幾次，好像把殘留在身體裡的熱氣全都呼出去了。

走到時鐘下方的時候，我注意到地面上放著一束白花三葉草，五、六朵花用花莖巧妙地紮在一起。是結珠，我心想。事實上或許不是結珠放的，但我腦海中一瞬間就浮現了結珠來到這裡，東張西望地等待著我，邊抬頭看向我家陽臺邊摘著花的模樣。一定是這樣沒錯，這是結珠特地為我留下的花。

肚子咕嚕嚕叫了起來，我把白花三葉草放進嘴裡。酸酸澀澀的汁液從纖細的草莖裡滲出來，我的嘴巴裡分泌出好多唾液，全身酥酥麻麻的，讓我的脖子和肩膀抖了一下。只有那座時鐘俯視著我。

那天是陰天，天空卻明亮得不尋常。雖然看不見太陽，但陽光從白色的雲朵背後透出來，感覺一點也不陰沉。我像平常一樣搭著媽咪的車前往公寓社區，坐在兒童座椅上的我有點緊張，因為上週沒有見到果遠。

是因為果遠說要去「偵察」，我卻嚴厲地告訴她「不可以」嗎？是因為根本不可能實現，我卻說要彈鋼琴給她聽嗎？果遠說不定生了氣，再也不想跟我一起玩了。我一個人東想西想，卻還是不敢跑到果遠家去按門鈴，明明不用花上十分鐘，我還是怕得不敢從原地離開，實在太沒膽量了。

我想至少送些什麼給果遠，於是匆匆採了一些生長在公園裡的白花三葉草，用花莖綁成一束，放在時鐘那裡。希望果遠能注意到，希望她沒有生我的氣——我這麼祈禱著，獨自度過那漫長又無趣的三十分鐘，果遠不在，我好寂寞、好無聊。

「今天或許能見到她」的期待，和「萬一今天也見不到她怎麼辦」的不安，害我不小心踢動起垂在半空的雙腿，媽咪立刻糾正我「不要這麼沒規矩」。

所以，在六號棟的陽臺上看見果遠的瞬間，我高興得差點要用力朝她揮手。當然，因為媽咪就在身邊的關係我忍住了，但如果可以，我真想大聲喊她的名字。果遠——果遠，妳看見我留下的白花三葉草了嗎？妳上星期在做什麼？妳知道白花三葉草能編成花冠嗎？我可以教妳哦。

和媽咪分別之後，我一邊走下樓梯，一邊在心中預演著好多要跟她說的話。相隔兩週，我終於在近處見到果遠，可是她看起來卻和平常不太一樣。

「妳怎麼了？」

她在哭，雙手在身側緊緊握成拳頭，肩膀微微上下起伏。大滴的眼淚一顆接一顆滑落通紅的臉頰，在下巴尖端匯聚在一起。我覺得果遠的淚水好美，像沾在玻璃上的雨滴。果遠說話總是直來直往，沒想到她也會這樣哭泣。

「果遠……」

「死掉了。」

果遠從咬緊的門牙縫隙間擠出聲音這麼說。

「小綠、死掉了……」

「那隻鸚鵡？為什麼？」

「我不知道。剛才往隔壁一看，牠就倒在鳥籠裡不會動了……我叫牠也沒有反應。」

「這樣啊……」

我不曉得該向她說什麼才好。我心想，那也不是養在她家裡的小鳥吧？我本來還想跟她一起做好多好玩的事，連著上週沒見到面的份一起補回來。可是果遠在抽泣，眼淚像開著的水龍頭一樣撲簌簌地掉。哭成這樣，感覺連睫毛和眼珠子都要一起流出來了。我遞出手帕給她，她也不願意接，只是用手掌心用力抹著眼睛周圍。

「果遠，手帕給妳用啦。」

「沒關係……我想、埋葬小綠。」
「咦？」
「我想把小綠帶去公園埋葬。可以葬在有種樹的那裡，那附近的土也比較鬆軟。」
「可是那是別人家的寵物吧？妳要去拜託鄰居嗎？」
「應該不可能。」
果遠說。
「所以，我要越過陽臺，去把小綠帶過來。」
「咦，不行啦，怎麼可以……」
把已經死掉的小鳥擅自帶走，是不是也會變成小偷呢？我不確定，但應該會被罵，而且太危險了。
「果遠，還是放棄吧，這種事絕對不能做。」
我輕輕搖晃她的肩膀，但果遠緊咬著嘴唇，搖了搖頭。她被淚水沾得溼潤的眼睛在發亮，就像沙坑的沙子裡那些亮晶晶的微粒飛進了果遠的眼中。
「在小綠之前，還有一隻小茶。」
「小茶？」
「小茶是一隻倉鼠。有一天牠也死了，我還擔心要怎麼辦。隔天聽到大姊姊走出陽臺的聲音，所以我也在陽臺豎起耳朵聽，結果大姊姊『唉』地嘆了一口氣，喀嚓一聲打開飼養箱的蓋子，回到房間裡……然後是馬桶沖水的聲音。」

在我念的小學，養在飼育小屋的小動物或教室水箱裡的魚要是死掉了，都會埋在學校庭院裡寵物專用的墓地裡，我從來沒想過有人會把牠們沖進馬桶。好過分，在我這麼想的同時，另一個自己反問：「為什麼過分？」死掉了就代表不再活著，不會動也不會說話，再也感受不到痛苦，爸比是這麼說的。爸比是醫生，所以他說的一定沒錯。是誰規定死掉的寵物可以埋葬，卻不能沖進馬桶？

可是，在果遠面前，我說不出這種話。我想，光只是讓她感到悲傷，就代表這是件不能做的事。總覺得這裡存在著比媽咪訂下的規矩更強烈、更確切的「不可以」。為了不讓果遠哭泣，我願意做任何事，也辦得到任何事。我「嗯」地點點頭。

「我們把牠帶去埋葬吧。」

接著，我第一次踏進了果遠家。有一個房間的地板上鋪的不是木頭，而是某種光滑材質，另外兩個房間則鋪著榻榻米。餐桌是兩人用的，兩組墊被疊在牆邊，冰箱也只有兩扇門，沒有沙發，沒有床架，也沒有書桌。我心想，這樣生活不會不方便嗎？「那個大姊姊好像醒著。」果遠把耳朵緊緊貼在牆上，小聲這麼說。

「我聽到電視的聲音。」

「真的？」

我也學著果遠靠過去聽，牆壁另一側傳來說話聲，大概是電視劇或什麼節目的對話。然後是打開冰箱、啪嗒一聲關上冰箱門的聲響，還有腳步聲。隔壁家的聲音全都聽得這麼清楚？這樣還有可能越過陽臺，悄悄把小綠偷走嗎？我突然感到害怕，但已經來不及反悔。

果遠躡手躡腳地打開紗窗。我穿著襪子走出陽臺，明明覺得這種事要是被媽咪發現一定會挨罵，卻在不安的同時不可思議地感到同等過癮。秘密進行的「這種事」，為了果遠而做的「這種事」。

「那我過去了。」

果遠沒穿襪子，赤著腳輕輕跨出腳步，帶著緊張卻無所畏懼的表情。

「我把小綠抱出鳥籠之後把牠交給妳，妳要接好哦。」

「嗯。對了，妳等一下。」

我從裙子口袋裡拿出防身警報器。

「帶著它吧。」

「這是什麼？電子雞？」

「不是，是防身警報器。拉動繩子，它就會發出很大的聲音，啊，現在不能拉！……萬一那個大姊姊走到陽臺，妳就用這東西發出聲音嚇她一跳，然後趁機逃走。」

「嗯。」

果遠把手腕穿過掛繩，將警報器掛在手上，接著不知為何回到屋裡去了。沒過多久她立刻跑了出來，將一根鳥羽遞給我。

「這是小綠的羽毛，送給妳。因為我什麼也沒有。」

羽毛上的顏色從黃綠色漸層為黃色、再逐漸轉白，這就是小綠的顏色。我並不特別想要它，警報器也只是借給果遠，而不是送給她的禮物。可是，收到果遠珍惜的東西讓我好高興。這或許是我第一次對別人的「心意」感到高興。

「謝謝妳，果遠。」

我將那根羽毛放入襯衫的胸前口袋。果遠用那雙哭腫的眼睛看著我笑了笑，雙手扶著欄杆輕巧地撐起身體，先是一隻腳、緊接著兩腳都踩上欄杆，抓著兩戶陽臺之間的隔板牆穩住身體。她的動作太輕快，反而看得我捏了把冷汗。我很想叫她再慢一點、輕一點，但這樣說不定會害果遠分心。

果遠輕輕鬆鬆越過欄杆，在隔板牆另一側輕巧落地。我拚了命伸長背脊，守望著她蹲下的背影。今天她沒綁辮子，長長的頭髮整片披散在她背後。在一聲輕輕的「喀嗒」聲之後，果遠站起身，回過頭來，捧成碗狀的雙手中躺著一隻動也不動的小鳥。

「……結珠。」

「嗯。」

我伸出雙手接過小綠，牠的身體僵硬得不像生物，讓我雞皮疙瘩直豎。要不是為了果遠，我想我早就尖叫著把牠丟開了，但我還是忍耐著不把排斥感表現在臉上。果遠迅速回到這一側來，我們的作戰輕而易舉成功了。回到屋內，電視的聲音依舊從隔壁傳來，那個大姊姊完全沒發現。

「來，小綠還給妳。」

「嗯。」

我現在就想去洗手，但我們還有該做的事，得把這隻小鳥帶到公園埋葬才行。我們走下樓梯，剛走出建築物外面，果遠便「啊」了一聲停下腳步。

「怎麼了？」

「我沒帶鏟子下樓。」

對哦，徒手挖土、再把小鳥埋好太累人了，還會弄髒手。果遠帶著小綠跑了回去。「結珠，妳在原地等我哦。」她在踏上樓梯前回過頭對我這麼說。

「待在那個有光的地方。」

這時候，正好只有我所站的這一處雲層開了個洞，太陽在地面投下一小塊陽光。我答了聲「嗯」。

「我等妳。」

果遠啪噠啪噠跑上樓，進了家門。我聽著她的關門聲，豎著耳朵以免錯過接下來門打開的聲音。

這時，我腳邊的地面忽然暗了下來。啊，這裡變成了沒有陽光的陰影處，太陽被雲層遮住了——在我這麼想的同時，一道聲音響起。

「結珠。」

媽咪站在我正後方。她的語調平靜，眼神卻東張西望，和平時的媽咪看起來不太一樣。怎麼會這樣？明明還不到她平常下樓的時間。媽咪拉起我僵住的手，邁開腳步。

「妳不要隨便亂跑。」

等一下媽咪，我跟朋友約好了。有光的地方，我得待在有光的地方。可是光已經消失不見了。媽咪的步伐比平常更快，要是鬆開手，感覺她會直接拋下我快步走掉。

那也無所謂，心中有個我這麼說。要是被丟下，我就能回到果遠身邊去，跟她一起埋葬小綠，然後跟她一起玩耍，一直玩到天色暗下、玩到明天，玩到永遠永遠。但媽咪緊緊抓著我的手不放，我也沒有反抗媽咪——就像之前的每一次。

「那是什麼東西？」

上車之前，媽咪注意到我的胸前口袋而停下腳步，果遠給我的小綠羽毛露出了袋口。

「妳從地上撿的？太髒了，在這裡丟掉。」

媽咪總是這樣，她從不沒收東西，總是叫我自己親手丟棄。橡實、蒲公英、搬到遠方的朋友寫給我的信、送給我的紙摺氣球。我什麼也說不出口，就這樣把果遠珍重的羽毛丟棄在路邊，感受到前所未有的憤怒。不是對媽咪，而是對凡事百依百順的自己。為什麼我就不能像那個女孩子一樣直截了當地行動呢？

「上車。」

我坐上安全座椅，想像果遠現在在做什麼。她在找我嗎？還是放棄等我，自己一個人埋葬著小綠？如果能像上週那樣，至少留下一束白花三葉草就好了。對了，果遠有沒有發現我的白花三葉草？她會知道那是我放的嗎？

下週跟她道歉吧，我看著車窗外的街景這麼想。下週一定要跟她說上許多話，或許無法向她坦白小綠羽毛的下落，但我想跟她說：對不起，沒有待在有光的地方等妳。

我在家找不到鏟子，最後挑了一支木製的大湯匙。我一手拿小綠、一手拿湯匙，急急忙忙下到一樓，結珠卻不見蹤影。在結珠腳下，像陣地一樣鋪展開來的那片陽光也消失了。為什麼？我們明明約好了，明明還不到平常她離開的時間。我在公園的每個角落、在五號棟的樓梯口都沒看到她。

其他我能想到的，就只有五號棟的504號房了。我猶豫了一下，還是把小綠和湯匙藏在樹根凹凸不平的地方，走進了五號棟。三步併作兩步爬上五樓，我像上次一樣，從郵件投遞口的縫隙偵察屋內情況。裡面一片安靜，沒聽見結珠的聲音，也沒有「差勁透頂」的聲音。

剛才成功帶走小綠的戰績，讓我有點得意忘形。我踮起腳尖，按了玄關的門鈴，確實聽見了「叮咚」聲，卻沒有人應門，門板另一側靜悄悄的。我下定決心將手搭上門把，試著轉了一下，門輕而易舉地打開了。屋內沒有任何反應。我迅速走進屋，邊把門關上邊戰戰兢兢地說了聲「請問有人在家嗎」。

「我想埋葬小鳥，需要借一把鏟子……」

這是我拚命想出來的「不惹人懷疑的藉口」。我脫下鞋子，從玄關走進屋內。整間屋子堆滿了垃圾袋、寶特瓶和空酒瓶，幾乎沒地方落腳，還有封面印著裸體女人的雜誌。

結珠的媽咪在這種地方做「志工活動」嗎？我感到納悶。結珠說她不幫忙做家事、東西沒收拾好就會被罵，她媽媽不會對住在這裡的人生氣嗎？

在我東張西望的時候，從屋子深處的和室傳來奇怪的「唔唔」聲，差點把我嚇得跳起來，但我還是繼續前進。結珠說不定就在這裡，而且想確認聲音來源的好奇心壓過了恐懼。我還有結珠借給我的防身警報器，就算碰到恐怖的人，只要拉動繩子嚇跑對方就好了。

我從半開的拉門往和室裡一看，一個不認識的大叔躺在墊被上，腳朝向這裡，膝蓋以下露出墊被外面，擱在榻榻米上。大叔雖然躺著，卻沒有睡著，他臉上的表情非常嚇人，手按著胸口，腳好像在踢著看不見的東西，摩擦榻榻米時發出沙沙聲。

大叔「唔」地發出一聲喉嚨哽住的聲音，眼睛瞪得老大，往我的方向看過來——他發現我了。我拔腿狂奔出那間屋子，一步兩級地衝下樓梯。這比上一次更可怕。

我回到小綠那裡，蹲下來大口喘氣。連我都看得出那個大叔樣子不對勁。一一〇、一一九這些號碼在我腦中打轉，這種時候必須找「可靠的大人」過來才行。可是我總覺得要是「可靠的大人」進到那個大叔家裡，會發生一些對結珠不好的事情。結珠的媽咪去了504，她人卻不在那裡，結珠也不在，陌生的大叔還留在那裡，看樣子好像很痛苦——

我都要頭昏眼花了。我果然太笨了，根本不知道該怎麼辦才好，即使希望有人能教教我，結珠也不在這裡。我緊緊握住湯匙往土上戳，現在自己確實辦得到、必須做到的事也只有這一件了。我重複了好幾次同樣的動作，然後用手撥開、挖除鏟鬆的土壤，將小綠放進淺淺的坑洞裡，再把土覆蓋在上面，摘了幾朵長在附近的白花三葉草供奉給牠。

我在家中洗手臺前嘩啦嘩啦地清洗完髒兮兮的雙手和湯匙，靠著牆壁坐下，聽著隔壁傳來的電視聲音。該拿那個大叔怎麼辦呢？「人氣冷凍食品排行榜」不會回答我的問題。小綠的事情、結珠的事情、504號房的事情，今天的所見所聞在眼前一閃一閃地出現又消失，讓我茫然。我想，喝醉酒應該就是這種感覺吧。

不知不覺間，房間裡的光線昏暗下來，我站起身走出陽臺。好多好多的細長雲朵排滿了整片天空，好像被夕陽煮到熟透一樣發出紅通通的光。明明天空隨時都在這裡、太陽每天都會西沉，這一天卻特別美麗，至少在我眼中看起來是這樣。昨天的風景不長這樣，明天肯定也不會是同樣一幅景色，只有今天的天空，真的好漂亮好漂亮。妳只需要靜靜看著就好了，什麼也不必想——傍晚的天空似乎對我這麼說。太陽在雲朵間時隱時現，逐漸下沉，剛才照亮結珠的那道光即將遠去了，而我追不上它，也無力挽留。

結珠不會再來了。我無比確信地這麼想。

第二章

飄雨之處

S女中的制服，一上了高中部水準就一落千丈。

我在穿衣鏡前檢視服裝儀容，對上述「普世意見」深有所感。國小部穿殷紅色西裝外套配同色百褶裙，國中部穿白底灰領的水手服配灰色百褶裙，兩套制服都廣受歡迎，甚至有學生為了穿上這所學校的制服而慕名報考，我自己也相當喜歡。

然而，高中部穿的卻是藏青色短版西裝外套，搭配白色圓領襯衫、藏青色背心裙，實在有點土氣。裙子要是調整成遮住膝蓋的長度，小腿看起來就又粗又短；要是縮短長度，又因為上窄下寬的剪裁而看起來像穿著尺寸不合的童裝，怎麼調整都不太好看。還有一點非常麻煩：襯衫只有領口那顆鈕釦做成了暗釦，按照校規必須將校徽別在那上面。好像有些高二、高三的學姊會開著領口的鈕釦不別校徽，但過度可愛的圓領在這種情況下反而妨礙穿搭。即使是制服型錄上印的模特兒穿著照片看起來也不吸引人，我想問題應該不只出在穿衣的人身上。

——突然變得土裡土氣的。

媽媽翻了翻型錄，隨即將它往客廳桌上一扔這麼說。真的就是土裡土氣，「土裡土氣」這個詞本身的年代感、俗氣感用來形容這套制服十分貼切。

——有傳聞說這是為了嚇跑男人哦。

哥哥從旁插話。

——用來保護純潔乖巧的千金小姐，功能和修女服一樣。

——騙人的吧？

——真的、真的啦。不過看起來那麼呆，反而會吸引有著其他企圖的壞人吧。

當時媽媽聽了，用大到不自然的聲音高聲大笑。掩蓋在手掌底下的嘴角說不定半點也沒有上揚，我這麼想著，也迎合地露出半笑不笑的表情。

「結珠，再拖拖拉拉要遲到囉。」

媽媽從一樓叫我，我回答「馬上下去」，把校徽抵在第一顆鈕釦的位置上。要把它別正比想像中困難，細小的針尖不小心刺到了拇指指腹。好痛，我咕噥著含住手指，鮮血的味道即使只有一點，嚐起來仍然讓舌頭發麻。我暫時放棄別上校徽，將針尖扣上，收進裙子口袋。

下樓到餐廳，爸爸和我面前擺著歐姆蛋、沙拉、吐司，還有幾片水果和優格，這是每天早上固定的菜色。爸爸喝黑咖啡，我喝紅茶，媽媽總是只吃水果和優格。我明明和媽媽吃一樣的就可以了，我邊想邊將奶油塗在麵包上。

「明天才開始帶便當，沒錯吧？」媽媽問。

「是的。」

「都升上高中了，便當讓結珠自己準備就可以了吧？」

聽見爸爸這麼說，我剛要點頭，媽媽便以一句「不可能」毫不留情地回絕。

「她光是換衣服就磨蹭了這麼久，再做便當會遲到。」

距離到校時間仍然有相當充裕的空檔，我再提早三十分鐘起床也不會覺得辛苦。但我沒有回嘴，因為我知道，媽媽其實只是不希望別人擅自亂動冰箱裡的食材，和廚房裡的各式廚具而已。在這個處於媽媽統治之下的家中，廚房是特別敏感的地區，即使只是擅自拿一顆蛋、動一雙筷子，都會惹媽媽不高興。爸爸和哥哥都不知道這回事，所以總是隨意翻動冰箱、把自己買來的酒和零食往裡面塞，但每一次媽媽看見了，眉毛都會倏地往上跳。所以我盡可能不靠近廚房，與其一邊感受著媽媽神經緊繃的氣氛一邊做便當，我寧可繼續當個從不進廚房幫忙的嬌嬌女。

「……也是，以後課業也會越來越繁重嘛。」

爸爸語氣刻意地打了圓場，但我只顧著動嘴咀嚼，以再快一點就要被提醒「吃飯要細嚼慢嚥」的速度吃完早餐，雙手合十說了聲「我吃飽了」，然後站起身來。確認連一塊麵包屑都沒有掉在桌巾上，我鬆了一口氣，感覺像完成了一項本日任務。

今天不上課，所以不用帶側背包，我只提著比平常輕上許多的書包走出家門。搭配制服的襪子必須是膝下長度，素色的白色、黑色或深藍色，樂福鞋的腳背上有扣帶，是學校指定的款式。這就是我的新制服。

在從ＪＲ轉搭私鐵的轉乘車站，我遇到了亞沙子。我們互道早安，像照鏡子一樣確認過彼此穿上全新制服的模樣，同時笑了出來。

「果然很土耶。」

「嗯，超土的。不過看到結珠妳穿起來也不適合，我就放心啦。」

「這要穿三年嗎？妳覺得我們過一段時間會不會習慣？」

「要是習慣這種審美豈不是更慘，以後連美醜都分不出來。」

「真的耶，說不定連便服穿搭的品味都會失常。」

亞沙子和我從國小部開始就認識，現在的她看起來卻像個陌生女孩。不過，短短幾天內應該就看習慣了吧，畢竟剛升上國中部、換上新制服的時候也是這樣。像春日的空氣在胸中旋轉舞動一樣，這種輕飄飄的、搔得心尖發癢的異樣感只會在此刻短暫存續。早上的電車雖然坐滿了人，但沒有擠到水洩不通，還不至於為了顧慮旁人而保持肅靜，因此我們把手腕勾在吊環上，交頭接耳地小聲聊天。

「結珠，妳想加入哪個社團？高中也會進羽毛球社嗎？」

「不曉得耶，我要開始上新的補習班了，感覺沒有空加入運動社團，可能英語會話社吧。」

「因為結珠妳英文很好嘛。」

「那亞沙子妳呢？還是排球社嗎？」

「嗯……我還在猶豫。我是很喜歡打排球，但升上高中部以後，不是又會碰到舞香學姊嗎？她真的太可怕了啦，只對我特別兇。」

「跟其他學姊商量看看呢？」

「念國中部的時候就商量過了，結果學姊們只有『喔——嗯……』這種含糊其詞的反應。因為那個學姊排球打得好，又是大美人嘛。碰到漂亮的女生真的不敢講什麼，對吧。」

「嗯。」

男人當然喜歡美女，所以不忍心對漂亮的女生發怒、說重話。不過，我們女生在面對美女的時候那種無法違逆的感覺，那種放棄抵抗、乖乖閉上嘴巴被「降伏」的感覺，和男人也是一樣的嗎？我不太清楚，除了家人以外，我身邊沒有任何異性。我和男生相處的經驗只到幼稚園為止，一升上國小部，學童就分別被送進同集團的男校和女校，從那之後我一直在只有女孩子的環境裡生活。學校裡為數稀少的男老師都是五十歲以上的大叔，神父先生是老爺爺。上補習班遇到的男孩子，拉開椅子、開關門的動作總是吵鬧又粗魯，我不太想接近他們。

「我也好想要天生就長得那麼漂亮哦。」

坐在我們面前的上班族滑著手機，亞沙子越過他頭頂望進窗影，喃喃這麼說。

「沒有人不想啦。」

我開著玩笑這麼說，肩膀往亞沙子肩上撞了撞。

「也是哦。假如所有人都是美女，到最後還是會從裡面排出第一名到最後一名，就像明星學校裡面也有人吊車尾。」

坦白說，我不當美女也無所謂，我無法具體想像姣好外貌能帶來什麼樣的好處。在僅僅數十人的社團裡耀武揚威也沒什麼好神氣的，莫名其妙被偏袒也令人尷尬，我也不想受男孩子追捧。最重要的是，即使我生得漂亮，媽媽的態度也不會有所轉變。我該變成什麼樣子，才有可能討媽媽喜歡？一思考起這個問題，視野中就像貧血時那樣開始出現一粒一粒的黑點。「對了。」在它們完全遮蓋我眼前的景象之前，亞沙子發出明快的聲音說：

「我昨晚跟友梨電話閒聊，她說她春假期間去學校的時候，正好碰上舉辦外部生說明會的那一天，在那裡看到一個超級可愛的女生哦！據說已經是藝人等級了，氣場很強。」

「真的嗎？可是友梨看到每個女生幾乎都說可愛耶——」

「總比反過來還要好吧。」

「咦，可是過分的讚美會讓我很傷腦筋耶，不好不好。」

電車駛進距離學校最近的車站，車門往左右打開，國小、國中、高中三種制服一同從車廂裡滿溢出來。校舍位在山丘上，從這裡大約走十分鐘左右，越過平緩的坡道就能抵達。

「啊——我開始緊張分班結果了。」

亞沙子把手放在鎖骨下方輕輕摩挲。

「沒什麼好緊張的，大家彼此都認識了。」

國小部一共九十人，升上國中部、高中部時各招收十五名的外部新生，所以從今天開始，我們一個學級是一百二十個人，分為一班到四班，每班三十個人。直升生彼此之間早就熟識了，至少每個人都說得出所有同屆同學的全名。這樣的環境雖然自在，但反過來說也缺乏新鮮感。

「外部生還不認識嘛。」

「說歸說，但亞沙子妳在升上國中部的時候，也很積極跟外部生搭話，馬上就混熟了呀。」

「畢竟不希望她們覺得直升的學生太排外嘛，別看我這樣，我也是很為人家著想的——」

亞沙子這種努力維繫人際關係的特質讓我肅然起敬。我透過亞沙子這層濾鏡審視對方，依據她的反應決定自己該一起接近對方，或者是適當保持距離。我不會和特定的同學密切來往，總是保持若即若離的距離巧妙維繫著關係（至少表面上看起來是這樣），所以經常被推舉當班長或加入學生會，但其實我根本不適合這類職務。高中三年，應該也會這樣度過吧。至於大學就不清楚了，我無法想像自己走出這座只有女孩的溫室會是什麼模樣。

剛進校門處的公布欄附近，已經聚集了一群人潮。

「結珠，我幫妳一起看！」亞沙子這麼說著跑了過去，沒過多久便舉起雙臂，比出一個大圈走了回來。

「太好了！我們兩個都在一班！」

「真的？」

比起分到同一班，亞沙子歡天喜地的樣子更讓我開心，我舉起雙手和她擊掌。我們一起走進還不熟悉的一年一班教室，把拘謹地坐在自己位置上的外部生晾在一邊，和新的同班同學吵鬧了一陣子。

「啊，開學典禮要開始了，我們走吧。」

下樓梯的時候，女孩們的話匣子也停不下來，被修女提醒了一句「保持安靜」。但大家也只因此安靜了短短幾秒，嘰嘰喳喳的交談聲沒有片刻止息，連綿不斷地被吸進禮堂。所有學生大致推測出自己班級的位置，按照座號順序排成一列。

我和亞沙子的姓氏分別是「小瀧」（kotaki）和「近藤」（kondou），開頭第一個音相同，所以排在一起。我們一開始說上話的契機，也是因為姓氏排序，座位相當接近的緣故，假如亞沙子姓「村上」或「山田」，我們可能不會變得這麼要好。雖然覺得姓氏這種東西無法自己選擇，但凡事其實都是如此。無論國籍、性別還是家庭，我們不被賦予任何選擇權，作為一個什麼也辦不到的嬰兒降生到這個世界上。

我長成了十五歲的女高中生，早已不再是襁褓中的嬰兒，但在這個時間點，我擁有哪些選擇權？我想選擇什麼，又有什麼想做的事？不再觀望媽媽的臉色……咦，很久以前我好像也思考過類似的事情，那是什麼時候？彷彿氣壓改變，造成耳朵不適那樣，周遭的對話突然變得遙遠。然後，亞沙子的聲音又將我拉回現實。

「結珠，妳的校徽呢？」

「啊，糟糕，我忘記別了。亞沙子，幫我別一下。」

在全校學生排成隊列的狀態下，細微的差異反而特別引人注目，不得不慎。我可不想一升上高中部就被老師責罵，因此將校徽遞給亞沙子，嘴裡一邊催促她。

「快點、快點。」

「咦——等一下、等一下，我手邊剛好被陰影遮住看不清楚，我們到那邊去吧。」

我們離開幾乎已經完成的隊列，在出入口附近的空地面對面。預備鈴一響，壓線趕來的學生們陸續進場。小跑步的是高一，悠悠哉哉走過來的是高二、高三。這當中想必沒有一個女孩主動想穿上這套制服，所有人卻穿著一模一樣的超土制服齊聚一堂，眼前的情景讓我不禁想笑。我側眼看著集合中的同學們，忍不住晃動肩膀笑出聲來，被亞沙子訓了一句。

「哎結珠，妳不要亂動，很危險耶。」

「抱歉。」

我站直身體，微微仰起脖子。這時，一陣特別響亮的腳步聲啪噠啪噠跑近，吵鬧的聲響使我下意識轉過視線。那一瞬間，我嚇得全身一震。

「啊。」

喉嚨靠近鎖骨的地方傳來一陣銳利的痛覺，亞沙子焦急的聲音傳入耳中。

「對不起，結珠，很痛吧？」

校徽細小的針尖刺到了我的皮膚，但我無暇顧及。

那人剪著一頭像男孩子一樣的極短髮。即使在排球社，也沒有女生把頭髮剪得這麼短。凜然的眉毛底下，是一雙存在感同樣強烈、又黑又大的眼睛，甚至有種撼動心弦的力量。睫毛以那雙眼睛為中心呈放射狀往上翹起，鼻梁高挺，嘴唇豐盈水潤，咬上去彷彿會迸出果汁那麼嬌豔欲滴。裸露在外的耳朵和額頭乾淨潔白，進一步襯托出她漂亮的五官。我在雜誌還是哪裡讀到過，剪短髮好看的女生都是真正的美女。友梨看見的肯定就是這個女生不會錯。

這個女生。

我與她四目相對。那一瞬間，我的五感彷彿被混合攪拌，化成了歪七扭八的大理石紋樣，各式各樣的色彩、聲響、氣味、觸感斑駁地甦醒。昏暗建築物粗糙牆面的顏色，關門之後的回聲，沾在手指上的青草氣味，放上我掌心的、小鳥亡骸的重量。我所遺忘的——視作已經遺忘的記憶，突然像拔開瓶栓那樣噴湧而出，令我目眩。它們是如此生動鮮明，先前究竟被保存在我心中的哪一個角落？

「喂，那邊那位同學，不要用跑的。妳是一年級生？叫什麼名字？」

聽見老師的聲音，眼花撩亂的重播畫面戛然而止。

「我是一班的校倉果遠。」

這個女生——果遠，喘著氣這麼說。

我在被窩中豎起耳朵，聽見腳步聲上樓，然後是隔壁家門打開的聲音。我悄悄爬到榻榻米上，先靜觀其變了一會兒，然後在單薄的牆壁上敲了兩下。回敲一下的聲音立刻從另一側傳來，是ＯＫ的信號。我在睡衣外面披上針織外套，光著腳走出陽臺，無論以前或現在，沿著欄杆爬到隔壁陽臺對我來說都沒什麼好怕。

我稍微拍拍腳底，毫不猶豫地打開那扇從不上鎖的紗窗。

「千紗姊，妳回來啦。」

「嗯。」

千紗姊正從便利商店塑膠袋裡拿出啤酒。

「妳要喝嗎？」

「不喝。」

「無趣的女人。」

一如往常的對話之後，我在榻榻米上一屁股坐了下來。千紗姊的下酒菜通常是乾香腸，她說這樣正好能一口氣攝取到肉和鹽分。除此之外，她會拿著小黃瓜邊啃邊喝，還會把很多的保健食品，以及裝在醫院袋子裡的藥窸窸窣窣倒在手掌上吞下。我雖然覺得藥物配酒不太好，但這種事千紗姊肯定也知道，倒不如說她是刻意為之吧。

「開學典禮怎麼樣？」

千紗姊一手拿著啤酒，用卸妝棉擦著臉問我。

「我見到她了！在一進禮堂的瞬間！而且我們還分到同一班，很不得了吧？」

「她也認得妳嗎？那個什麼珠，小豬？」

「是結珠！」

千紗姊明明記得卻故意開玩笑，但這點小事可澆不熄我的興奮。

「都過了八年耶，八年！那麼長一段時間，但一看見她的臉，我就什麼也不在意了。」

「啊，糟糕，忘了卸假睫毛……她有注意到妳嗎？」

千紗姊把濃密的假睫毛連著那塊染著紅色、米色、黑色的卸妝棉一併捏扁，扔進便利商店的塑膠袋。

「嗯，因為我被老師問到名字，在她面前回答了。」

「她高興嗎？」

「我想她應該……嚇了一跳吧。」

「畢竟她只見過妳還是個髒兮兮小鬼的樣子嘛。」

「我有洗澡好嗎？」

「有跟她說上話嗎？」

「沒有。」

「那不就沒意義了嘛。」

「因為開學典禮結束之後，同學們只在教室做了簡單的自我介紹就放學了……而且結珠身邊總是有其他人，感覺我不太方便靠近。」

「那是當然的啊。」

千紗姊一口氣喝乾整罐啤酒，用手指把乾香腸的透明包裝紙揉成一團，說：

「像那種直升式的貴族女校，內部早就形成了自己的人際圈子。所以除非她主動找妳說話，否則妳不要太黏人家啊。」

「……嗯，我知道。」

我低下頭，一根乾香腸被扔到我頭上。

「給妳肉吃，別難過啦。」

「我不需要。」

「別鬧彆扭啊。以後妳們不是每天都見得到面嗎？多得是接近她的機會。」

以後，我每天都見得到結珠。不再只有每週三短短的三十分鐘，而是每天平日，從早上到放學，都能和結珠待在同一個地方、做同樣的事。千紗姊這番話，讓我體認到像夢想一樣無比嚮往的未來終於成為了現實，一陣戰慄流竄全身。

「說得也是，我會加油的。而且現在的我也不會髒兮兮了。」

不像以前那樣孩子氣（這是當然的），也沒有以前那麼笨了，應該吧。

「妳明天也要早起吧？快去睡覺。」

「嗯，千紗姊晚安。謝謝妳。」

「我又沒做什麼。」千紗姊說著，像揮趕小狗那樣擺了擺手。千紗姊背上刺著孔雀刺青，蒼白細瘦的兩隻手臂內側都是割腕疤痕，從手腕密密排列到手肘，像量尺上的刻度。她一喝酒，身上這些痕跡就像新傷一樣隱隱發紅。其實千紗姊酒量不好，我希望她不要喝太多，但就和吃藥的事一樣，我沒有多說什麼。畢竟我給不了千紗姊能代替它們的東西。

我站起身，再次走出陽臺。過了好幾年，那座空蕩蕩的鳥籠仍然放在原位，它曾經是小綠的家。每一次看見那座鏽跡斑斑、棄置多年的鳥籠，小綠「好想見你——」的叫聲便從回憶中甦醒，刺痛我胸口。那時候在獨自居住的屋裡，千紗姊是想見誰才說出那句話的呢？反覆說了那麼多次，連小綠都把這句話學了起來。即使問她，千紗姊肯定也不會回答我，只會笑著說「我忘記了」吧。

我悄悄回到家中，鑽進被窩，被子還是暖的。隔著一扇拉門的隔壁房間靜悄無聲，媽媽不可能沒察覺我的動靜，不過她從來不曾因為我半夜跑到千紗姊家而罵我。

確認過鬧鐘設在四點半，我閉上眼睛。還有兩個多小時。身體躺平之後，剛才炙熱的情緒也像水窪一樣淺薄平順地鋪開，我急速恢復冷靜，同時回想著今天發生的事。她今早的身影烙印在我的眼瞼內側。

下顎微微上抬，從側臉延伸到脖頸的線條毫無防備地暴露在我眼前。陽光從高處的窗戶照射到她臉上，那道輪廓明亮得彷彿暈開在光裡，我的心一秒躍過了八年間的空白。像初次見到她的時候一樣，血液在血管中撲通撲通地湧流躍動，甚至讓我懷疑自己的血在此之前是不是一直停止了流動。

是結珠，突然見不到面的結珠就在眼前，明明在我們分別的這段期間，就算其中一方死掉了、去了更遠的地方也不奇怪。此前的阻礙和未來的阻礙都從我的腦海中消失得無影無蹤，空白的年歲被喜悅改寫。

然而下一個瞬間，我的意識轉向結珠身旁的女生。她在替結珠別校徽，我領悟到這裡已是與公寓社區那座公園截然不同的環境。這不是獨屬於我和結珠的秘密時間和空間，只是我闖入了結珠的世界而已。

結珠注意到我，身體稍微動了一下，害那個女生手一抖，校徽的別針似乎刺到了結珠。「啊。」她小聲輕呼，慌張地道歉。

——對不起，結珠，很痛吧？

彷彿有什麼東西從內側抓傷了我胸口，留下像千紗姊的割腕痕跡那樣又淺又細的傷，分不清是癢還是疼。我多羨慕那個女生，她在我不知道的時候理所當然地待在結珠身邊，喊她的名字，把針尖刺上她的皮膚。從此以後，這種心情我還會嘗到無數次，旁人看不見的地方說不定會變得像千紗姊的手臂那樣傷痕密布。即使如此，我仍然來到了這裡。因為我想再見結珠一面。

我因為在禮堂奔跑的關係被老師叫住，心不在焉地替自己找著藉口。結珠愣怔地看著我，等到同學幫她別好校徽便立刻排進一班的隊列當中，後來也沒再找我說話。

我伸手探向自己的頭髮。現在的我已經綁不了辮子了，但仍然牢記著結珠教我的綁法，記得時鐘該怎麼看，也記得最後，我要她「待在有光的地方」。

「結珠，妳的臉色好像有點發白耶？」

早晨在電車上被亞沙子這麼說，我努力擠出笑容說：「有嗎？」

「妳是不是身體不舒服？有沒有吃早餐？是不是變瘦了？」

「亞沙子像媽媽一樣溫柔呢。」

「我在認真問妳啦！」

「有吃有吃。」

雖然說亞沙子「像媽媽一樣」，但我真正的媽媽並不會關心我的身體狀況。當我把飯剩下來，媽媽會嘆口氣問：「妳在外面吃過東西了？不合妳胃口？」然後不等我回答便收走盤子，將食物全部倒掉。偶爾爸爸在家看到了，會委婉地說「這樣不是很浪費嗎」，但媽媽並不會停手，只會說「反正都是剩飯了」。

媽媽不會嚴厲斥責我，也不會罰我下一餐不准吃飯。

我想，有些小孩應該也覺得無所謂吧，「反正吃不下就是吃不下，有什麼辦法」。但我不想惹媽媽不高興，害怕看見媽媽的眼睛像拉下一層灰色濾鏡一樣唰地失去顏色，所以即使沒有食慾，我仍然機械性地動著手和嘴巴，在心裡告訴自己我只是一條軟管，只是一條把食物送進胃裡的管子，一口接一口把飯吞下去。如果亞沙子覺得我變瘦了，或許是因為我只是「咀嚼和吞嚥」了食物，沒有吸收它們的營養。真的有這種事嗎？如果有，那不就是究極的減肥法了？——如果我能這樣半開著玩笑向亞沙子坦白該有多好。

之所以沒說，是因為我並不覺得把「媽媽對我有點冷淡」這點程度的小事故作嚴肅地說出口會有什麼用。我不想被人知道我有多怯懦，也不希望大家覺得我是複雜家庭的小孩。我們閒聊著高中部的老師和新的科目，用這些話題填滿通勤時間，抵達了教室。

在預備鈴即將響起之前，果遠走進教室。幾句「早安」此起彼落地響起，她向四面八方所有同學回了一聲「早安」，在自己的座位上坐下。我裝出專心聊天，沒有注意到她的樣子。等到開始上課之後，我越過其他女生的肩膀和頭頂，目不轉睛地看著果遠時隱時現的背影。幸好果遠姓「校倉」（azekura），她的座號是一號，所以坐在最前排。

從開學典禮之後過了一週，我仍然沒跟果遠說上半句話。我不會主動找她攀談，果遠也沒有靠近我。在走廊上、教室裡擦肩而過的時候，我們雙方也都保持沉默。我完全不明白她在想什麼，這真的是八年前跟我一起玩耍的校倉果遠嗎？那張臉毫無疑問是果遠的面孔，只是當初我們年紀還小，而且注意力被她蓬亂的頭髮和奇特的服裝吸引，沒有意識到果遠長得多漂亮而已。光是外表打理一下就美得判若兩人，簡直像灰姑娘一樣——說不定真的是這樣。

是果遠媽媽和有錢的男人再婚，所以她的生活環境也在一夕之間改變了嗎？若不是這樣，住在老舊公寓、連時鐘也看不懂的果遠不可能進得了我們學校。

假如是這樣，那麼她跟我重逢只是偶然，之所以沒有主動接觸，是因為不希望我提起舊事？

如果是這麼回事就太好了。定期造訪公寓社區的那段日子，是我深鎖在記憶深處、理應不再想起的過去。要是年紀再小一點說不定還能徹底忘記，我卻無法拋下它，只能將那段回憶冷凍在原處。事到如今即使將它取出解凍，我也已經不再是二年級的小女孩了。那個男人究竟是誰，現在過著什麼生活，最重要的是媽媽究竟跑到那座公寓社區做什麼，光想像就令我害怕。我提心吊膽地想著萬一果遠主動提起往事該怎麼辦，甚至擔心到吃不下飯。自從那天在禮堂，果遠那雙閃亮到令人恐懼的眼睛捕捉到我的那一刻起，我就一直畏懼著她。不同於八年前第一次在公寓社區見到她的時候，這一次我明明沒有朝她伸出雙手。

我只分出最低限度的注意力抄黑板、注意被老師點到的時機，煩悶地東想西想，上午的課堂就在不知不覺間結束了。在老師走出教室的同時，我們這群只有直升生的「一起吃午餐小組」成員聚在一起，打開便當盒。

「校倉同學午休的時候總是不見人影耶。」

其中一人提起了我私底下也有點在意的事，我心跳漏了一拍。

「是跑到其他地方一個人吃午餐嗎？」

「咦，可是我看她兩手空空就直接走出教室了，一直到預備鈴響都不會回來。」

我們學校沒有餐廳也沒有福利社，只在體育館和校舍之間的通道設有一臺賣鋁箔包果汁的自動販賣機。午休時間禁止出校，假如她想外出應該會被警衛發現才對。

「妳居然看得這麼仔細？其實是跟蹤狂吧。」

「才不是。」被亞沙子揶揄的那個朋友氣鼓鼓地否認。

「我們座位離得那麼近，無意間就……而且她長得那麼可愛，眼睛忍不住瞟過去也是很正常的好嗎！」

確實沒錯，所有人一致同意。我假裝忙著取下小番茄的蒂頭。

「我要是哪裡的有力人士，一定會推薦她去拍寶礦力水得的廣告。」

「咦，那我要推薦哈根達斯。」

「拍化妝品廣告肯定也很適合，她代言的彩妝品我一定會不小心買下去。話說有力人士指的是？」

「我也不知道欸，就業界大老闆吧。」

「倒不如說，就算她已經在做這類工作我也不覺得驚訝。她放學之後好像也沒去參觀社團，馬上就回家了。」

「啊——是為了控制體重，所以不吃午餐嗎？」

「我到第三節課肚子就開始狂叫了，幸好我不是藝人。」

「啊，妳們看那邊。」

亞沙子壓低聲音，用眼神往教室前方的門口示意。一群不曉得高二還是高三的學姊正探頭往我們教室裡看，她們向我們班的人打聽了些什麼，然後便失望地偏了偏頭離開了。

「她們是來看校倉同學的。」

「畢竟外部生剛進來就很引人注目了。」

「而且她好像還是領獎學金入學的獎助生哦，我在教師辦公室聽到她和老師談到獎學金的轉帳戶頭怎樣怎樣。」

「有人竊聽欸好可怕。」

「我只是碰巧聽到好嗎！」

「咦——那不就表示她頭腦很聰明嗎？」

「體育課她不是也跑得很快嗎？感覺運動神經很好。」

「也太沒有弱點了。」

外部生當中，每年都有一兩位獎助生的名額。註冊費和學雜費全額減免，還能領取無需償還的獎學金，但只有成績相當優秀的學生才可能錄取。這表示果遠不僅從錄取率本來就偏低的外部生考試中脫穎而出，還擠進了更嚴苛的窄門，從她當年的情況實在難以想像。不過，這是不是代表她的家境到現在還是沒有改變？——其實我不需要這樣揣測，直接去問她本人一定能立刻得到答案，我卻在這裡胡思亂想，默默吃著索然無味的便當。

校倉果遠，在這狹小的世界裡是能夠刺激女孩們好奇心的存在。她不會積極與人來往，因此大家也有些畏縮，不太敢跟她攀談，就像遠遠觀察著一隻美麗的野貓，擔心毫無顧慮地靠近會被牠逃跑或抓傷。

「咦——她根本就是十項全能嘛。」

「得天獨厚的人生，感覺想要什麼都能輕鬆到手。」

沒那種事——我差點這麼反駁，趕緊把一塊煎蛋捲塞進自己嘴裡。

大家對她一無所知，才能說得這麼口無遮攔。果遠的生活才不「輕鬆」，那些我們理所當然地擁有、深信不疑的東西，都是她所沒有的。我稍微長大了一些之後，覺得當年的果遠可憐又惹人同情。要是能回到過去，我就能再對她好一點了。

我吃完便當，把空便當盒按照原樣用手帕包好，站起身來。

「我去刷牙。」

「好喔——」

必須說明自己的每一次行動，這點無論在家裡或學校都一樣，不過在這裡感覺不像家裡那麼拘束。我想這是因為我們之間的關係並非繃得死緊的絲線，更像鬆散下垂的繩索。注意不垂落地面，但也不拉扯得太緊，我們在無言中配合著彼此的呼吸，像魚群那樣保有某種程度的自由，同時維持固定的陣形。

我拿著裝有刷牙用具的小收納包，走向位於四樓角落圖書室前面的洗手間。雖然距離二樓的教室比較遠，但這一星期到處探索過不同的洗手間之後，我發現這一間人最少，最不需要顧慮旁人。畢竟下午快開始上課的時候，大家總是搶著用洗手臺（應該說是鏡子）。

我走進空無一人的洗手間，從收納包裡拿出牙刷，才剛開始刷牙，門就被打開了。啊，已經有人來了，今天運氣真差。我瞥向門口確認了一下，看見果遠呆站在那裡。

果遠睜大眼睛，臉上彷彿寫著「妳怎麼會在這裡？」。我重新轉向鏡子，佯裝無事地繼續刷牙。在這時候走出洗手間太露骨了，我希望她知道我只是不主動接近她，並沒有躲避她的意思。儘管她的存在不斷擾亂我的心思、教我坐立難安，但我還是不希望傷害到她。果遠猶豫地往前邁步，走進了隔間。聽著背後人工的流水聲，我刷著牙，心裡冒出「原來美少女也會上廁所」這種愚蠢的想法。這不是理所當然的嗎？在我第一次見到她那天，她還流了鼻血。果遠隨手抹開鼻血、沾上血汙的臉清晰浮現在我腦海。

我將滿嘴的牙膏泡沫輕輕吐掉，看見鏡中的自己微微帶笑。在我用廉價塑膠杯漱口的時候，果遠走了出來，在與我間隔一個空位的洗手臺前洗了手。然後她濡溼的指尖探了探裙子口袋，但似乎找不到手帕，開始亂了陣腳。我從自己的口袋裡取出手帕擦了擦嘴，接著將常備在收納包裡的備用手帕遞給果遠。

「妳需要嗎？」

不知為何，果遠臉上一副泫然欲泣的表情。

「不是的……」

「咦？該不會是需要衛生棉？我也有哦。」

「不是。」

她使勁搖著頭，後腦杓沒有長頭髮也沒有三股辮隨之晃動，我感到有些落寞。

「我平常都有帶手帕，只是今天不小心忘記了，所以……」

她說到這裡，我才終於察覺她想強調的是自己不像小時候那樣粗野，不會再用手抹掉鼻血了。她不必那麼慌張的，我又放鬆臉頰笑了開來，聽見果遠倒抽了一口氣。

「拿去用吧。雖然在我們說話的時候，水也差不多自然乾掉了。」

我刻意用輕鬆的語氣說道，把手帕又往前遞了五公分。果遠用細如蚊蚋的聲音說了句「謝謝」，幾乎沒攤開那塊疊好的手帕，把它夾在指縫間小心翼翼地吸走水分。

「我洗乾淨再還給妳。」

「沒關係，不用介意。」

我這麼說完全沒有別的意思，但果遠這一次也堅持說她家裡有洗衣精。

「我會用正常的洗衣精把它洗乾淨的，真的，我現在很正常了。」

或許我還是該趕緊走出洗手間才對，果遠拚命澄清的模樣教我於心不忍。果遠也和我一樣長大了一些，清楚理解到自己的家庭並不「正常」。她不可能永遠是那個天不怕地不怕、凡事滿不在乎的果遠。

「我不會在意那種小事啦。」

我撒了謊。原本還忐忑不安地擔心萬一果遠在所有人面前跑來跟我說「好久不見」該怎麼辦，我卻因為果遠懂得「謹守分寸」而鬆了一口氣，馬上裝出一副好人樣。同一時間，我內心的某個角落也為果遠的成長感到惋惜。對了，和這個女孩在一起，有時會迫使我直視自己的狡猾和矛盾，像是脫口說出「我和果遠不一樣」的時候，還有約好要彈鋼琴給她聽的時候。不同於其他任何人，只有和果遠待在一起時會這樣。

我伸出手，果遠怯生生地正要將手帕還給我，她的手卻忽然定住了。

「怎麼了嗎？」

「這個……」她說著，指尖撫過繡在手帕一角的小小白花三葉草。白色的繡線繡在白色手帕上，這點低調的小巧思我很喜歡。

「啊，妳注意到了？不太起眼，但很可愛吧？」

我這麼說完，想起曾經為果遠摘過一束白花三葉草的事。對了，有一次果遠不知為何沒有現身，我把那束白花三葉草留在公園，充作留給她的信。

「以前沒見到妳的那一天，我留了一束白花三葉草給妳，妳有看見嗎？」

果遠露出比剛才更想哭的神情，點了好幾次頭。她緊緊抿著嘴唇的表情，和最後見面那一天的小女孩重疊，當時隔壁家她心愛的鸚鵡死掉了，讓她大受打擊——那隻鸚鵡叫什麼名字？如今的我早已忘記了花冠的編法，也不會再多看路邊的雜草一眼。

果遠用雙手緊緊握住那條手帕，說了句「對不起」。

「那時候我發燒了，沒辦法出去。」

「原來是這樣，一定很難受吧。」

「謝謝妳的白花三葉草，我一直很想跟妳說我收到了。」

那都是八年前的事了，而且只是一束野草，她卻認真向我道謝，這份熱情使我有些退縮。從前的我能夠坦然為此開心，現在卻覺得她的感謝過於沉重。請不要用那種好像全世界只有我一個人存在的眼神看我。

「妳該不會是為了說這個，才特地跑到這所學校來吧？」

「這是其中一個原因。」果遠答道：「但不只是這樣——該說是目的嗎？總括來說，嗯，是因為我想再見妳一面。唯一的線索只有結珠妳當年穿的制服，原本也不曉得能不能見到妳，但真的太好了。」

預備鈴聲響起，和果遠的說話聲重疊。用那種理由決定念哪所高中的人哪裡「正常」了，我心想。

我終於跟結珠說上話了。我把這件事告訴千紗姊，她說「也太晚了」。

「這不都過一個禮拜了嗎？妳該不會被排擠了吧？」

「才沒有。要掌握班上的氣氛什麼的也需要時間啊，而且是千紗姊妳自己叫我不要一直黏著人家的。」

「有嗎？一般不是會有那種跟同學一起過夜的活動嗎？去青少年自然之家之類的。」

她曲起一條腿抽著菸，卻說出這麼健全的詞語，我忍不住笑了出來。

「千紗姊，妳也去過嗎？」

「有啊有啊，大家一起參加定向越野，學習該怎麼摺又薄又廉價的毛毯，晚上自己煮稀不拉嘰的咖哩，在擠滿上下鋪的房間睡覺，也不曉得有什麼好玩。」

「我們學校都是內部升學的學生，所以好像沒有這種宿營，不過還是有很多活動哦。期中考結束後有班際球賽，六月還有合唱比賽。」

「有夠麻煩。」

「才不麻煩。……結珠她呀，叫我『校倉同學』。」

預備鈴一響，結珠便迅速把刷牙用具組收進小包包，說：「下一節課要看影片，在視聽教室。」

——校倉同學，妳知道地點嗎？

——嗯。

——只要帶紙筆過去就可以了。

她沒有邀請我一起去。結珠小跑步離開了洗手間，因此我慢慢數到十才走回教室。她果然還是有點排斥我吧。不過她看到我沒帶手帕而慌亂的時候還是笑了，還把手帕借給我，跟我聊了白花三葉草的事。

「意思就是要妳把她當成普通同學對待吧。」

哎，這也沒辦法嘛，千紗姊說著扔掉菸蒂。千紗姊把切掉上半部的寶特瓶裝水當作菸灰缸，菸蒂堆積在裡頭，焦油成分把水染成了茶色。千紗姊有時會用分不清是玩笑還是認真的語氣喃喃說「一口氣乾了這個不曉得能不能死掉」，聽了讓我難受。

「畢竟妳那麼引人注目。」

「聽說午休的時候有學姊跑來看我。」

「這麼快就要來給妳下馬威啦？」

「不是啦，好像真的只是來『看看』我而已，告訴我這件事的同學也不像在說什麼壞事。」

S女中是知名的貴族千金學校，我已經做好覺悟，像我這樣的人混進這種地方絕不可能一帆風順。儘管不必再被男生糾纏不失為好事，但我的家庭環境鐵定也會在某些契機下被人發現，然後因此被大家瞧不起。可是目前完全沒有這方面的跡象，身邊的同學們看起來都是乖巧穩重的好女孩。像我國中時有幾個同學會帶名牌精品到學校炫耀、拿自己父母的職業說嘴，這裡卻完全沒有那種「討厭的有錢人」；在校期間，同學們也都會把手機乖乖寄放在貴重品保管袋。我這個外來者在學校生活中有什麼不懂的地方，總有同學不著痕跡地指點我，沒有任何人會說「妳這傢伙」、「煩死了」這種話。我原本做足了心理建設，她們這樣的態度反倒令我錯愕，過了幾天，我才終於想通這是怎麼回事。

這些女孩們打從懂事以來，身邊就只有生活水準相近的同儕，所以並不覺得自己特別富裕。由於沒見過低於自己的人，所以不可能產生「高高在上」的心理。我想起結珠來到公寓社區的時候，每每聽我說起自己的生活環境總是大驚小怪。當時結珠應該受到了不小的文化衝擊，卻沒說出任何否定我的話，反而是我大剌剌地闖入了屬於結珠的私領域。

「是哦。總之，要是有人欺負妳，妳要再跟我說，我替妳教訓她們。」

「像國中那時候一樣？」我笑著說。

「是啊。」

剛升上國中沒多久，我就開始被學姊們找麻煩。不同於國小之前的無視和嘲笑，這一次我在午休時被叫到廁所，被她們團團圍住。班上的同學們全都裝作沒看見。

——妳很囂張哦。

——是不是得意忘形啦？

像大人一樣燙著捲髮、塗著紅色唇膏的學姊們這麼逼問我，但我完全想不出自己做錯了什麼，所以不知該作何反應。「我沒有得意呀。」我這麼回答，她們便推搡我的肩膀、小力踢我的腳。我不害怕，我早就習慣被人盯上，被這些人討厭也無所謂。可是一想到這種情況要一直持續到升上三年級就覺得好煩，我於是跟千紗姊抱怨了兩句。千紗姊「哈——」地笑了，找了個晚上帶我出去。我們在校區內的幾間便利商店和公園繞了繞，發現那群學姊聚在一起廝混。「就是那些人。」聽我這麼說，千紗姊拉起我的手，拖著穆勒鞋的鞋跟，步伐慵懶地走近她們，向那群蹲在便利商店外顧著聊天的女生「喂」地搭話。

——聽說妳們有話想跟我妹說是吧？

學姊們膽怯地面面相覷，垂下眼囁嚅說「沒有……」，態度和包圍我的時候天差地遠。

——是喔，那就好。妳們跟她好好相處吧，不用那麼警戒，這傢伙在外校有男友了。

千紗姊這麼說完，便立刻帶著我回去了。

——我不是妳妹妹，也沒有男友欸。

——這是設定啦，傻瓜。這樣就沒問題了。

——真的嗎？謝謝妳，千紗姊。作為謝禮，我去便利商店買點東西請妳吧。

——不用啦。

千紗姊的手指細得能清楚摸到骨頭，指尖冰涼，又長又尖的指甲稍微刺進了我的手，但那感覺並不討厭。從隔天開始，再也沒有學姊來叫我出去了，我在安心的同時，也對學姊她們這麼沒骨氣感到不爽。

「學校沒什麼問題，但晚上打工的地方感覺很差。我今天開始上工，結果大概有五個人硬塞了寫著郵件信箱的紙巾給我。」

「去把他們的信箱登錄到一大堆交友網站上吧。」

「我家沒有網路。」

我無意間換了個姿勢，這時下腹部突然一陣發疼，我皺起臉。

「怎麼啦？」

「肚子有點痛，生理期快到了。」

「拿點衛生棉回去吧。」

「沒關係，我那邊還有。」

「不用跟我客氣啦，反正我的月經也幾乎不會來。」

千紗姊從三層櫃的抽屜取出全新的衛生棉扔給了我。明明還遠不到停經年齡，千紗姊卻月經失調得非常嚴重。

「謝謝妳。」

「還有，明天開始一段時間會有男人過來。」

「我知道了。那我先回去囉，晚安。」

從陽臺向外俯瞰，空無一人的公園裡，只有路燈懷抱著光佇立原地。單槓的影子拖得很長，結珠為我放了白花三葉草的時鐘一帶被陰影覆蓋，什麼也看不見。

四月下旬，我在校外遇到果遠。我最近開始上補習班，在補習完回家的路上碰見了她。我們彼此「啊」了一聲，果遠先是東張西望，確認過我身邊沒有其他人結伴同行，才問我「妳怎麼會在這裡？」。

「已經很晚了耶。」

「我去補習。校倉同學妳呢？」

「打工！」

或許是我主動發問讓她特別開心，她間不容髮地回答。

「咦，不會違反校規嗎？」

「啊。」

可能因為她是獎助生的關係，打工也是被允許的吧？我只是隨口一問，果遠卻慌了手腳，雙手合十放在鼻子前對我說：

「拜託。求求妳不要告訴別人，要是被抓到的話，我的獎學金說不定會被取消。」

「我不會說出去的……但妳在哪裡打工呀？」

「國道旁邊的一間家庭餐廳，離這邊走路大概十分鐘。我跟老闆說我沒上高中，先回家換過衣服才上工。」

我從來沒想過要打工。即使在速食店和便利商店看見與我年齡相仿的人站在櫃檯內側，「勞動」距離我的生活仍然十分遙遠。但果遠卻一上高中就開始工作，拿著自己的履歷接受面試，經歷了這些我從未體驗過的過程。

「好厲害哦。」

「咦，哪裡厲害？」

果遠愣了愣說「我還差得遠呢」，把連帽上衣的袖子捲了起來。她的手肘內側貼著幾塊ＯＫ繃。

「端牛排的時候油噴起來，被燙傷的。不過我終於有辦法穩穩端住鐵板了，一次可以端四盤哦。」

「真的假的。」

「真的喲。」

她天真無邪的行動力令我懷念，這女孩一向都能面不改色地完成那些我做不到、覺得太危險的事。

「果然很厲害。……哎，我們可以聊聊嗎？」

這種懷念的感覺，再加上這裡不是學校、我在補習班也沒有認識的同學，讓我稍微勇敢了一點。

「嗯，沒問題。」

無視於我狡猾的小算計，果遠開心地點頭。

「那我們，呃……」

儘管我主動提出邀請，卻不知道該去哪裡才好。現在已經是晚上十點，找間商店聊天有可能會被警察輔導，而且果遠無論如何都太引人注目，到公園或便利商店也不安全。如果我們是大人，就可以走進安靜的咖啡廳或酒吧了。

在我遲遲沒有好主意的時候，果遠提議說，我們走一段吧。

「走到下一個車站。這段距離散步正好，而且高架橋旁邊整條路都很明亮，行人也多。」

「可是，妳才剛站著工作了一整晚吧？不會累嗎？」

「不會哦。」

我傳了郵件跟媽媽報備說「我有地方聽不懂，在補習班問過老師再回去」，然後我們在夜晚的道路上邁開步伐。果遠穿著黑色連帽上衣、牛仔褲和運動鞋，不再是從前那身像布袋一樣的便服了。

「妳午休的時候都在做什麼呀？看妳不在教室，大家都很納悶。」

「我都去圖書室，午休時間那邊會開放對吧？所以我會在最裡面的位子偷偷睡覺。」

「午飯呢？」

「沒吃。」

「每天都沒吃？」

「嗯。」

怎麼想都不像是刻意節食。眼看我問到這裡不再說話，果遠連忙補充說「我不會餓啦」。

「早上的伙食我會吃到很飽，晚上也有伙食，所以午餐不吃剛剛好。」

「等一下，晚上是家庭餐廳，那早上的伙食是怎麼回事？」

「早上有早上的打工，是營業到凌晨的酒店，我去幫忙關店收拾和打掃。這份打工我從國中就開始做了。」

「國中生還不能打工吧？」

「因為是個人營業的酒店，私底下偷偷做的。說是打工，其實比較像去幫忙，然後拿點小費的感覺。有時候老闆也會說前一天的生意不好，只能給我五百圓。」

我連連鎖店以外的咖啡廳都不曾一個人去過，果遠卻已經在出入販售酒類的店家了，我聽了大感衝擊。

「這種工作太危險了。」

「是歐巴桑開的酒店，而且只是關店後的工作啦。不過有一次在路上被醉鬼糾纏，所以我把頭髮剪掉了。這樣戴個鴨舌帽、穿上寬鬆的衣服，看起來就像男孩子對吧？」

「為了那種事？」

我不禁停下腳步。

「妳為了那種事把頭髮剪掉？」

「這也不算小事耶。啊，不過我很後悔當初不該把剪下來的頭髮丟掉的，先前修女不是告訴我們可以捐髮嗎？剪下來的頭髮可以捐贈出去。早知道那時候拿去捐就好了。」

「我不是那個意思。」

因為留長頭髮太熱了、因為想模仿喜歡的藝人，就算是因為失戀也好，我多希望她剪掉頭髮的理由像普通女孩一樣無足輕重。但她卻是出於必要，不得不剪。我一時無法消化果遠這番話，某種無形的東西哽在喉頭，讓我難受。這種感覺我無法用言語表達，果遠擔憂地湊過來打量我的臉色。

「對不起啦，等我辭掉早上的打工會再留長的，不用留多久就能綁辮子了哦。」

辮子什麼的根本不重要——我差點脫口而出，但我心中憤怒的對象並不是她。

「為什麼非得打這麼多工不可？妳不是學費全免，還能拿到獎學金嗎？」

我自己明明連半毛錢都賺不到，也不需要自己賺錢，沒有資格干預這些，但我卻忍不住這麼問。有人在前方幾公尺的自動販賣機買了飲料，機器叮鈴叮鈴地吐出找零，就連這聲音都讓我火冒三丈。

「因為除了學費以外還有各種花費，像是交通月票，還有家政課縫洋裝用的材料費。學校不會幫我出這些錢，而且現在連洗髮精和衣服我都要自己買。這倒是不辛苦，我很快樂。我用第一次領到的打工費買了麥當勞漢堡來吃，簡直美味到不敢相信。」

「……妳媽媽呢？」

「還在喲，但這幾年我們算是冷戰狀態吧，很少說話。」

走吧。果遠催促著我，再次邁開腳步。電車從頭頂上趕過我們，一瞬間閃過眼前的車窗內側明亮，擠滿了人。有一天，我和果遠也都會成為那群人的一部分嗎？

「國小六年級的時候，我的生理期來了。」

果遠說。

「那時候是在學校，保健室的老師給了我乾淨的內褲和衛生棉。一把這件事告訴媽媽，她就生氣地說『不准用拋棄式的衛生棉！』，說什麼那些東西都來自石油、化學物質怎樣的，總之就是老樣子。」

我的初經也是在小六。當時媽媽聽了微微點頭，把千圓鈔票放在桌上，跟我說：「妳知道生理用品怎麼使用吧？自己去買妳喜歡的。」朋友家裡好像會吃紅豆飯或蛋糕慶祝，但我絕對不想慶祝這種事，唯有那個時候，我對媽媽的冷漠心懷感謝。

「她叫我一定要用布質衛生棉、交代著清洗方式什麼的囉嗦個不停，那個瞬間我莫名覺得再也受不了這一切，忍不住對她怒吼『吵死了！』，那是我生平第一次離家出走。」

「妳去了哪裡？」

果遠一旦爆發，感覺會出走到很遠很遠的地方。但她的答案出乎我預料，是「樓下的公園」。

「肚子又痛，又沒有錢。媽媽應該也是因為從陽臺看得到我，所以沒有來找我吧。幸好那時候是夏天。我坐在單槓上發呆的時候，千紗姊來跟我搭了話。」

「千紗姊？」

「住我家隔壁的大姊姊。」

「咦，就是那位養鸚鵡的？」

「沒錯。她讓我進了她家，分了衛生棉給我，從那次以後，我們的交情就還算不錯。酒店那份打工也是千紗姊幫我介紹的。」

看見果遠爽朗的笑容，我產生了一種無法釋懷的心情。

「妳明明那麼喜歡那隻鸚鵡，這樣無所謂嗎？那個大姊姊沒有好好照顧牠吧。」

「妳是說小綠？」

對，就是這個名字。果遠自己替牠取了名字，牠死掉的時候還哭成那樣，為牠展開了一場扮演小偷的大冒險，結果事後居然跟飼主建立起了友好關係。這是對小綠、不，是對我的背叛，我感到生氣。虧我看見果遠哭了、覺得她只能依靠我一個人，所以才幫她的忙的。同時，這麼想的自己也令我生氣。當時我不是畏手畏腳，根本沒幫上多少忙嗎？不是聽媽媽的話把羽毛扔掉了嗎？不是沒能在原處等待果遠嗎？

她明明說了，要我待在有光的地方。

「小綠並不是千紗姊殺死的呀。雖然要說是因為她隨便亂養，所以小綠才死掉的話，那或許也沒有錯啦……」

「我知道了。」

我粗暴地打斷果遠。

「小瀧同學？」

果遠用姓氏稱呼我。一想到她是在配合我，在安心的同時也令我難受。

「不必再說了。」

「妳生氣了？」

「怎麼可能呢，為什麼我要生氣？」

「我也不知道。」

我們沉默走在街上。每次停下來等紅燈的時候都好尷尬，我後悔自己未經思考就邀請了果遠同行。畢竟我們不可能再像當年一樣，開開心心地一起玩耍了。現在的我們既不是小孩也不是大人，而是「高中生」，總覺得這個不上不下、搖擺不定的立場把我們變得複雜了。

當下一個車站出現在視線範圍內，我的手機收到來自媽媽的郵件。信上寫說，黃金週哥哥要帶朋友回家，記得不要安排其他事情。黃金週的時候都快期中考了，為什麼連我的行程都得被影響？我只在心裡發完牢騷，準備闔上手機時，重新看了一眼螢幕上的現在時間。十點二十分。糟糕，我忍不住發出聲音。
「已經這個時間了，妳明天也要打工嗎？都幾點起床？」
「四點半。」
「那根本沒辦法睡多久呀，對不起，讓妳熬了沒必要的夜。」
果遠饒有興味地看著我驚慌失措的樣子，緊抿的嘴唇兩端微微上揚，好像隨時要綻開笑容。是因為覺得笑了會惹我生氣，所以才憋著吧。
「我是認真在告訴妳。」
「我知道。」
果遠最終還是燦爛地笑了開來。當她整張臉染上笑意，就像撒落一片彩虹似的，連周遭的空氣都變得繽紛起來。我回想起果遠從單槓上放開手，描繪出拋物線跳到遠方時的笑容，也想起自己當時決定要好好記住這個表情。
「因為妳認真替我擔心，所以我覺得很開心嘛。謝謝妳，但沒事的，我有睡午覺。」
「只睡午覺完全不夠呀，話說回來，這樣考前沒問題嗎？萬一妳的成績下滑就糟糕了吧？」
我又多管閒事了。我無法為果遠做任何事，也無法為她負責。瞎操心幫不上什麼忙，而且到了現在，果遠早就比我可靠得多。我連那座公寓社區的地址都沒有去調查，她卻僅憑著制服這條線索當上了我的同學。
「應該沒問題啦。」果遠毫無危機感地回答。

「自從和小瀧同學妳見不到面之後，我開始思考接下來該怎麼生活下去，努力用自己的腦袋去想。其中一個結論就是，上課時專心聽老師說話。像妳教我看時鐘的時候那樣，我把老師講課的內容全部當成結珠——小瀧同學妳說的話，結果漸漸聽懂了，也考上了高中。」

「騙人的吧？」

這太難以置信了。

「是真的喲。是因為小瀧同學妳說我一點都不笨，所以生平第一次，我開始不願意繼續當那個被視為笨蛋的小孩，不再放棄自己、覺得自己出生在奇怪的家庭，一定什麼事都做不好。」

我一點也不高興，也無法像剛才那樣讚美她「好厲害」。對於軟弱無力又不可靠的我來說，果遠不顧一切的直率令人害怕。「為什麼？」我問。

「為什麼要為了我這種人這麼努力？」

果遠抿著唇，淺淺露出一個落寞的微笑。那神情成熟美麗得不像是與我同樣年紀，這就是所謂的愁緒吧。如果說剛才的笑容是盛開的向日葵，那麼現在就是在雨中垂首、色澤蒼白的百合。七歲時的果遠仍沒有如此多樣的感情，我看得入神。

「為什麼呢……」

果遠說。

「或許我就是想知道答案，才一路來到這裡的。」

來到這裡、和我待在一起就會明白嗎？在我這麼問之前，我們便抵達了車站。「啊，防曬好便宜。」果遠的目光停留在票口前的藥妝店，說：

「我去買個東西再回去。」

「嗯，那我先走了。……回家路上妳真的要小心哦。」

「別擔心，我還有這個。」

她笑瞇瞇地從連帽上衣口袋裡取出一個東西，是鵝卵形的防身警報器。

「抱歉，之前借了一直沒有還給妳……妳記得嗎？」

「記得。」

媽媽要我帶在身上的那個警報器，交給果遠之後就沒拿回來。那個淺粉色的廉價警報器看起來就是給小孩子用的，鐵定幫不上什麼忙。它根本保護不了妳。七歲的果遠仍然如此鮮活地保存在十五歲的果遠之中，她的單純和愚昧化為銳利的針尖刺痛我。

看我沉默不語，果遠慌了手腳，將防身警報器遞向我：「雖然過很久了，還是還給妳比較好嗎？」我搖了搖頭，加快腳步往檢票口走去，感受著她從背後投來的視線。

我也好想知道，為什麼果遠總是讓我如此難受。

千紗姊的聲音從牆壁另一側傳來。高亢、抽噎般的聲音，和跟我在一起時完全不同，那不是說話聲，而是叫聲。她和男人糾纏在一起，變成了動物。現在的我，已經完全理解了這聲音和行為意味著什麼。隔著一扇拉門，媽媽睡得翻來覆去，連續不斷的布料摩擦聲彷彿在說著「差勁透頂」。千紗姊最近交到的男朋友時常動不動就來訪，動不動就跟她做愛。

——因為我三百六十五天都是安全期啊。

先前千紗姊這麼說過。

——生理期幾乎不會來，我這身體想懷孕也懷不上，所以男人搶著上鉤呢。

要是只為此而來的話還好，但來到千紗姊身邊的男人求的總不只是身體，還想要錢。他們因此跟千紗姊吵架，有時動用暴力。連千紗姊名字都不知道的時候我還能塞住耳朵假裝沒聽見，但現在從隔壁傳來的怒吼和慘叫總讓我難受。為什麼他們不能上了床就滿足呢？

——妳待在這種地方做什麼？

那一晚，千紗姊在公園裡找到我，對我來說是除了結珠之外另一個巨大的救贖。

——我生理期來了。

即使我突然脫口說出這種話，千紗姊也毫無動搖。

——真的假的？妳已經到這個年紀啦？沒多久前還看妳在學走路呢。

這話雖然不太客氣，但聽起來莫名有點溫柔，我的眼淚撲簌簌掉了下來。

——咦，搞什麼啊，難得我喝完酒帶著好心情回家，這下都萎了。

她一臉嫌棄，卻沒有丟下我，反而一把摟住我的肩膀，拖著我進了她家。我把跟媽媽吵架的事告訴她，她笑著說「真是個瘋女人」，給了我一包全新的衛生棉。

——妳媽也真可惜，難得天生麗質，卻完全沒好好利用她漂亮的臉蛋。

不過，我並不討厭那種麻煩的女人——聽到她這麼說的時候我很高興。啊，原來現在我也不討厭媽媽，我意識到這點而鬆了一口氣。

從那之後，千紗姊會修改自己的舊衣，或男人留在她家沒帶走的衣服送給我穿。其中也有些花樣特別誇張的衣服，不過我很感激。她說她念過服裝設計，也不需要縫紉機就做出了好多件，而且只是舊衣，這樣輕鬆隨意的距離感剛剛好。假如她拿了全新的衣服給我，我可能會不好意思再走進千紗姊家。我喀嚓喀嚓把頭髮剪掉的時候，是千紗姊勉強替我修整成還能見人的髮型；當我以「搬走了的朋友」這個設定告訴她結珠的事，也是千紗姊告訴我「那是S女中附設國小的制服」。

告誡我「有男人過來時絕對不要現身」的，也是千紗姊。

——男人看見妳一定會轉頭跑去追妳，那樣我絕對會恨妳的。

——即使我不喜歡那個人也一樣？

——嗯。

儘管我的身體從「小孩」轉變成「女人」是我們變得要好的契機，千紗姊仍然警戒著我身為「女人」的部分。我甚至不知道千紗這個名字是不是她的本名。

牆壁另一側的聲音越來越響亮高亢，我聽見媽媽的咋舌聲混在其中。我一方面也是聽習慣了，並不太介意千紗姊的呻吟聲。這聲音不會讓我興奮或心跳加速，每一次都讓我想起五號棟５０４號房的大叔。那一天，那個大叔顯然在痛苦中掙扎，我不曉得他後來怎麼了。現在的結珠，已經知道那個大叔的真實身分了嗎？結珠在心裡是如何處理關於那個大叔的記憶？我不敢問，畢竟結珠本來就有點怕我了。

為什麼要為了我這種人這麼努力？結珠的問句在我腦中迴盪。不要把自己說成「我這種人」呀，我聽了好難過。結珠不知道她是我多大的支柱、多大的希望，我又有多想再見到她。當我把這份心意放上天秤，非得在另一側的托盤放上同等重量的「道理」或「常識」嗎？對結珠來說，我是不是跟那些把郵件信箱寫在紙巾上、單方面硬塞過來的男人沒有兩樣？

聲音戛然而止，看來結束了。

自從開始造訪千紗姊家，我馬上就把小綠的事跟她說了。我做好了被訓斥的覺悟，但千紗姊一笑置之，還跟我說「妳膽量不錯嘛」。

——我都不知情，一直以為牠只是逃出去了。

原來死掉了嗎？她說著，看上去有一點點落寞，或許她想像過小綠短暫地在天空自由翱翔的模樣。我是不是不要告訴她實情比較好？我這麼想著，和千紗姊兩個人一起下樓，走進夜半的公園。

——我把牠埋在這裡。

——還有花啊，是妳為牠供上的？

——嗯，雖然只是開在附近的野花。

說是「野花」未免太好聽了，那只是些從柏油縫隙間探出頭的雜草，我也只在心血來潮的時候摘一些過來。千紗姊卻用力揉了揉我的頭，把我攬到她身邊。千紗姊身上是酒、香菸和香水混雜在一起的味道，一點也不好聞，卻令人安心。

——妳要好好利用妳那張漂亮臉蛋，聰明地活下去啊。

至於那具體來說該怎麼做，我現在還一無所知。

黃金週最令人憂鬱的活動來臨了。我穿上平時鮮少穿著的淡薰衣草色洋裝下樓到客廳，等候哥哥帶他的朋友回家。媽媽的目光迅速掃過我，確認頭髮有沒有亂翹、衣服有沒有皺褶、指甲有沒有剪乾淨，像臺機器一樣將我全身掃描過一遍，確定沒問題之後便立刻回廚房去了。

「哦，結珠，妳穿這件洋裝很適合啊。」

爸爸不知為何心情很好，笑瞇瞇的。

「謝謝。」

「平常可以多穿呀。」

「這是外出用的正式服裝，弄髒就太糟蹋了。」

「我們結珠這麼守規矩，不會弄髒衣服吧。」

一聽到玄關鑰匙轉動的聲音，爸爸便站起身來催促我一起應門。就我記憶所及，這是哥哥上大學之後第一次帶朋友回家。要出動家裡所有人一起招待的朋友，該不會是女朋友或結婚對象吧——我原本這麼想，但站在哥哥身後的是一名男性。

六年前，哥哥重考一年上了知名大學醫學系之後，便搬出去開始一個人住。大學到我們家雖然是能夠通勤的距離，但爸爸答應過他，只要考上就出錢讓他租公寓。當然，其中也包括學費、生活費，還有清潔人員每週來打掃兩次的費用。

哥哥準備搬出家裡的前一晚，我剛好起床上廁所，在走廊上看見他。原本打算默默從他身邊走過，他卻喊了我一聲「結珠」，這比遇到鬼更令我驚嚇，因為哥哥從來不曾叫過我的名字。

——妳知道嗎？我跟妳只有一半的血緣關係。

我沉默搖了搖頭，哥哥笑著說「我想也是」。他臉色微紅，或許是尚未成年卻喝了酒回來也說不定。

——我的母親在我九歲時就生病死了，妳媽媽是那之後過來的繼母。所以妳媽媽不是我的媽媽。

——確定不是反過來嗎？

我未經思考便脫口而出。哥哥睜圓了那雙充血的眼睛，一瞬間啞口無言似的閉上嘴，不過馬上又揚起嘴角，輕輕摸了摸我的頭。

——妳也很辛苦啊。

哥哥只有在那時對我表現過關懷，那也是唯一一次我對他感到親近。在內心某個角落，我總覺得自己可能不是媽媽的小孩，哥哥卻告訴我不是這樣。當時我想，那我就逃不掉了，無法逃開擺在眼前的現實：媽媽只是不喜歡我才對我冷漠，沒什麼特別的理由。隨著年歲增長，我長得與媽媽越來越相像，無論是臉部輪廓，還是眼睛、嘴唇的形狀。即使我長大成人、離開這個家，有了工作賺錢、養活自己的能力，身為「媽媽的女兒」都是我逃也逃不過的事實。

「我回來了。這傢伙就是我提過的學弟。」

「我叫藤野素生。」

他按著眼鏡的鼻橋，把瘦長的身體彎下來鞠躬，動作讓我聯想起長頸鹿彎下脖子喝水的模樣，我覺得想笑，繃著一本正經的臉打了招呼：「我叫結珠。」

「請進來吧。」

媽媽用客套有禮的聲音招呼藤野進門。

比平時更拘謹的午餐在餐桌邊展開之後，媽媽忙著上菜、安排下一道菜，藤野幾乎不開口，只有爸爸和哥哥談笑風生。還住在家裡的時候，哥哥甚至不太跟我們打招呼，不曉得他心境上有了什麼變化。是過了叛逆期、變成熟了嗎？明明爸爸和媽媽一直都沒有改變，所有問題卻在哥哥心裡全部解決了，還真奇怪。

「你決定要到哪裡實習了嗎？」

「還在考慮。到離島衝浪衝到爽，感覺也不錯。」
「不是去玩的吧。」
「最近的實習醫生都滿輕鬆的，不然大家就不做了。藤野，大學醫院也是這樣吧？」
「我不太清楚。」藤野小聲咕噥著回答。
「下次問問看吧。」
「好……」
從對話的片段當中，我聽出藤野的爸爸是大學醫院裡位居高層的醫師。原來是因為這樣，爸爸才對他這麼客氣。
「這傢伙也想考醫學系。」
哥哥吃著鯛魚和蛤蜊煮成的義式水煮魚，朝我努了努下巴這麼說。
「是的。」
我點頭，卻不曉得接下來該怎麼繼續拓展話題。藤野在正對面目不轉睛地盯著我看，讓我更難開口了。這個人來我們家到底有什麼樂趣？看他一副怯懦的樣子，說不定是不好意思拒絕哥哥的邀請。難得放連假卻到學長的老家吃飯，怎麼可能有什麼好玩。
「我記得妳已經在補習了？」哥哥問。
「是的。」
「哎，反正我也重考了一年，重考兩年以內都沒問題吧。」
「開什麼玩笑，別說這麼觸霉頭的話。」

媽媽仍然面帶笑容，語氣委婉地勸阻。

「結珠比健人認真，不會有問題的。」

爸爸對我的讚美聽起來總是浮於表面，我想不是我的錯覺。在與媽媽不同的意義上，爸爸也同樣對我毫不關心。爸爸就連我的生日都不記得，我也沒有被他擁抱的記憶。對他來說，我一定只像隻不費心的寵物吧。

「喂你們好過分啊！」

哥哥用誇張的語氣抗議。我盡可能發出最自然的大笑聲，卻在聽見哥哥接下來的話時僵住了。

「結珠，請藤野當妳的家教吧？」

「哎呀，很不錯呀。」媽媽立刻贊成。

「藤野這傢伙當然是應屆考上的，而且頭腦也非常聰明。」

問題只有這個——哥哥說著，用手指比出代表金錢的手勢。「那可真是個大問題。」

爸爸皺起眉頭，故意裝出一副愁眉苦臉的樣子，我連禮貌的微笑都擠不出來。讓一個陌生男人一對一指導功課，而且對方還是哥哥的朋友，我絕對不要。

「可是，補習班……」

「補習班也不是每天都有課呀。」

我僅有的反抗也被媽媽粉碎。

「週三、週五、週日不用補習，但週五還要參加社團。社團活動不參加的話，會影響到申請學校的。」

「那就是週三、週五了。週五社團活動結束之後也還有時間吧？週日就不安排了，否則對藤野太不好意思了。」

無視於我的意願，事情一步步敲定下來，最後只剩下藤野主動拒絕這一個希望了。當哥哥問「藤野，你覺得怎麼樣」的時候，我在心裡交握著雙手祈禱。

「啊，沒問題，如果我能幫上忙的話。」

然而，藤野卻乾脆地答應了。他臉上的表情幾乎沒變，完全看不出他內心是怎麼想的，教人心裡發毛。幸好我不是基督徒，否則祈禱的結果居然是這樣，我會討厭神明的。

我拚命把後來上桌的肉類、義大利麵和甜點塞進胃裡，喝著餐後的紅茶設法消化肚子裡的食物，這時媽媽說「結珠，妳帶人家去妳房間看看吧」。

「期中考也快到了，趕快請藤野指導一下妳不會的地方。」

「藤野，今天就當作試教，不付家教費可以嗎？」哥哥說。

「啊，好的，沒問題。」

「真是的，不要一直談錢啦。」媽媽說。

由於不曉得媽媽什麼時候會進房間（我在學校的期間她可能會四處檢查也不一定），所以我的房間維持得乾淨整潔，但即使如此，我也非常抗拒讓男人進房。以後這個人每週居然還要來兩次。上樓的同時，我強忍著嘆氣的衝動。

「請進。」

「打擾了。」

藤野又像長頸鹿那樣鞠了一躬，走進房間。一看我在椅子上坐下，他便問也沒問就往床上一坐。地毯上明明放著坐墊，這個人卻穿著外出服就坐到床鋪上，到底在想什麼？當然，我不可能抱怨，只能乖乖翻開數學Ｉ的課本和筆記，自首說「這部分的應用我學得不太好」。適當敷衍一下，最後說「我瞭解了」，他就會出去了吧。

「能借我看一下嗎？」

我遞出筆記本，藤野便啪啦啪啦地開始翻動其他頁面，我感到像是被人擅自翻閱日記的屈辱感。這個人怎麼就這麼沒禮貌？太討人厭了。我可能忍不住在臉上表現出了這種想法，藤野尷尬地說「失禮了」。

「因為有什麼地方學不會的時候，通常是在它的兩、三步之前就卡住了。」

他似乎想說，他並不是出於興趣才翻看我的筆記。這個道理我明白，而且讓家教老師看筆記也是理所當然的，但我仍然無法抹去心裡的嫌惡感。他說話的聲音含糊不清，講解內容卻精準又易懂也讓我好不甘心。

「謝謝。」

我收回課本和筆記，不曉得接下來該說什麼，於是默不作聲，藤野也不說話。在痛苦的沉默當中，哥哥從開著約十公分的門縫裡探出臉來。

「藤野，教完了嗎？我們差不多該走了。」

「好。」

藤野終於站起身，說：「能借一下洗手間嗎？」
「客人用的洗手間在一樓，玄關旁邊。」哥哥說。
「好，謝謝。」
藤野離開房間、走下樓梯之後，哥哥仍然留在原地，胸有成竹地笑著俯視我。
「我們接下來要去看足球比賽，妳要一起來嗎？」
「我還要念書。」
「藤野還中意妳嗎？」
「不知道。」
「那傢伙的父親，是K大醫院的外科主任。妳就當作是孝順父母，好好跟他相處吧。」
我一聲不響地瞪著自己放在大腿上的手。

圖書室的盡頭，書架與書架之間，掛著一張裱框的相片。又或者它其實是畫風極度寫實的畫作呢？我不知道，但我很喜歡它，無論是相片還是圖畫都好。沒那麼想睡的日子，在那面牆壁前凝視著那張相片，是我午休期間私底下的樂趣。連假和期中考終於結束，恢復正常上課，暌違許久見到它讓我很高興。
那張相片裡只有天空與大海，呈現泛灰的褐色調，或許已經有點年代了，也可能是被加工成了復古的風格。靠近鏡頭處是一片凹凸不平的礁岩，海浪起伏著捲上岸邊，遠處的防波堤上也有白色的浪花飛濺。畫面兩端的天空中有雲，但正中央豁然開朗，暈開一片柔和的光。在略顯陰沉、颳著大風的日子，陽光不期然照射下來，短暫的晴空破開了陰雲間隙。這是哪裡的海呢？是什麼季節、什麼時間，天空是怎樣的藍，海面又是怎樣的藍？海浪是什麼聲音，在浪濤拍擊處沐浴的海風是什麼氣味？對著相片問著這些問題，時間一轉眼就過去了。我還沒有去過海邊，但如果哪天要成行，我希望是這樣的海。

因此這一天，我也在近處欣賞著那張照片，這時有人喊了我的名字。「校倉同學。」我回過頭，看見一位修女帶著客氣禮貌的笑容站在那裡，看上去很年輕，可能才二十幾歲。究竟走過了什麼樣的人生，才會想成為修女呢？當然，我沒問那麼失禮的問題，只是乖巧地點點頭說：「修女姊姊好。」

「校倉同學，午休的時候好像常常看見妳待在圖書室……」

話說得委婉，我聽出她省略的部分是在替我擔心：「妳交到朋友了嗎？」、「沒有被同學欺負吧？」我直直看著修女的眼睛，回答：

「是的，我只是覺得待在這裡很平靜而已。」

「這樣啊，那就好。……妳很喜歡那張照片嗎？」

「是的。」

「不曉得是誰的作品呢。」

「我也不知道。」

相框上沒有題名，也沒有攝影師的名字。

「修女姊姊也不知道嗎？」

「我也才剛到這所學校兩年，許多事情都還不知道。」

修女有點慚愧地說：「下次我再請教一下其他老師。」加入知識和情報之後感覺會限縮我的想像空間，所以我不太想知道，但還是點頭說「好」。

「校倉同學，妳沒有參加社團活動嗎？」

「我光是跟上課業進度就已經很拚命了，畢竟成績不能下滑。」

「確實，努力用功讀書是很棒的事。不過如果妳願意的話，要不要到聖經研究社來看看？每週只有一次社團活動，當作休息正好。當然，我們沒有硬性規定要受洗，而且幫忙準備聖誕彌撒也是很美好的經驗哦。」

我該不會是個壞人吧？比起冷漠或譏笑，我反而覺得善意更令人厭煩。可是我從來不覺得千紗姊煩人，或許關鍵在於對方是否瞭解真正的我吧。希望別人先好好瞭解我，再思考該用什麼方式靠近我——這不過是單方面的任性要求而已，畢竟我也完全不瞭解這個人。

「請讓我稍微考慮一下。」

「好，只是來參觀看看也很歡迎哦。」

我目送溫柔修女的背影走遠，才剛鬆一口氣就看見結珠走進來，嚇了我一跳。她把裝著盥洗用品的化妝包夾在腋下，一對上我的眼神，便露出有點困窘的表情。

「妳不是在睡覺嗎？」

和相片共處的時間被修女打擾，我或許比自己想得還更心煩氣躁。我覺得自己被責備了，下意識回嘴：「我不能醒著？」我能遇見結珠明明很高興，但結珠卻好像不樂於見到我，讓我好不甘心。

「我不是那個意思。」

結珠好像被嚇到了，放低聲調囁嚅著說。我心裡頓時產生了想要握住結珠的手、馬上向她道一百次歉的心情，同時又按捺不住喜悅的浪潮從心底湧上來。我說的話傷到了結珠，即使是我這樣的人也能傷害到結珠——這種黑暗的成就感使我喜不自勝，截然相反的兩種情緒攪和在一起，卻無法融合。這種矛盾並不存在於七歲的我身上，它是在什麼時間點、如何萌芽的呢？歲月和成長這種東西真莫名其妙。

「對不起。」

最後，罪惡感戰勝了喜悅。

「剛才修女問我要不要參加聖經研究社，我覺得好麻煩，所以心情有點煩躁。」

「哦……」

結珠不置可否地點頭。

「她說幫忙準備聖誕彌撒很有趣，不知道會做什麼。」

「為孤兒院的孩子們寫聖誕卡片，幫忙布置義賣市集之類的吧。」

「是哦。」
我不認為那會是「美好的經驗」。
「啊，還有，熱可可。」
「熱可可？」
「嗯。因為最高學年要負責這方面的工作，我在小六和國三的時候也稍微去幫過一點忙。我記得在彌撒之後，要煮熱可可分給大家。把裝滿一整個大鍋子的牛奶煮沸，倒進多到嗆人的可可粉，再加入很多砂糖。光是繞著圈子攪拌，香香甜甜的味道就濃得不得了。最後在大碗裡打發鮮奶油，啪嗒倒進去就完成了。」
個性成熟穩重的結珠，此刻卻天真無邪、興高采烈地聊著熱可可，我看了頗為意外。
「有那麼好喝呀？」
「跟聖誕節氣氛加在一起的綜合效果吧。還有，我覺得用大鍋子煮也是它迷人的地方。濃郁香甜又熱呼呼的可可……有不少同學是為了喝熱可可，才參加聖誕彌撒的哦。」
「我也可以參加嗎？」
「當然可以呀。」
看見結珠的笑容，我對自己剛才殘酷的想法深自反省。希望她平常總是像這樣笑著，多希望結珠除了香甜的可可之外什麼也不必想。
「我去刷牙。」
「啊，好。」

對了，她來圖書室有什麼事嗎？剛才錯過了問她的時機。

藤野的家教課對我很有幫助。補習班專精於解題技巧，為我指出尋找正確解答的最短路徑；藤野則是仔細追蹤我的思路，解開我拐進岔路或死路的理由。「這一次用B思路解題會比A更流暢，但假如是另外這一類型的題目，A的解法就有效了。」就像這樣，藤野不僅指出我的錯誤，還會藉此拓展更多選項及可能性。在備考方面更有效率的是補習班，而藤野鍛鍊的則是我身而為人的大腦——這是我的感想。藤野能教所有科目，而且也不會擺架子、責備我的失誤，以家庭教師來說，多半是個優秀人選。

可是，這和我一對一跟他上課感到痛苦是兩回事，週三和週五的到來總是令我憂鬱。家教課的時間是傍晚六點到八點，上完課我們會一起吃晚餐。剛開始藤野還客氣地說「不用麻煩」，但在媽媽堅持之下，他也不再說什麼了。

「最近在學校都做些什麼呀？」

你看，就是這種地方討人厭，這種籠統的問題最讓人困擾了。晚餐我通常是一個人坐在餐桌邊吃，光是眼前有另一個人就已經有點壓力了，藤野還操多餘的心，笨拙地想找話題聊天。男人態度太輕佻確實引人反感，但藤野這種靠不住的笨拙也使人厭煩。家世、學歷、身高，受歡迎的條件他明明樣樣不缺，但那頭像萎縮棉花糖一樣亂翹的髮型，還有陰沉的說話方式，都讓人覺得女孩子不太會想靠近他。

在心裡對別人的外貌品頭論足太不可取了——即使這麼勸阻自己，但哥哥口中那句「孝順父母」還是讓我神經過敏。

「學校舉辦了班際球賽，我打羽毛球，拿了第二名。」

或許是藤野的緊張感染了我，我的回答也變得像英文課本上的翻譯例句一樣。我本來就不是個特別有意思的人，但和這個人說話的時候，我覺得自己更加無趣了。

「好厲害哦。」

「過獎了。」

「接下來就是期末考了？」

「在那之前還有合唱比賽。」

「會做什麼樣的事呀？」

「每個班級都要唱指定曲和自選曲，自選曲是由音樂老師挑幾首歌備選，今天我們班剛投票決定。」

「最後決定唱什麼歌？」

「指定曲是〈我的歌謠〉，自選曲是〈告別的季節〉。[3]」

「我都沒聽過呢。」

3 〈我的歌謠〉（マイバラード）、〈告別的季節〉（さようならの季節に），皆為日本班級合唱常見的經典合唱曲。

藤野露出抱歉的表情，我看了心中仍然沒有任何波瀾。

「結珠，妳擅長唱歌嗎？」

如果我說「對」的話，你打算在這時候點一首歌讓我即席演唱嗎？我回答：「我負責伴奏，所以不會上臺唱歌。」

「原來，那妳鋼琴彈得很好耶，真厲害。這麼說來，房間裡確實有臺鋼琴。」

「她只有扮家家酒的水準而已啦。」

媽媽從旁插嘴道。媽媽總是沒做什麼，就在廚房吧檯的另一側監督般地看著我們。

「畢竟她也不是樣樣學、樣樣精通的孩子，國二的時候我就不讓她繼續學琴了，那個時期還是該認真念書為上。」

「這樣啊。」

一頓束手束腳的晚餐吃完之後，走出玄關、送藤野到大門口是我的職責，因為媽媽總交代我「去好好送人家離開」。

「今天也謝謝你。」

我低頭行禮，藤野卻欲言又止地站在原處不動，看起來似乎希望我說些什麼。他這種扭扭捏捏的性格，也讓我看不順眼。

「……下次，能請妳彈鋼琴給我聽嗎？」

他下定決心似的說出這句話，我一時不知所措。

「不好吧，我彈得沒那麼好，不夠格彈給人家聽。負責伴奏的人選也只是從學過鋼琴的同學中抽籤決定的，我已經好幾年沒彈了。」

「那也沒關係。」

有必要用這麼認真的表情堅持要聽嗎？我不明白藤野的意圖，心裡有點害怕。

「如果媽媽——我母親同意的話。」

「令堂？」

「畢竟請你來是為了指導功課。」

當然，只要藤野親自要求，我想媽媽二話不說就會同意。但藤野卻說了聲「這樣啊」，垂下眉眼。

「那就算了。」

真是的，這個人到底有什麼問題？我回到房間，打開好幾年沒碰的鋼琴琴蓋。這架鋼琴已經連音都沒調了。我用食指輕輕按下琴鍵，便響起一聲在我聽來沒什麼偏差的Mi音。

〈告別的季節〉這首歌是果遠選的。雖說是多數決，但掌握決定權的人是她，我想全班同學都有這種感覺。

音樂老師先將所有自選曲的備選歌曲都唱給我們聽過一遍，然後問我們：「妳們想唱哪一首？」老師這問題並未指名同學回答，也沒有正確答案，我們面面相覷，都採取觀望態勢看誰最先發言。只有果遠毫不在乎班上的氣氛，舉手提議。

——我喜歡〈告別的季節〉。

——好，〈告別的季節〉一票。其他人呢？

不知是誰說了「贊成」。贊成的聲音此起彼落，像中了催眠術似的，所有人紛紛表示贊同。

——哎呀哎呀，壓倒性的多數呢，大家就這樣決定真的好嗎？

老師也露出了遲疑的表情，不過最後果遠的意見還是一致通過了。我什麼也沒說，沒有附和果遠，但也沒有推薦其他歌曲。音樂課結束之後，朋友有點惋惜地說：「我去年唱過那首歌了說。」

——但妳不是也贊成了嗎？

——嗯……因為校倉同學說得很堅定嘛，就有一點……說是無法違逆她好像有點難聽，但就是覺得「啊，那就這首吧」的感覺。

我懂。亞沙子點點頭。

——她的語氣充滿力量呢。聽了就覺得，反正我們已經參加過好幾次合唱比賽了，選那首也沒關係。

——果然美女就是吃香啊——

那時的果遠有種撼動人心的力量。我想那不僅是因為她長得漂亮，而是因為大家嗅到了她身上異樣的氣質：她擁有令我們望塵莫及的飢渴，見過我們未曾見識的世界。雖然沒什麼根據，但我覺得這是男孩子感覺不出來的。

上週，我在圖書室遇到了果遠。我提早刷牙，主動跑去見她——正確來說，是偷偷看她。我越是對藤野的事感到不安，就越想見見果遠。她說她平常午休都在睡覺，假如我可以悄悄走進去，看看她發出安穩鼻息的模樣，心情多少會好一些才對，可是……

——我不能醒著？

那道尖刻的聲音，現在回想起來仍然擾亂我的心跳。看見果遠出乎意料地醒著令我動搖，不小心說出了像在找碴一樣的話。果遠有點生氣，但她立刻恢復冷靜，跟我道歉說「對不起」。不像從前那樣不明就裡地死命道歉，而是明確地、為了我而讓步，儘管我連一句「對不起」也說不出口。果遠變得越來越成熟了，她會越來越強大、聰明又漂亮，把我這樣的人遠遠拋在後頭。

或許是無意識間按得太大力了，La的音高亢地響起，我被自己嚇了一跳，手忙腳亂地闔上琴蓋。合唱比賽到來之前，得好好練習伴奏才行。

打工回家路上，我在車站前再一次遇到了結珠。看她輕輕朝我揮了揮手，我才跑近她身邊。她看見我托特包上的吉祥物吊飾，問：「怎麼會有這個呀？」

「讓我在酒店打零工的那個阿姨去沖繩旅遊，帶回來送我的伴手禮。」

這是知名吉祥物的沖繩專屬造型，我對它沒有特別的好惡，但難得收到人家的禮物，我便將它綁在托特包的提把上掛著，從外側也看得見。多半是體貼我的感受，結珠讚美它說「很可愛耶」。我們邁步走向隔壁車站，就好像我們總是這麼做似的，這種理所當然的感覺讓我喜不自勝。

五月末的夜晚，或許是空氣中開始蘊含些微溼氣的關係，聞起來像河水的味道。即使只是單純走過一站的距離、不多作停留，夜裡能和結珠一起穿著便服走在校外，也是一段自由自在的幸福時光。

「我們國中時的畢業旅行就是去沖繩哦。」

「好玩嗎？有沒有到海裡游泳？」

「沒有耶，去了姬百合之塔、首里城之類的景點……美麗海水族館真的很漂亮。」

我想圖書室那張照片裡的海一定不在沖繩，感覺它不像是有熱帶魚、適合潛水的水域。

「校倉同學，妳們學校的畢業旅行去了哪裡呀？」

「我想不起來耶，國小和國中的畢業旅行我都沒去，不記得了。」

「為什麼沒去？」

「嗯……我沒有特別想參加，而且媽媽好像也不太希望我去。」

跟一群關係疏離的人一起出遊太麻煩了，我反而還要感謝媽媽乖僻的性格呢，但結珠回應的那聲「這樣啊」聽起來卻陰鬱沉重了一些。

「我不覺得遺憾哦。」

「我知道，可是……那明年呢？高中的畢業旅行妳會參加嗎？」

我完全沒想過這個問題。雖然覺得金錢層面上我多半不可能參加，但還是問：「決定要去哪裡了嗎？」

「北海道。」

「會去海邊嗎？」

「不會，我想應該是去滑雪。妳想去海邊嗎？」

「嗯。」

我想去看看那張照片裡的海。但就連攝影地點是否在日本都不知道，那裡的景色現在也不一定還保持著原樣。我說，我想去「寂寞寥落的海」。

「有波浪、有整片的雲朵，雲層間稍微射下一點陽光——像這樣的海。」

聽我這麼說，結珠輕聲笑了出來。

「那不是地點，是情境了吧。」

「妳知道圖書室裡有一張大海的照片嗎？我想親眼看看那樣的景色。」

「妳是說那張老舊褪色的照片？陰天的那張？」

「嗯，我好喜歡那張照片。」

「很有校倉同學妳的風格呢。」

「什麼意思？」

「願望不是想看漂亮的魚、想游泳之類的。」

「跟一般人不一樣的意思嗎？」

「是呀……這不是批評妳的意思哦，可是校倉同學妳和其他女生完全不一樣。」

這就像結珠對我來說是特別的一樣嗎？應該不是這麼回事。我總是顯得格格不入，只是披著制服這層外皮硬是混入了這個群體當中，我自己對此也有所自覺。但我不知道背後的原因究竟在於我出生成長的環境，還是在於我自己本身。

路過的汽車似乎碾到了寶特瓶，車道上傳來「砰」的一聲爆裂音，嚇得結珠縮起身體。我沒有多想便抓住她的上臂問她：「沒事吧？」

「嗯，嚇我一跳。」

「我跟妳換邊吧，我走靠車道那一側。」

「沒關係。」

結珠使勁搖頭。

「妳不用做那種——像男人一樣的事情，校倉同學妳是女孩子呀。」

可是這裡沒有男人，我一直覺得兩人獨處的時候，我理所當然是負責挺身而出保護結珠的那一方。結珠聰明又乖巧，但我知道這種性格也使得她膽小而脆弱——我知道得比其他女孩清楚太多了。我隔著薄薄的針織外套觸碰到結珠的臂膀，理論上跟我的差不多粗細，卻有種單薄無助的感覺。

結珠沒把靠車道那一側讓給我，自顧自邁開步伐，起了個話頭：

「合唱比賽的歌。妳那麼喜歡〈告別的季節〉呀？」

「嗯，我很喜歡它的旋律。」

老師徵求意見的時候沒人出聲，所以我變成了第一個提議的人，而且全班就這麼一致通過了，讓我有點難為情。

「但我也不是非得唱這一首不可。那時候班上的氣氛有點尷尬吧？大家會不會覺得我很白目？」

「沒這回事啲。大家只是因為唱哪一首都好，這點小事也沒必要爭論，所以順水推舟地贊成而已。」

「這樣啊，那太好了。」

我鬆了一口氣，但結珠臉上的神情卻不太明朗。總覺得她今天一直沒什麼精神。該問問她「怎麼了」，還是該裝作沒發現？我就連哪一邊才是對結珠最好的決定也不知道，一想到不太一般的自己有可能選錯邊就教我害怕。

「我說呀。」

所以，當結珠這麼喃喃開口，我心跳漏了一拍。結珠的心情起伏就看我的反應了，我極力給出若無其事的回應，好掩飾心裡這份緊張。

「怎麼了？」

「剛才，妳不是說要我走在內側嗎？這是因為……校倉同學妳、那個……平常跟男孩子走在一起，他們都這樣對妳嗎？」

「咦？」

我可能比剛才嚇到的結珠更驚訝。

「什麼意思？」
「我想說妳可能有男朋友……有必要這麼驚訝嗎？」
「當然啊！」
我的驚訝當中混雜著憤怒。難得的寶貴時間，結珠怎麼說這麼無關緊要的話啊，這就像砂糖中混入沙粒一樣讓我不悅。
「因為校倉同學，妳一定很受歡迎吧？」
「才沒有。」
「為什麼要撒這種謊？」
這一次，換成結珠露出了不悅的表情。
「我沒有撒謊。受歡迎是讓人高興的好事，應該是閃閃發亮的、快樂的事情吧？不是被那些連名字都不知道的人突然硬塞電子郵件信箱、問妳打工幾點下班、偷偷拍妳的照片、埋伏在外面等妳的事吧？這些一點也不快樂。」
還有「要不要我給妳零用錢」、「把妳的內褲賣給我嘛」……我原本還想繼續舉出各種案例，但看見結珠的臉色越來越緊繃還是打住了。
「校倉同學，妳不害怕嗎？」
「不會，只覺得噁心又討厭。」
「校倉同學妳很強大呢。」
「我只是比較笨而已。」

「為什麼要說這種話？」

結珠責備道，那語氣讓我捧著肚子笑了出來。

「真是的，妳認真聽啦。」

「不是，我只是覺得很懷念。」

聽我這麼說，結珠似乎也想起自己八年前說過同樣的話，輕輕「啊」了一聲。

「都過了八年，不要再讓我叮嚀同一件事。」

結珠在學校個性穩重、各方面時常受人依賴，看見她像這樣鬧著彆扭生氣讓我感到新奇。我拚命繃緊隨時都要失守的嘴角，說出「這不是同一件事哦」。

「我不當個笨蛋不行。要是心裡害怕，可能就僵在原地動不了了對吧？那反而更可怕。所以，像自己力氣不夠大、誰也不會幫助我這些念頭，我都叫自己不要去想。」

糟糕。說出這種話會害結珠越來越擔心的，但結珠過了這麼多年仍然是當年的結珠讓我好高興，不小心說溜了嘴。

「……這樣啊。」

可能是我說的話完全滲入大腦需要一些時間，結珠緩緩閉了閉眼。當她睜開眼睛，睫毛彷彿被駛過我們身邊的汽車頭燈照得微微顫動。結珠依然是那個結珠，我好高興，又好難受。剛才刻意笑得誇張，是因為我快哭出來了。

「我想，這果然還是代表妳很強大吧。」

我們就這麼抵達了車站，和結珠只說了寥寥幾句話便道別了。結果我還是不知道她為什麼無精打采。

回到家，鑽進被窩，有怒吼聲從隔壁家傳來，千紗姊又跟男人吵架了。但今天雙方態度激烈，就連對此習以為常的我也聽得心神不寧。「開什麼玩笑」、「去死吧你」，粗啞的怒罵聲氣勢洶洶，簡直快把牆壁震裂。哐啷，從一聲不知什麼東西摔碎的聲音起頭，緊接著是乒乒乓乓的物品翻倒聲震動千紗姊的房間，高亢的慘叫聲傳入耳中。

我掀開被子，從廚房拿出平底鍋走向陽臺。

「妳要去哪裡？」

我回過頭，媽媽正板著臉看著這裡。

「……隔壁。」

「妳在說什麼，妳是不是傻了？就憑一把平底鍋能幹什麼？妳去多管閒事只會激怒對方而已。」

「那我去打一一〇。」

要打電話得去外面的公共電話才行。我從書包裡拿出錢包，這一次媽媽又擋在玄關。

「妳讓開啦。」

「從妳報警到警察過來要幾分鐘？五分鐘？十分鐘？在他們趕到之前就會結束了啦。然後警察只會隨口提醒兩句，反倒是妳因此招人怨恨，『不過是情侶吵個架也大驚小怪』。不要多管別人的閒事。」

「這種事妳怎麼知道。」

媽媽煩躁地抓亂她那頭長髮，朝隔壁努了努下巴。即使神情扭曲、頭髮蓬亂，現在的媽媽依舊是個美人。

「妳聽人家喊『救命』了嗎？她明知道隔壁全都聽得一清二楚，要是希望妳報警，她早就叫了。」

暴力的、不堪入耳的叫罵和聲響仍在持續。千紗姊的臉頰被毆打，身體被摔到牆上。即便如此，千紗姊確實也沒有求救。

「就算是這樣……」

「她這不就是叫妳別管的意思嗎？」

儘管明白媽媽之所以攔阻是因為擔心我，我仍然無法退讓地瞪著她。媽媽責備地說：「妳為什麼用那種眼神看我。」又來了。當我為了衛生棉的事怒吼「吵死了！」的時候，媽媽睜大的眼睛裡也隱約泛淚，一臉受傷的表情，絲毫不顧自己先前的所作所為，毫不遲疑地站到受害者那一方。她明明是大人，都已經是個大人了，為什麼、太狡猾了——我內心的小孩在吶喊。但現在不是做這種事的時候。

「媽，我沒空跟妳爭吵。」

「她那是自作自受。」

媽媽啐道。

「自己愛把那種會動手動腳的男人帶進家裡，這種人妳別管她就好了……妳看吧，已經結束了。」

正如媽媽所說，隔壁家好像突然切掉開關似的安靜下來。沒多久大門被粗暴地打開，一陣鈍重的腳步聲逐漸走遠，那不是千紗姊高跟鞋的聲音。我唰地轉頭衝向落地窗，猴子似的三兩下翻過陽臺侵入了隔壁家。

「千紗姊！」

整個房間像被隻巨大的手搖晃過一樣，景況淒慘。為數不多的家具七零八落，電視機倒在地上，矮桌桌腳斷了，最難以忽視的是噴濺在牆壁和榻榻米上那些怵目驚心的鮮血。

「嗨。」

趴伏在榻榻米上的千紗姊緩緩抬起臉。她的嘴角和眼周已經變成青色，顯然接下來還會腫得更厲害。我在千紗姊面前蹲下，問她「要叫救護車嗎？」。

「妳要不要去醫院？有藥嗎？」

或許是說話弄痛了傷口，千紗姊扭曲著表情，喃喃說了句「冰塊」。

「我想冰敷臉。」

「好。」

我拿了掛在冰箱掛鉤上的便利商店塑膠袋，喀啦喀啦裝進冰塊，把袋口綁緊交給千紗姊。她把那包冰塊按在嘴角，似乎稍微舒服了些。

「每次都吵到妳們，不好意思啦。」

就連這種時候都能開玩笑，千紗姊的堅強令我難受。「是誰？」我問。

「什麼？」

「是誰做出這麼過分的事？」
「男人啊。」
「好好回答我啦。」
「不要。」
「為什麼？」
「要是說了，感覺妳真的會跑去報仇。」
「我會去，有什麼不可以？」
不要害怕。妳要生氣、憤怒，在動彈不得之前採取行動——我內裡不是小孩、不是大人也不是女人的部分在如此催促。這一次不拿什麼平底鍋，用像樣的武器讓他嘗嘗苦頭，最好自己體驗一下千紗姊至少一半的痛苦。
「不用啦。」
明明在這種時候，千紗姊卻溫柔地摸了摸我的臉頰。她布滿割腕疤痕的手臂內側也青一塊紫一塊。
「我也有錯，明知道事態不太妙，還是禁不住繼續挑釁他，說出『你有種就動手啊』這種話。因為我不願意老實道歉，所以對方也沒臺階下。」
「為什麼要袒護他？」
「抱歉啊。」
「為什麼要道歉？」

自作自受——媽媽這句話刺上我胸口。好不容易長成了大人，卻無法或不願意選擇正確的、幸福的那一邊。真的有這種事嗎？

我不要那樣。

越是見識到果遠的強大，我就越發痛切地感受到自己有多窩囊。但我不知道該怎麼做才能改變自己，所以今天也拿站在大門口遲遲不離開的藤野沒有辦法。儘管知道聊得並不熱絡，但還想再待在一起一會兒——女孩子散發出這種信號並不會困擾我，我可以主動尋找話題，或是裝作沒發現迅速離開。某種程度上，我已經習得了在女生群體當中的處事技巧，可是沒有一本教科書會告訴我這些是否也能運用在男人身上。

「我去聽了妳之前說的那首〈告別的季節〉。」

「是。」

即便我以毫無意願維持對話的方式應答，藤野也會繼續努力，但他拋回來的卻是「是首離別的歌呢」這種無趣到令人絕望的評語。歌名就寫著「告別」了啊——我忍住想這麼說的衝動，消極地答了句「是呀」。藤野的目光游移了一下，接著刻意假咳了一聲。我以為只有電視劇裡的人才會這樣咳嗽，原來這種人真實存在啊。

「那個……結珠。」

「是。」

「結珠妳為什麼想當醫生呢？有具體想進哪一科之類的志向嗎？」

聽見這意想不到的問題，我一時答不上話。這一題我有標準答案：因為我的祖父和父親都是醫師，所以我憧憬著他們從醫的背影——明明只要重複此前使用過無數次的藉口就好，藤野畏畏縮縮但絲毫不顯客氣的視線卻封住了我的言詞。

「不好意思，突然問這麼冒昧的問題。」

嘴上道歉，但藤野並未撤回他的提問。

「如果是因為家庭或父母壓力這些理由，我想不妨稍微停下來思考一下……妳覺得呢？」

「藤野老師難道不是因為這些理由才念醫學系的嗎？」

我懷著報復心這麼問，藤野卻乾脆地承認「我是」。

「畢竟直接順著家人鋪好的軌道前進非常輕鬆。可是，一旦在軌道上停止思考，中途想要切換行進方向就十分困難了。小瀧學長個性精明，各方面的心態也調適得很好，我想他一定沒問題。但結珠妳性格太認真了，讓我有點擔心。」

「我也沒有多認真啊？」

要是被媽媽聽見，她一定會立刻進行教育指導，訓斥我「這是什麼態度」。面對我顯然瞧不起人的語調，藤野也沒有發脾氣。

「工作是一輩子的事情，妳現在才高中一年級，還有很多時間。撇除別人的期待，我希望結珠妳先停下來好好思考一下自己喜歡什麼、有什麼真正想做的事。」

想做的事。我在「未來夢想」調查問卷、升學進路調查表上，填過了多少次「醫生」？念書對我來說並不辛苦，我一向認為克服重重難關、當上醫師之後的工作也不至於讓我叫苦。反過來說，我對任何事物的熱情也不曾強烈到足以扭曲家人鋪好的軌道。

可是現在，聽見「真正想做的事」這句話，浮現在我腦海的是七歲的果遠，那個學會看時鐘、開心得又叫又跳的女孩。仰望著公園時鐘指針的那雙眼睛裡，像太陽升起般一點一點充盈了光。

——好耶！好耶！

一點微小的知識和智慧也能讓人綻放光芒，小小的成就感可以成為一個人的支柱——我想起自己從果遠身上學到這些，原來一無所有、空空如也的我，也有自己能辦到的事。

「……國小、的、老師。」

聲音小得連自己也聽不見，但我確實這麼說了。一部分的我不以為然地說「妳根本沒想清楚吧」，另一個我肯定地說「沒錯沒錯」，兩者彷彿在血液中相持不下，亢奮的血流湧向頭頂，擾亂了我的呼吸。

「嗯。」

藤野彷彿理解我內心混亂似的點頭。

「國小老師，我覺得不錯呀。」

「為什麼？」

我捏緊了雙手，一瞬間舒了口氣讓我好不甘心。這個人對我說了媽媽絕對不會說的話，但那又怎樣？

「請不要隨便評論。」

「並不隨便。結珠，妳也不是隨口說的對吧？」

「我不知道。」

「否則妳為什麼說出『老師』，而且具體指出是『國小』的老師？」

「我不知道。」

「結珠，冷靜點。不用馬上回答也沒關係，再深入思考看看吧。」

「為什麼我非得聽你說這種話不可？」

我想我這時的眼神應該很嚇人吧。藤野往後退了一步，但即使如此也沒有從我臉上別開視線。

「藤野老師，你是來教我功課的吧？考完試之後的事情跟你有什麼關係？」

「或許是這樣沒錯。」

嘴上這麼說，他卻往前邁開一步。比他後退時跨得更大步，靠得比剛才離我更近。我感到害怕。這不同於面對痴漢或變態的恐懼，但具體是什麼樣的恐懼，我又說不上來。明知道這個人不會危害我，但為什麼呢？心跳喧譁得像只隔著薄薄一層皮膚跳動，一顆心懸在半空。

「但我大概明白結珠妳的痛苦。所以，我想助妳一臂之力。」

藤野伸出雙手，分別裹住我緊握的兩隻拳頭。這是我生來第一次被男人握住手，我就連跟爸爸和哥哥都沒有過肢體接觸的記憶。藤野明明是隻瘦得像竹竿的長頸鹿，手指卻骨節分明、厚實可靠，這觸感讓我一瞬間明白他是身體構造全然不同的另一種生物。果遠觸碰我手臂的指尖，是多麼纖細柔軟啊。我立刻甩開他的手，沒看藤野的臉便直接跑進家門。

打開門，媽媽等在玄關。明明一向如此，我卻感覺到胃部彷彿被人捏緊。

「怎麼了？」

媽媽平穩地說。

「今天有點久啊。」

「……我問了老師一些大學相關的問題。」

「不要造成老師的困擾哦。」

「好的。」

媽媽很快地背向我。如果攔住她會怎麼樣呢？換作是平常的我才沒有那種勇氣，但或許我正處於亢奮狀態吧。藤野所說的話和關於果遠的記憶，將我向著軌道外推了一把。

「媽媽。」

媽媽只是停下腳步，沒有回頭。我急得交互握著自己的雙手，右手握左手、左手握右手，一邊開口：

「媽媽，那個……我對於當學校老師也有點興趣。並不是不想當醫生，只是想指導國小的……小朋友們，教他們很多事情……藤野老師也說他覺得不錯。」

「這樣啊。」

媽媽回答。她的肩寬、後背的寬闊程度，與男人相比根本不值一提，在我眼中卻像一面銅牆鐵壁。

「已經很晚了呢。結珠，去洗澡。」

「媽媽，我——」

「結珠。」

我悚然心驚。與其說是說話聲，那聽起來更像一道「語音」，跟自動販賣機和櫃員機播放的提示語音一樣，聲音中的感情並不是被扼殺了，而是打從一開始便不存在。

媽媽回過頭，說：

「那又怎麼樣？」

她微微歪著頭，看上去甚至比平時更加稚嫩可愛。僅需要這麼一句話我便徹底明白，她是聽不進去的。她肯定也不覺得自己在刁難我吧，只是原本就不認為我的意見和願望需要被傾聽。不需要的東西，只要命令我丟掉就好。就像那天的小鳥羽毛一樣。

每個月一次，我們有個叫做「讀書會」的團體課程，大家要閱讀老師指定的書籍，各組討論過後統整感想。六月的指定書籍是三浦綾子的《鹽狩嶺》，老師一公布這件事，我立刻在當天放學後繞到圖書室。或許還有其他同學想借，所以我打算趕在打工前迅速讀完，把重要的部分影印下來。

無暇欣賞那張喜歡的相片，我一頁翻過一頁，讀到主角登上列車的段落，注意到鋼琴的聲音不知從哪裡傳來。一定是有人在走廊更深處那間音樂教室彈琴吧。漏出的琴聲音量不大，能當作小小聲的背景音樂聽過去，但因為旋律正好是下下週合唱比賽我們要唱的〈告別的季節〉，我總是忍不住跟著在腦中哼唱。打工前是讀不完了，我辦了借書手續，一手拿著書走出圖書室，從外面瞄了瞄音樂教室。

「小瀧同學。」

我原本打算稍微停下腳步看一眼就走過去的，卻看見結珠的身影，這下無法過門不入了。我在開門的同時喊了她一聲，結珠驚訝地停止彈奏。

「啊，抱歉，打斷妳了。」

「不會……妳去了圖書室？對不起呀，聲音很吵吧。」

圖書室還是不該跟音樂教室安排在同一層樓呢——結珠笑著這麼說，總覺得她看起來有點疲憊。

「不吵呀，小瀧同學妳彈得很好。」

「完全沒有。太久沒彈了，需要重新練習一下，我心裡很焦急。」

噹啷啷啷啷，手指流暢地滑過琴鍵，優美的音色流瀉出來，像指尖在唱歌，我聽了都想變成一隻小鳥停在結珠肩膀上。
「在家不能練習嗎？」
「我把鋼琴丟掉了。」
結珠盯著樂譜這麼說：
「鋼琴課也停掉好多年了，都擺在那裡沒在用。」
怎麼不留到合唱比賽結束後再丟？我正想這麼問，看見結珠僵硬的側臉又閉上嘴。結珠不可能有權決定要不要扔掉鋼琴，現在的我已經能察覺這點程度的內情，學會了保持沉默。但結珠和原本那個能夠不經大腦說出「那也太可惜了吧」的我，相處起來或許會比較自在。
「這天色真討厭。」
我轉移話題，說的是窗外濃灰色的雲層，像摻進了炭灰。好像把我這句話當成了信號，豆大的雨點馬上嘩啦啦落了下來。
「……它是不是聽見了啊。」
「可能哦。」
結珠再次露出脆弱的笑容。
「校倉同學，妳有帶傘嗎？我有摺傘哦。」
「我有帶。」
其實我沒帶，但因為不想麻煩結珠而撒了謊。我是不是該就這麼離開，讓結珠一個人待著？反正她就算真的有什麼煩惱，我也不太可能幫得上忙，可是……就在我拖拖拉拉舉棋不定的時候，雨勢更激烈了，轉眼間窗玻璃上已流淌著無數細小的河流，像透明的血管。沙沙沙，像珠子在平底鍋裡翻炒般的雨聲當中，結珠忽然敲擊琴鍵，鏗然一聲強而有力的極強音。從她纖細的雙手和指尖，究竟是怎麼發出如此巨大的聲響？

「果遠。」

她突然像以前那樣叫我，嚇了我一跳。是不小心叫錯了？——不對。

「妳記得我們的約定嗎？」

結珠邊問邊彈奏著低音階的琴鍵，聲如雷鳴。

「帕海貝爾的卡農。」

「記得。」

關於結珠的事，我全都記得，即使結珠忘掉了我也記得。記得三股辮、時鐘、白花三葉草，也記得妳懼怕妳的「媽咪」。

「對不起，拖了這麼久。」

結珠這麼說道，為我彈了那首曲子。在我們兩人獨處的空間，只為我一個人演奏卡農。

起初是一個音一個音，和緩的、像雨滴一樣溫柔的開端，那些琴音逐漸相接、延續，彼此重合，像把雨絲紮成一束編成旋律。外頭滂沱的雨聲一點也不干擾，反而像是這段時光中必要的聲音。鋼琴和雨聲的二重奏像水一般流遍我的全身，在血管中迴流，充盈每一個細胞。

我能來到這所學校、能和結珠再會真是太好了。能聽到如此優美的樂聲就已經足夠了。謝謝妳記得我們的約定。

整首曲子彈完，大概過不到五分鐘吧。結珠將指尖離開琴鍵，說：「彈錯了幾個地方。」她有些難為情地看看我，接著望向窗外。

「感覺雨就要停了。」

「咦？真的耶。」

剛才看起來還那麼厚重的雲層，現在像被蛀了幾個洞一樣飄過天空，日光從斑駁的破洞中滿溢出來。

「原來是陣雨啊。」

「太好了，其實妳沒帶傘吧？」

「妳怎麼知道？」

「直覺。」

她臉上那道微笑彷彿被太陽一曬就要消失得無影無蹤，沒來由地讓我想起千紗姊。那是受了某些傷、被打擊得體無完膚的人，拚命維持自我時露出的表情。

「我說——」

小瀧同學？結珠？當我還在猶豫該怎麼叫她才好，這一次結珠看向門口那一側，輕輕「啊」了一聲。

「怎麼了？」

「那一邊在下雨！」

我們衝出音樂教室，貼在走廊的窗戶邊上看。操場正上方籠罩著厚重的烏雲，田徑社的同學們正慌慌張張往屋簷下逃竄。

「真的耶，好神奇。」

「我們碰到陣雨經過的瞬間了。」

校舍這一側和那一側的天氣不一樣——就為了這點小事，我和結珠都興奮得不得了，天真歡快得像個孩子。看雨水逐漸將操場染成深色，我們回到音樂教室，發現窗外出現了彩虹。「有彩虹！」這一次換我大喊。我們手牽著手跑到窗邊，凝視著那道七彩光譜，它在殘留天空的雲朵間悠然搭起一道弧橋。透明的顏色之間不像五線譜那樣明確區分了界線，看了都想永遠迷失在它曖昧不清的漸層裡面。

我們倆牽著彼此的手使勁上下搖動，呀、呀地又叫又笑，雨水和彩虹都像是為這場秘密演奏會獻上的花束。我想，要是這段快樂時光能永遠持續下去就好了。

但這些獻禮只是轉瞬即逝的魔法，彩虹沒多久就淡得必須凝神細看才看得見了。同一時間，結珠的側臉也失去了活力，她用教人發疼的力道緊抓著我的手，終於掉下淚來。

「怎麼了？」

即使我這麼問她也沒有回應，彷彿光握住手還不夠似的，她伸出雙臂抱住了我。結珠身上沒有任何氣味，乾淨到不可思議，沒有髮膠、柔軟精，當然也沒有香水的味道，像在純白的無菌室中消毒過一樣令人擔心。

「我之前曾經覺得，不希望自己的處境變得像果遠妳那樣。」

結珠緊緊抱著我這麼說。

「不想變得像妳一樣……很過分吧。」

「會這麼想是當然的呀。」

如果有得選，我也想避開這種家庭——但是那樣的話，媽媽又會如何？

「可是，現在我很羨慕妳。因為果遠妳既強大又聰明，能清楚表達自己的感受。」

「沒那回事，我根本……」

「果遠，妳呢？」

結珠打斷我的話，這麼問：

「妳會希望變成我，換到這樣的家庭，當一個不用打工的小孩嗎？」

她是為了什麼、想知道什麼，才問出這種問題？我摸不清背後的意義而不知所措的時候，感覺到側頸被微溫的液體沾溼。是結珠的眼淚。

「哎，是不是發生什麼事了？妳怎麼了？」

我輕輕回抱結珠。在我的手掌底下，結珠的後背微微顫動，令我回想起久遠往日裡小綠心跳的速度。

「我不知道。」

「咦？」

「好多事情都讓我害怕。媽媽看也不看我一眼就把鋼琴丟掉……藤野老師……那個在週三和週五過來上家教課的男人，他對我說了很多，握了我的手，我一點也不喜歡那個人，可是……」

「妳冷靜一點，慢慢說。」

我嘗試把結珠從身上剝下來，看著她的臉說話。但結珠緊緊貼著我不肯離開，在我和她周旋時，教室門打開了，老師從門後探出臉來。

「妳們在做什麼？」

結珠一瞬間放開手，站直了身子轉向老師。

「對不起，我們在練習合唱比賽的伴奏。」

話聲中雖然充滿鼻音，但已經恢復了結珠平時聰明伶俐的語氣。

「我彈得不理想，心情很沮喪，校倉同學好心安慰我。」

「這樣啊……」

老師多少有些詫異，但或許是決定接受結珠的說法，語氣平和地說：「樂在其中才是最重要的哦。」

「好的，我已經沒事了。」

結珠抹了抹發紅的眼睛如此斷言。這個騙子。

在我那場微不足道的叛亂之後，媽媽仍然紋絲不動。以我當時那種一頭熱的狀態面對她，談得不順利也是理所當然的。我躺在夏季的薄被底下，回想起今天藤野過來時的情形。看見我的房間在鋼琴消失之後略微寬敞了些，藤野臉上寫滿驚訝。

——鋼琴怎麼了？

——它太占空間，也已經沒有用處，就處理掉了。

——……結珠，這是出於妳的意願嗎？

——是的。

當然不是。發生那件事的隔天，我一回家，鋼琴就已經不見蹤影，媽媽說：「我看結珠妳也沒在彈，就請業者來收走了。」我一句話也沒有回嘴。

媽媽不再招待藤野吃晚餐，送客的方式也變成我和媽媽一起站在玄關低頭鞠躬了事。她應該覺得是藤野對我說了多餘的話吧，我感到有點抱歉。

如果換作是果遠，她一定不會在那時候垂頭喪氣地讓步，說不定還會把媽媽的秘密——那座公寓社區的事——拿出來反擊。即便如此，媽媽說不定也會說，「那又怎麼樣？」

——媽媽，我懷疑妳跟那個可怕的大叔出軌。

——那又怎麼樣？

——媽媽，我雖然是妳的小孩，但有時候會覺得我的爸爸可能不是現在的爸爸，而是那個大叔才對。

——那又怎麼樣？

我背脊微微發寒。其實我心裡仍然不太相信有潔癖的媽媽真的會跟那個大叔做些什麼，這表示我還是個沒長大的孩子嗎？

我從棉被中伸出雙手，在半空中彈著鋼琴，曲子是昨天在果遠面前表演的卡農。我在黑暗中泅泳的指尖單薄無助。

我有多久不曾在人前哭過了？自從國中三年級的夏天，羽毛球社那場引退球賽之後？但只是受到大哭的夥伴們觸動而眼眶泛淚的程度，或許不能算是「哭」。

彈了鋼琴給她聽，即時碰上正好經過頭頂的雨雲，晴天與陰天、水藍與灰色雜揉的天空中，架起一道巨大的彩虹。和果遠兩個人一起體驗的時光像夢一樣閃閃發亮，我就好像回到了七歲那年——不，比那時候還要更加幸福。幸福膨脹再膨脹，膨脹到極限迸裂開來，就變成了悲傷和寂寥。像是坐摩天輪從頂點下降那一瞬間的心情，再濃縮好多好多倍。這段時光和此刻的心情都無法用圖釘釘死在原處，無論我再怎麼惋惜，一旦過去了就再也無法挽回——這份苦澀和現實一併朝我湧來，我忍不住向果遠說了那些喪氣話。

嚇到妳了對不起，我動著指尖喃喃說。儘管懊悔讓她看見了那副沒出息的樣子，但兌現了兒時承諾這點讓我很高興。謝謝妳記得我們的約定。從我緊緊擁抱、再用力一點幾乎就要擠壞的那具身體，隱約散發出雨水的氣味。

放學後，我在圖書室打發時間，結果又遇見了上次那位修女。

「校倉同學，妳來得正好。關於那張相片，我去請教過老師了。聽說前任校長很喜歡欣賞攝影作品，會把特別鍾愛的照片像這樣掛在圖書室。攝影師的名字叫做、呃……古斯塔夫．勒．格雷。」

「謝謝修女姊姊特地告訴我。」

「聽說這是用特殊方式顯影的作品哦。」

「什麼意思呀？」

「作品年代已經很久遠了，當時好像是因為曝光之類的問題，沒辦法同時拍下大海和天空的細節。我也不太懂攝影，不過聽說這張照片是把大海和天空分別拍攝下來，再顯影在同一張相紙上，說起來就是合成吧。」

它是互不相干的大海和天空拼湊而成的景致。不是「完整合一」的風景，只是徒具表象的光影。所以，我才深深受到這張照片吸引嗎？因為這就像我自己和結珠一樣。修女姊姊，這種事我不想知道。

但現在可不是喪氣的時候，今天是我生來第一次準備善用美貌的日子。我跟打工的餐廳說我得了夏季感冒，請了病假，看準社團活動差不多結束的時間在鞋櫃前面待命，向獨自走來的近藤同學搭話。她就是開學典禮那天早上，替結珠別校徽的那個女生。

「近藤同學，妳有空嗎？」

「是校倉同學。」近藤同學睜大眼睛說：

「怎麼了？好像很少看到妳這個時間還在學校。」

「嗯，今天有點事情。」

我走近近藤同學，雙手合十放在面前。

「那個呀，我跟小瀧同學借了字典，卻忘記還給她了。她可能今天在家還需要用到，所以我想直接去送還給她。妳能告訴我她家的地址嗎？」

即使多少被她懷疑「這兩個人有熟識到會借字典的程度嗎」也無所謂，只要我光明磊落地凝視著對方，帶著一臉毫不懷疑她會願意告訴我的表情，天真而無畏。就像我喜歡的合唱曲被大家一致通過那樣，我的請求便會受到接納。

「呃，等我一下哦。校倉同學，妳有手機嗎？」

「沒有耶。」

「那我抄給妳。」

我不需要自己準備紙筆，只要笑瞇瞇地等待近藤同學拿出活頁紙和鉛筆盒，將地址寫好交給我。

「謝謝妳！太好了，這樣我就能把東西還給她了。」

然後誇張地表現出歡天喜地的樣子，近藤同學看起來也有點高興。

我搭乘電車來到陌生的車站，第一次見到結珠的家。那是一棟四四方方的獨戶建築，兩層樓，感覺能輕鬆容納下五個我家。白色外牆像新房子一樣白得發亮，露出圍牆外的花木也修剪得整齊美觀。儘管有所預期，但這棟與公寓社區有著天壤之別的氣派建築還是看得我不禁瞇細眼睛。原來對於結珠和近藤同學她們來說，這才是「普通」的家。

確認門牌上寫著「小瀧」的時候，我順便稍微往裡看了看。屋內點著燈，一想到結珠或許在那底下獨自苦惱，反而明亮得令人心痛。我再一次下定決心，絕不會原諒那個欺負結珠的、姓藤野的家庭教師。雖然「媽咪」的事我幫不上忙，但至少要替她排除掉一個人。

剛才我抵達車站時，已經接近晚上七點了。我不知道家庭教師是否已經到達，也不曉得他幾點會出來，因此決定躲在郵筒旁邊，在勉強看得見大門的位置監視。換作是男生的話說不定會有人報警，但我看起來不像會襲擊別人，所以不用擔心。我在車站洗手間換上了便服，只要雙手抱臂靠在郵筒旁邊，看起來就像在等人一樣。幸好現在不是盛夏或隆冬。

我把郵局的收件時間表看得都背起來了，悄悄摳著紅色油漆剝落的地方打發時間。這時，一個身材高眺的男生從大門口走了出來。那道背影就這麼往車站的方向走去，我保持著不即不離的距離跟上。這也可能是結珠的哥哥，但總之只能先跟他搭話看看了。

抵達車站，我在驗票口前快步往前跑，繞到男人面前。

「你好，你是藤野先生吧？」
「咦？」
「沒錯吧？」
「是、沒錯……」
猜中了。男人戴著眼鏡，看起來敦厚穩重，但我知道這種第一印象根本不可靠。
「那個，請問我們在哪裡見過嗎？」
「嗯。」
我裝出天真無邪的樣子點頭。
「咦、呃，傷腦筋，真不好意思，我不記得了……」
「好過分哦。」
這語氣明明一聽就知道我不是真的生氣，藤野卻驚慌失措地開始說「對不起」。
「雖然很失禮，但能不能告訴我妳是在哪裡見到我的？」
「跟我一起吃飯就告訴你。」
我雙手握住藤野的手腕，卻立刻被他揮開。咦，為什麼？與預期中完全相反的反應讓我一陣茫然。在我打工的餐廳，有太多男人趁著我每一次擺放餐具、玻璃杯時假裝不小心（或厚著臉皮光明正大地）摸我的手，色瞇瞇地笑著攀談：「妳好瘦哦，有好好吃飯嗎？」、「不可以拿太重的東西哦。」對那些傢伙的憤怒死灰復燃，我按捺著火冒三丈的心情，再一次撒嬌說「帶我走嘛」。

「我想跟藤野先生兩個人獨處。」
「不好意思，沒有辦法。」
我笑得越是甜美，藤野就越發動搖，看上去甚至像是畏懼。個子那麼高的一個人，都能居高臨下俯視我了，卻這樣畏手畏腳的，完全不給我理想的反應，讓我越看越生氣。
「拜託嘛。」
「不，這個……不好意思，我先失陪了。」
他大步繞過我，打算直接走進票口，因此這一次我緊緊抱住藤野的手臂攔下他。
「等一下嘛。」
「請不要這樣，否則我要叫警察來了。」
我懷疑自己聽錯了。警察？你要報警？明明是個男人還好意思？
結珠的淚水閃過腦海。千紗姊腫脹的臉龐閃過腦海。怒火瞬間沸騰，我放任這股灼熱的衝動，狠狠往藤野腿上踹了一腳。
「叫什麼警察啊，白痴！」
藤野一手按著膝蓋上方被踹的地方，另一手把歪掉的眼鏡扶正，看起來像個呆瓜。
「還有臉找警察，錯的明明就是你！怕得畏手畏腳的幹什麼，明明是你嚇到她的，不准你再碰結珠一根寒毛！」
「結珠？」
我發現自己發飆的時候語氣會變得跟千紗姊一模一樣。更重要的是我好不甘心，事情怎麼樣都不順利。這麼孱弱的男人，原以為能簡單騙到手的，沒想到他不僅不理會我，還把我當成可疑人物，我真是丟臉丟到家了。我無法為結珠，也無法為千紗姊做到任何事情。

眼前藤野沒出息的表情在轉眼間模糊、扭曲。第一滴眼淚一旦落下來，後面就止不住了，我在驗票口前放聲哭了起來。

「咦，等等……」

周遭的路人停下腳步盯著我們看，直到剛才都沒有反應的站務員也看了過來。

「該怎麼辦……那個、總而言之，在這裡會造成大家困擾的，我們換個地方吧。」

藤野慌了手腳，急匆匆地揮舞雙手，看起來像跳著奇怪的舞蹈。我默默跟在他後頭，走進車站出口旁邊的咖啡廳。

店員姊姊藏不住看好戲的表情，將水和菜單放在我們桌上之後依依不捨地走開。藤野從背包裡拿出衛生紙遞給我，看我乖乖接過來擦乾眼淚，他似乎稍微放下心來，問我：

「妳想喝什麼？」

「……可可。」

「可可嗎，要熱的？還是要冰的？」

「不是。」

「咦？」

「只是菜單上寫著可可，所以我嘗試把它念出來而已。今天不喝可可，可可我要留到聖誕彌撒的時候和結珠一起喝。」

「妳是結珠的同學嗎？」

「對。」

我點了薑汁汽水，藤野則點了冰咖啡。我的托特包裡除了制服，還裝著在家電量販店買的拍立得相機。我打算在邀請藤野之後，設法拍下某些決定性的瞬間讓他無從狡辯，以此為證據讓他辭去家教工作。就算他把我帶進旅館還是什麼地方，我也無所謂。雖然計畫本身十分粗糙，但我沒想到居然在一開頭就失敗了。

我盡可能忠實地轉述了結珠斷斷續續告訴我的那些話，藤野聽了後頹然垂下頭說「我很抱歉」，他的額頭因此撞上吸管前端，馬上哀叫著「好痛」抬起臉來。我默默替他移開盛裝冰咖啡的玻璃杯，他便說了聲「不好意思」，躬著上半身，看起來像在努力把自己縮得更小。

「那個——家裡的壓力和親子關係，好像讓結珠感到喘不過氣……我自己也有這方面的煩惱，能夠理解她的感受，所以不小心太衝動了。結果不僅讓她感到混亂，她的母親也開始提防我了。我正在反省，自己這次的做法實在不太恰當。」

「你握了她的手吧？」

「那是……」

眼看著藤野臉上開始出汗，我默默把剛才的衛生紙還給他。

「啊，謝謝……那個、我這麼說不是打算推卸責任，但小瀧學長，也就是她的哥哥鼓吹我說：『結珠她個性怕生，又不習慣跟男生相處，你就積極發動攻勢吧。』我信以為真，所以……這也是我該反省的地方。自己輕率的舉動造成了她的恐懼，我真的很抱歉。礙於各方情面，要是我辭去這份家教工作，恐怕會造成結珠的立場更加惡化，所以不太可能這麼做。但我在這裡發誓，從此以後我會專注於做好家教老師的本分，絕不會再莽撞行事。」

這是什麼選手宣誓嗎？我差點笑了出來。或許只是因為我太年輕又太蠢笨吧，但我總覺得藤野這番話可以相信。還有，結珠的「害怕」或許不是我想像中那個意思。

「今天的事，你不要跟結珠說哦。」

我這麼說道。

「包括你見到我，還有我跟你說的那些話，都絕對不能告訴她。」

「……我知道了。」

藤野把擦汗的衛生紙揉成一團捏在手心，端正了姿勢。他的眼神沉著穩重，看起來像個「正經可靠的大人」。

「作為交換，也請妳不要再亂來了。不是每個男人都像我這麼膽小，像剛才那樣不愛惜自己的做法絕對要不得。要是妳出了什麼事，結珠也會難過的，對吧？」

我小聲回答「我知道了」。藤野從背包中拿出筆記本和原子筆，寫了些什麼交給我。

「以備不時之需，我還是把我的聯絡方式留給妳吧。如果關於結珠的事有什麼需要幫忙，可以跟我聯絡。」

「這上面好多字耶。」

「由上而下分別是手機號碼、手機信箱，電腦的郵件信箱有主要和備用兩個，再下面是我家的住址和電話號碼。」

「太多了啦。」

「以防萬一……」

我終於忍不住笑了出來。是我輸了，我想。雖然說不清比的是什麼項目，但我輸給了這個人。藤野又一次軟弱地垂下眉尾，看著發笑的我。

藤野請我喝了那杯薑汁汽水。我突然沒來由地想念起千紗姊來，自從那次之後，我提不起勇氣輕敲牆壁，已經超過一個禮拜沒見到她了。雖然不曉得她的反應會是傻眼還是發火，但我還是想見見她，把今天的事說給她聽。我加快腳步回到公寓社區。

打開玄關門的瞬間，我察覺某種不同於以往的氣氛。山雨欲來的感覺，讓人胸口一陣騷動。從媽媽的房間傳來翻動物品的聲響，我祈禱著這只是我的錯覺，喊了聲「我回來了」。「妳太晚了！」媽媽焦躁的聲音隨之飛來，但這明明比我平常打工的時間還早了不少。

「怎麼了？」

媽媽正把衣服和毛巾塞進波士頓包。

「我們要搬出這個家了。」

「啊？」

「妳也把重要的東西收一收，只帶真正需要的必需品哦。」
「妳在說什麼？」
「快點。」
「我問妳到底在說什麼！」
我這麼一怒吼，媽媽一瞬間停下手邊的動作，緊接著用不甘示弱的音量吼回來。
「妳吵死了！再不快點他們說不定就要來了！」
「誰要來？」
除非她解釋清楚，否則我一步也不會動——或許察覺到我這麼想，媽媽把那件從壁櫥裡的衣物收納箱抽出來的洋裝摔到榻榻米上，說：「店長。」
「哪裡的店長？」
「當然是超市的店長啊。他老婆說不定也會來，麻煩死了。」
「妳是說妳上班的那間超市？店長為什麼要來？」
還有，為什麼我們非得離開家不可？弄得像準備漏夜潛逃一樣——不對，媽媽正是打算逃跑。
「因為被發現了。」
「媽媽，妳做了什麼壞事嗎？」
「才沒有。」
媽媽板起臉來反駁。

「一直都是對方擅自送給我的，米啊、食物啊、衣服那些。這件事被督導發現，說他利用職務之便私吞店裡的東西，要炒他魷魚。我明明不知情，結果就連店長他老婆都氣到抓狂，說要叫我賠償……這樣妳滿意了吧，聽懂了吧，我不想被捲入麻煩事。」

「我的天啊。」

我一直以為媽媽拿回家的是超市賣剩的商品。天然有機食品、有機棉製衣物價格不菲，而媽媽的時薪低廉。原來家裡那些用了員工折扣還是買不起的東西，不是她節衣縮食的成果，而是拿了人家私相授受的東西？

「妳從什麼時候開始做這種事的？」

「我不記得了──哎，妳快去準備啦，要說什麼之後再說，還要趕著搭夜間巴士。」

「妳收下那些東西，該不會是為店長做了什麼事交換來的吧？」

「那怎麼可能！」

媽媽丟過來的肥皂砸中我的腹部，掉到地上。沒有多餘包裝，純天然的無添加肥皂。這也是人家給的東西？真的是必需品嗎？

「妳少把我跟隔壁那種賣春女相提並論！」

「我不准妳侮辱千紗姊！」

我撿起肥皂狠狠扔回去。媽媽「呀」地擋住臉部，那塊肥皂從她肩頭掠過，掉在榻榻米上。

「妳一直做那種事，都不覺得丟臉嗎？」

「吵死了，像妳這樣任性生活的小孩子才不會懂。」

「那當然，我絕對不想變成像媽媽妳這樣的人——哎，我們去道歉，把錢還給人家吧，我也會拿出我的打工費的。」

「那怎麼可能夠賠啊。說到底，那些東西一直以來都是對方擅自送我的，我又沒有要求他這麼做。」

「這種藉口是行不通的。」

對方當然別有用心，他對我媽示好，用不必自掏腰包的方式投機取巧地上貢，肯定期待藉此獲得某些回報。我媽媽對此也不可能一無所察，這樣「運用美貌」是正確的嗎？聰明嗎？

「我不走。妳說要搭夜間巴士吧，打算逃到哪裡去？」

「回我老家。」

她撇著嘴，就連說出「老家」這個詞彙都令她不快似的。我第一次聽她提起老家。

「我還要上學。」

「學校什麼的根本無所謂吧。」媽媽如此斷言：

「隨便搬到哪裡都一樣有高中能念。反正那種貴族千金學校，妳也不覺得自己有可能待上三年吧？妳跟她們根本生活在不同世界。說到底，跑去考S女中那種學校，妳到底是哪根筋不對……」

「妳太過分了。」

我聲音中的顫抖來自於憤怒，以及被說中的痛苦。學校平穩的生活、與溫柔友善的女孩子們共處的日子、和結珠相處的時光，我早有預感這一切總有一天都會脆弱地崩塌瓦解。這種生活不會長久，不可能持續下去，無論我再怎麼努力偽裝成「普通女孩」，遲早也會露出破綻。一切都遙不可及，聖誕節的彌撒、香甜的可可、北海道，全都像那張相片裡的大海那麼遙遠。

可是，我無法接受身為元兇的媽媽這麼說。在我們母女倆互相瞪視的時候，玄關大門響起砰砰的敲門聲。我們之間頓時竄過另一種不同的緊張。

「妳們好——我是隔壁的賣春女——」

不是店長，是千紗姊。我衝向門口開了門，整個人往她身上抱。

「好痛，別這樣啦，我斷掉的肋骨還沒好。」

千紗姊戴著眼罩，臉上還沒完全消腫。即便如此她還是咧開嘴笑了笑，「哎」地朝著我媽媽的方向說：

「妳就在那邊對吧？剛才妳們母女吵架，我全都聽到了。今天能讓這傢伙住在我家嗎？」

媽媽探出臉來，毫不掩飾嫌惡地皺起眉頭。

「她也想跟朋友打聲招呼吧。妳就照原定計畫趁夜逃跑，我會讓這傢伙搭上明天晚上的巴士。怎麼樣，可以吧？」

我不認為媽媽會同意，但千紗姊技高一籌。

「妳答應的話，我就幫妳處理這間屋子裡的東西。」

媽媽臉上出現微妙的動搖。

「契約相關的事務還能靠郵寄解決，但妳還得把屋子收拾乾淨吧。棉被和桌子，我都可以拜託認識的業者來幫忙丟掉。」

這項提議效果絕佳，成功讓媽媽說出「只能待一天哦」。

我不理會嘴上還在碎碎念的媽媽，直接跑到千紗姊家借了浴室洗澡，然後鑽進千紗姊的被窩。

「我第一次跟女人一起睡在這上面哦。」

千紗姊笑著說道。一想到千紗姊就是躺在這上面，發出我隔著一面牆聽到的那些聲音，就有種難為情又心虛的奇妙心情。千紗姊的身體瘦得像皮包骨，緊緊貼在一起的時候十分溫暖，令我安心。墊在頭部底下的毛巾散發著香菸的氣味。

「千紗姊。」

「怎樣啦。」

「妳覺得我能離開媽媽，一個人生活下去嗎？」

「不覺得。」

「為什麼？」

「因為妳放不下妳的母親。」

千紗姊靜靜地說。

「妳既強大又溫柔，所以捨不得拋棄弱小的母親。拋棄別人的，永遠是弱小的那一方。」

我想起我扔出肥皂時媽媽那聲細小的悲鳴，也想起自己不忍心認真瞄準她。

「妳是個好孩子。所以，要一個人生活還是再等等吧，否則痛苦的會是妳自己。」

千紗姊躺在原處將臉轉向我，動作間或許又弄痛了哪裡，她歪曲著嘴唇。

我心底某個角落是期待的，期待千紗姊對我說「和我一起生活吧」。我也一起住在這裡，貢獻我的打工費，幫忙做家事，那些麻煩的文件就請千紗姊蓋章。千紗姊要是交了男朋友，我會躲在壁櫥裡絕對不出來，如果是個暴力男我就全副武裝打回去。要是能這樣生活，繼續到學校上學，接下來也能繼續跟結珠見面，那該有多好啊。但這只是我單方面的、自私自利的願望，和千紗姊的願望並不相同。我不能為了我自己的人生利用千紗姊。

「對不起。」

「道什麼歉？」

千紗姊想必已經察覺了我卑劣的期待，卻還是佯裝不知情地閉上眼睛。在小電燈泡橘色的燈光之中，我凝視著千紗姊卸了妝之後稀疏的眉毛和眼角的細紋。以後再也見不到面了，所以無論再怎麼瑣碎的細節我也想收藏。

「千紗姊，一直以來非常謝謝妳的照顧。完全來不及報答妳的恩情，真對不起。這是最後一次了，就讓我念一下吧，菸酒少碰一點，精神類的藥物也要控制哦。要好好吃飯，遇見一個不會打妳的男人。」

「發什麼神經，妳是我媽喔。」

滿是割傷疤痕的手臂將我摟近，我把臉埋進千紗姊平坦的胸口。妳的肋骨不痛嗎？我原想這麼問，卻察覺千紗姊微微顫抖著抽泣，於是閉上嘴任憑她擺布。

隔壁傳來開門的聲響。媽媽離開了。

早上的新聞說「預估今天起即將進入梅雨季」，一整天雨下下停停，果遠沒來學校。

第五節課，上完體育課準備換回制服時，我發現我的校徽不見了。大家幫忙四處尋找都沒找到，最後我到教務處花兩百圓重新買了一個。

上完補習班之後走到外面，天空飄著細雨。雖然不至於下得多大，但也並非輕微到足以忽視，露出傘外的肩膀和鞋子比想像中更容易淋溼——就是這樣一場雨。

由於多了個開傘收傘的小動作，車站的驗票口比平常更加擁擠。果遠站在那裡，一注意到我，明明沒相隔多遠卻用力揮起手來。

「妳今天怎麼沒去學校？」

「身體有點不舒服，不過已經沒事了。」

「妳該不會跟學校請了假，卻還是照樣去打工吧？」

嘿嘿，果遠露出惡作劇被抓到的表情笑了笑。

「要好好休養才行哦，下週就是合唱比賽了。」

「嗯。」

「妳沒帶傘？」

「我出門的時候沒有下雨。可以陪我走一段路嗎？不用幫我撐傘沒關係。」

「可以是可以……」

我略感困惑，但還是跟果遠共撐著一把傘邁開步伐。總不可能讓她一個人淋雨。

「對不起呀。」

「不會。聽說進梅雨季了，很討厭哦。」

籠罩在雨傘底下，我們的說話聲聽起來帶著一點回音。行走間，果遠毫不閃躲地踏過柏油路上極淺的水窪。

「可以稍微繞點遠路嗎？」

果遠突然指向高架橋的另一側，緊接著迅速走出傘外，我趕緊追在她後頭。

「等一下，會淋溼的。」

「沒關係。」

「怎麼會沒關係。」

她領著我來到人煙稀少也沒什麼燈光的地方，獨自一個人的時候我不太可能靠近這條小路。果遠終於在街燈下停下腳步，回過頭來看著我，又說了一次「對不起」。

「怎麼了？」

我正想將傘朝她那邊遞過去，她卻輕輕抬起手制止了我。雨點在孤立的光源下浮現，看起來好像閃爍的光點被吸引到果遠身上一樣。黑暗的夜色和閃亮的雨滴，兩者都將她妝點得格外美麗。她像彩虹、像白雪，不為了展示給誰看，僅僅作為美麗的事物而存在，這樣毫無防備的氣質讓我胸口一緊。彩虹和白雪都稍縱即逝。

「妳找不到校徽對吧？是我趁著體育課偷走的。」

「咦，為什麼？」

「因為我想要它。」

「……為什麼？」

果遠沒有回答。結珠，她像從前那樣喊我。

「之前，妳不是問過我想不想變成妳嗎？」

那是先前我情緒激動時的發言，現在後悔莫及，我不希望果遠再次提起。我明明希望她忘掉這回事的，但果遠睜大的雙眼中蘊含著寶石般的光，其中彷彿凝聚了她渾身的能量，不容許我拒絕。

「我不想，絕對不想。」

「為什麼？」

我拋出第三次疑問。果遠往我傘下的陣地踏入半步，像貓咪輕碰鼻尖那樣親了我一下。

「因為，假如我是結珠的話，就沒辦法喜歡上結珠妳了。」

然後她猝不及防地往後退，笑著說「掰掰」，背過身去。

「果遠……」

「別動。」

聲音銳利得教人不敢相信她剛才還面帶笑容。

「求求妳。數到十之前，請妳待在原處——待在那個有光的地方。」

和那一天同樣的臺詞。可是我們早已不是七歲的孩子了，為什麼要說這種話？

果遠邁步奔跑，那方向不是我們倆來時的路，而是陌生街道的暗角。啪沙啪沙踩踏雨水的腳步聲一下子便聽不見了，徒留下雨聲，輕柔敲打著我的雨傘和周遭樹木。

第三章 有光之處

丈夫不在身邊，這樣的夜晚許久不曾有過了。我在昨天傍晚剛送到的全新床鋪上迎來早晨，一打開百葉窗簾，晨光便從向東的窗溢入室內。一片燦白的朝陽，窗簾上的葉片彷彿要被光壓彎。不曉得是不是沒有建築物遮擋的關係，強烈的炫目感使我不禁後退了一步。早晨是這麼氣勢磅礡的嗎？是我衰弱的心還在懼怕一天的開端，又或者正好相反，這證明我已經恢復到足以用全副身心去感受早晨的朝氣了？無論如何，天氣晴朗都是好事。

我下到一樓，用那臺放在車上載過來的咖啡機泡了咖啡，咬著預先從便利商店買好的可頌。真不可思議，光是飄散著熟悉的咖啡香，昨天才剛踏足的這片陌生空間便一口氣變成了屬於自己的領地。

『早安。』我傳了LINE給丈夫。『早安，妳已經起床了？』他立刻有了回應。

『昨天長時間駕駛，妳一定很累了吧。有沒有好好休息？』

雖然丈夫擔心地這麼說，但獨自駕車輕鬆自在，過程中穿插休息，對我來說反而是很好的身心調劑。握著方向盤往西、然後往南不斷駛去，將所有憂愁和煩惱拋在身後，心情彷彿也越來越輕鬆了。

『我睡得很好。這邊天氣非常好，有時間的話我打算去散個步。電車是三點半左右到吧？我到車站去接你。』

從舊家打包過來的東西和新家具預計在今天全部一起送到，得加把勁才行。客廳面朝南方，一打開直立式百葉窗，窗外便是海岬和白色燈塔，以及一整片遼闊的大海。昨天早晨之前我還住在市區的公寓大樓，感覺真不可思議。從今天開始，這就是我的日常風景了。我舉起智慧型手機，想拍張照片傳給丈夫，但無論將鏡頭轉向哪裡，天空和大海都美不勝收，大自然太過慷慨，我反而不知該在哪裡按下快門鍵才好。被手機液晶螢幕擷取下來的海平線，散發著淡淡的白色光輝。

風景如畫。即使是我這個攝影外行人也能拍下不錯的照片，但最後我還是什麼也沒拍便放下了手機。昨天來到這裡的途中，我在一路上也數度看見海平面，大海藍得越鮮豔，越是教我胸口刺痛。我不禁想，這不是那片海，不是灰白色調、泛著褐色，波濤湧動的海。即便知道那只是相片本身的色調，每一次來到海邊，久遠的記憶仍然隱隱作痛。那女孩說過，她喜歡那片沒有顏色的海。

陽光照在木質地板上，一點點曬暖光裸的腳趾尖。我從窗邊轉過身，將剩下一些的咖啡倒進馬克杯喝個精光。

在幾乎空無一物的屋子裡吸地板、打掃各處令人身心舒暢，由於沒有障礙物，可以心無旁騖地順利完成清掃。現在才四月中，還不到需要開空調的季節，但打掃整間屋子、處理業者搬進來的各種物品忙得我滿身大汗。指示業者將家具和家電安置在各個房間，按照優先順序默默拆開包裹，忙到兩點左右肚子就餓了，再也無法專注。屋內已經整頓到暫時能夠生活的程度了，於是我出門轉換心情。

附近建了一整排獨戶住宅，建地遠比東京更加充裕。四處可見到不少空地，似乎沒有能隨意駐足的餐飲店。開車一下子就能抵達超市和五金賣場，沿著海岸線開一段國道也能抵達休息站，所以日常生活沒有問題，但外食的選擇確實減少了許多。現在無業的我空有大把時間，因此能設立「努力練習做菜」這個目標也值得慶幸。如果能學會俐落處理魚肉一定很帥氣，不過室內派的丈夫會對釣魚有興趣嗎？想像他穿上多口袋的背心，坐在海邊垂著釣竿的模樣，感覺一點也不適合，讓我笑了出來。

走過平緩的下坡道，便抵達了這一帶最高的建築物，一座設有瞭望臺的觀光塔。停車場內停著一輛遊覽車，貌似在騎車兜風途中的人們也在機車旁吃著橘子口味的霜淇淋。觀光塔內有餐券制的餐廳，我點了當地養殖的鮪魚丼。已經過了中午用餐時間，除了我以外沒有其他客人，來撕餐券的女性店員問我：「妳一個人來旅遊呀？」

「沒有，我最近剛搬到這附近。」

我不太想跟陌生人聊私事，但撒謊感覺也會立刻敗露，因此還是老實回答了。

「咱們這種鄉下地方，年輕人應該覺得很沒趣哦。」

聽見她說著方言，來到遠方的實感一口氣增強不少。

「這裡的海很漂亮。」

說話就不能更機靈點嗎？我在腦中問自己，露出生硬的笑容。這半年左右，我和丈夫以外的人對話時變得非常容易緊張，即使表面上能夠掩飾，但總是禁不住猜測對方實際上如何看待我，弄得自己疲憊不堪。所以，搬到人際關係緊密的偏遠小鎮是一種冒險。這麼做真的好嗎？直到現在我仍然有些不安，但丈夫十分體諒地告訴我：「要是真的發生什麼事可以再搬回來，如果妳想再搬到其他地方也沒關係。」

——總而言之，還是先遠離各種煩擾比較好。結珠，如果妳願意的話，我們一起搬到遠方吧？其實有個地方我一直想去看看……

我坐在靠窗的桌邊，吃完了偏遲的午飯。隔著一條馬路對面，是成片的草地和樹木，也能看見玩飛盤、打羽毛球的親子檔。樹木之間，分隔大海與天空的海平線微微發光。多麼悠閒寧靜的春季午後啊。餐廳的一般桌椅區和榻榻米區都空無一人，這裡一定也有著坐滿校外教學生和大批團客而熱鬧擁擠的時候吧。我一個人獨占著空蕩蕩的餐廳，悠閒地眺望海面，在陽光下瞇細了眼睛。

我一手撐著臉頰的影子落在塑膠杯上。就好像坐在教室裡一樣——明明擺設一點也不相像，我卻不由得這麼想。像是大清早或放學後有事情要忙，一個人坐在教室裡那種寂寞又自在的感覺。不可思議的是，此刻腦海中浮現的並不是我執教鞭的那所小學，而是學生時代那所高中的校園風景。畢業之後都已經過了十年以上，我的心究竟要被困在那個時代多久呢。

養殖鮪魚的滋味，嚐起來和平時吃到的鮪魚沒有太大差別。難得來到了這裡，我打算登上瞭望臺看看，於是去買了門票，櫃檯給了我一張寫著「本州最南端訪問證明書」的卡片。原來本州最北端是青森縣的大間，最西端是山口縣的下關，最東端是岩手縣的魹崎，地名聽起來很厲害。這些地方我都沒去過，不禁心想，到了成為大人的現在，我的世界依然如此狹小。剛才騎車兜風的那些人，一定單槍匹馬闖蕩過許多地方，看過許多我從沒見過的風景吧。大概是獨自來到這片毫無淵源的陌生土地使我心情動搖，一股與鄉愁截然相反的焦躁席捲而來，催促著我再流浪到更遠的、從未見識過的地方，離至今為止的自己再更遠一些。

搭乘電梯上到七樓，我繞了屋頂的瞭望臺一圈，眺望周遭三百六十度的風景，映入眼中的絕大部分都是大海與山巒。我想「自然景觀豐富」是個錯誤的說法，大自然原本就存在，只是被人類破壞侵蝕的程度不同。這裡尚未受到人類太過嚴重的侵犯，接下來也沒有被侵犯的隱憂，放眼望去是滿眼的青翠和碧藍。我和丈夫的新家從這裡看起來像個火柴盒，孤零零地被放在開墾過的丘陵地上，白色屋牆和藍色的山形屋頂。

這裡應該有一般公寓十層樓以上那麼高，瞭望臺上風大，頭髮一下子就被吹得亂七八糟，薄風衣的兜帽像鯉魚旗一樣在風中飄動。凝神觀察，海上的雲朵一點一點緩緩流動、破碎、改變形狀，在山坡上、家家戶戶的房屋上、海面上輕飄飄地落下陰影。遙遠彼方的海面上能看見大船。時間的流速變得緩慢悠長，總覺得在這裡可以自由自在地隨波漂蕩。不必急著前進也沒關係——彷彿被這片土地包容般的感覺，逐漸紓解了我緊繃的心。我一定會喜歡這裡的。

下到一樓，我還想再散步一下，於是往馬路對面的草地走去。這裡的草都長得頗長，不像都會區的公園那樣修剪得整整齊齊。我沿著步道走向海岸邊的石碑，這時蚱蜢在腳下跳來跳去，跳到了我穿著牛仔褲的大腿上，嚇得我輕聲驚叫。怎麼辦？我抬起腳前後甩了甩，牠也不願意離開，我不敢用手去拍。

當我僵在原地，變成蚱蜢的一根棲木時，聽見一陣撥開草叢的沙沙聲，有個小小的人影靠了過來。

「妳怎麼了？」

那是個國小低年級左右的小女生。首先奪去我目光的，是她那頭及腰的長辮子。跟那個女孩好像——才剛這麼想，我便自己打消了這個想法。她們並不相像，我只是被長髮迷惑了而已。我養成了稍微看到一些共通點便想起她的習慣，但當時連一張照片也沒留下，我不敢肯定自己還記得她的五官長相。我凝視著那女孩的眼睛，一個字也沒說，直到女孩納悶地偏了偏頭，我才急忙指向大腿上的蚱蜢。

「我怕蟲，不敢動。」

「什麼嘛。」

女孩迅速幫我抓起蚱蜢，把牠放回草地去了。

「太謝謝妳了。」

「不客氣。」

「妳一個人嗎？沒有人陪妳一起來？」

周遭沒看見其他人，雖說是大白天，但這麼小的小孩子……我不禁感到擔心。

「跟爸爸一起。剛才瀨瀨說想吃霜淇淋，所以爸爸正在幫瀨瀨買。」

「瀨瀨是妳的名字？」

「嗯，我叫海坂瀨瀨。」

「謝謝妳告訴我，我叫——」

正要自我介紹的時候，蚱蜢又跳了起來，我不禁倒退一步。「妳還是快點逃跑比較好哦。」瀨瀨笑著說。

「掰掰。」

瀨瀨說完，便往草叢繁茂的地方跑去。我看見有個男人站在道路另一側，手上拿著霜淇淋，那一定就是她的爸爸了吧。聽她說的是標準日語，他們可能不是本地人。

我放下心來，回家之後稍微準備了一下，便開車前往串本車站迎接丈夫。

「結珠。」

丈夫走出驗票口，看見我高興地揮揮手，但隨即又露出為難的表情。

「怎麼了？忘了帶東西嗎？」

「沒有……剛才岡林先生聯絡我，說馬上就要約喝酒慶祝我們搬家。」

「今天？」

「嗯。不過沒關係，我會拒絕他的。」

「沒關係呀，家裡差不多也收拾好了。」

我們剛上車，丈夫的手機便看準時機似的響了起來。
「妳看，又來了——喂？是的，我剛到，但我是不會答應去喝酒的。」
「開擴音吧。」我說道，把身體湊近副駕駛座。
「岡林先生，辛苦了。」
『喔，結珠啊？新天地怎麼樣？』
「還人生地不熟的，但房子我非常喜歡，謝謝你讓我們住進去。」
『不會啦，我才要謝謝你們，房子與其空在那裡，還不如有人住著比較好。怎麼樣呀，今晚來幫你們辦個歡迎會如何？』
「當然好。」
『太好啦，那就這麼決定了。傍晚看你們幾點方便，直接到我店裡來吧。喂藤野，不要一臉嫌棄好不好，就算看不到表情我都知道你臉有多臭。那就先這樣啦。』
岡林先生猜得沒錯，丈夫一臉哀怨的表情，我努力忍住笑。
「還不好好奉承一下，對方可是你的社長呢。」
「這是職權騷擾。」
「我們兩人都比較內向，像他這樣稍微強硬一點的態度正好吧。我也希望他多介紹幾間當地值得造訪的好店。」
岡林先生是非常「陽光」的人，他開朗的性格和強硬的態度有時也會教人退縮，但我對他表裡如一、朝氣蓬勃的特質頗有好感。丈夫雖然在我面前表現得面有難色，但肯定也是受到岡林先生這方面的特質吸引，才決定和他一起工作的。

抵達新家，我們從客廳眺望大海，丈夫喃喃說：「感覺好像電影或連續劇裡會出現的風景。」

「在這裡會上演什麼樣的劇情？」

「表面上看似和睦的鄰居之間其實藏著不為人知的秘密，人際關係一點一滴崩塌；或是在一個暴風雨的夜晚，殺人魔來到了偏遠孤立的聚落……」

「這不會太黑暗了嗎？」

看著這片無可挑剔的晴朗海面，卻浮現出這種點子，也太不搭調了。

「那如果是妳，又會選擇什麼樣的情節？」

「突然叫我回答，我答不出來啦。」

「妳剛才也是突然叫我回答呀。」

這麼說也是。我絞盡腦汁，最後回答：當地小孩認識了從外地搬來的孩子，兩個人越來越要好。

「只是一起欣賞優美的風景、一起遊戲……就只是這樣，感覺會收錄在課本裡的那種寫得很好卻很無趣的故事。」

「是因為大家都很欣賞，才會收錄在課本裡哦。」

「謝謝你的安慰。哎，這張桌子擺起來效果不錯吧？本來以為它有點太大了，但實際擺進來之後非常協調。」

丈夫擔任醫療類應用程式的開發和監修，基本上都在家工作，為了讓這裡也能當作工作空間使用，當時選了四人座的桌子。

「嗯，感覺很適合工作。妳到附近探險過了嗎？」

「我有上去觀光塔。觀光塔是七層樓的建築，但因為周遭沒有摩天大樓也沒有高層公寓，視野非常好。」

「這樣啊，我也好想去看看。」

「隔壁還有一間叫做地質公園中心的設施，你應該對它比較感興趣？」

「也還好，我對地質學也不太……啊，小直可能會喜歡吧。」

冷不防從丈夫口中道出的那個名字，讓我反射性地皺起眉頭。

「我不清楚。」

我冷淡地回答。丈夫辯解似的補充：「因為以前在法會還是哪裡見到他的時候，他很專注地在看岩石圖鑑。」

「我不記得了。我說，你該不會希望那孩子到這裡來玩吧？」

「沒有，我只是突然想到而已。」

「那就好。」

剛才的語氣不太好，我立刻反省，擺出笑容說「我去泡個咖啡吧」。

「喝完咖啡，我們一起去找岡林先生。」

「果然還是要去嗎？」

「當然。」

岡林先生的住宅兼店舖，距離這裡大約二十分鐘車程。從半島尾端突出的海岬沿著國道北上，岡林先生的潛水用品店就在一間海水浴場附近，說是距離大海徒步零分鐘也毫不誇張。他原本在東京有間辦公室，跟我丈夫一起工作，但因為他實在太熱愛潛水了，開始當潛水教練做為副業之後，便立刻決定移居到這裡來。這種說走就走的行動力和我丈夫形成對比，兩人個性雖然不合，但還滿互補的。

「哦，你們來啦。」

岡林先生比起在東京時曬黑不少，一看見我丈夫便伸出右手，結結實實地握了一下。這種不太像一般日本人的舉動，放在這個人身上卻有模有樣。長髮及肩的他體格壯碩，穿著花襯衫，這副打扮在街上遇見總給人有點可怕的印象，在海邊看起來卻只是個陽光開朗的戶外運動愛好者。

「很不錯的地方吧？天空和大海都特別寬廣。」

「我才剛剛抵達，不好說。」

丈夫一板一眼地回答。

「這種時候拜託你回答『真的很不錯』好嗎？算了，總之我們先去吃飯吧。」

由我丈夫開車，岡林先生指路，我們來到了車站附近的居酒屋。不愧是岡林先生讚不絕口的水準，鰹魚半敲燒和生魚片全都十分美味。

「不愧是臨海城鎮，真不賴。感覺以後吃海鮮的要求都要變高了。」

「對吧，很厲害吧，光看外觀就這樣閃閃發亮。」

「胃口被養得太刁鑽，我回去的時候會很傷腦筋的。」

我自己說著，內心「啊」了一下。我打算回去嗎？明年、後年，甚至再更遠的未來，我會想要回去、會覺得自己可以回去也沒問題嗎？

「哎呀，人才剛來，就別說這種話了。」

岡林先生直爽地替我帶過這個話題。

「秋天洄游的鰹魚也很好吃哦，牠們從東北海域游回來，身上貯存了滿滿的脂肪。」

「我會好好期待的。」

受到岡林先生影響，我一口接一口喝著在家幾乎不碰的日本酒，不會喝酒的丈夫在旁邊提心吊膽地旁觀，也為此平添了幾分趣味。我們喝了快一個小時，這時拉門打開，岡林先生看見走進店裡的客人，便「嘿——」地抬起一隻手打了招呼。來客是位五、六十歲的男性。

「好久不見了，你一個人嗎？跟我們一起喝吧。」

岡林先生先邀請了對方，才詢問我們：「可以嗎？」這怎麼好意思拒絕。由於喝了酒的關係，這情境也讓我覺得有趣，丈夫則是先很輕很輕地嘆了口氣，才回答「請便」。

那位客人在岡林先生隔壁坐下，自我介紹說「敝姓宗田」。

「我在這附近經營一所自由學校。」

「哇，原來如此。」

我們是……丈夫還來不及自我介紹，喝醉酒的岡田先生便打岔說：「他跟結珠算是同行啦。」話聲剛落，他便露出了「糟糕」的表情，但為時已晚。實在沒辦法，我只好向愣在當場的宗田先生解釋：「我在國小當老師。」

「那麼，妳是到這附近來擔任教職的囉？」

「不……」

我在桌子底下輕觸丈夫的大腿，告訴他「沒關係」。

「我身體出了狀況，正在停職休養。」

「啊，原來是這麼回事。」

宗田先生深深頷首。

「我以前也在國小教過書，所以很能理解。現在的老師事務繁多，很辛苦吧。一旦為孩子著想，犧牲起自己的心力就沒完沒了了，畢竟為了孩子做多少都不嫌多。」

他的語調沉著穩重，頗具說服力。儘管透露私人情報非我所願，但我很慶幸這是個值得信賴的人。

「哎，雖然這裡除了大海和山地之外什麼也沒有，不過請妳放慢步調，好好休息一下吧。」

「謝謝您。」

我們和宗田先生一起又吃喝了一陣，正想著差不多該散會了，不料岡林先生卻提議

「我們去下一家續攤吧」。

「已經喝很多了，我們回去啦。」

「不不，再一間就好……有間我想介紹給你們的小酒店。哎，宗田先生，我們去『繁花』吧，『繁花』。」

丈夫聽說是「小酒店」，露出了越發不樂意的表情，但岡林先生還在耍賴，宗田先生看起來也並不排斥，最後我們還是決定去續攤。我還沒去過小酒店，心裡有幾分好奇。我對小酒店的印象，是中高齡的大叔找女人喝酒、唱卡拉ＯＫ的地方，那裡的女店員打扮得不像酒店小姐那麼花枝招展，酒店本身也有些破落。那是女性一個人難以踏足的地方，因此我是半懷著見見世面的心情答應的。

我們三人和騎腳踏車的宗田先生暫時別過，由滴酒未沾的丈夫開車前往商店街。

「像我這種不喝酒的人，你介紹小酒店給我也沒意思。」

聽見丈夫在駕駛座上抱怨，岡林先生出言安撫：

「哎呀，別這麼說嘛。你想像中的小酒店是什麼樣子？」

「特地花錢去聽常客和上了年紀的陪酒小姐說教的地方。」

丈夫對小酒店的印象也跟我差不多。岡林先生在後座得意地挺起胸膛說：「那可就大錯特錯啦——」

「有什麼不一樣嗎？」

「我們現在要去的那間呢，媽媽桑長得超級漂亮。」

「隨便怎樣都好。」

「不不，等你看到本人就說不出這種話啦！真的很漂亮，光是保養眼睛就值回票價了。」

久遠的往日裡，高中開學典禮的記憶掠過腦海。這麼說來，當時同學之間也口耳相傳地說有個新入學的女生長得非常可愛。再漂亮也不可能比她漂亮，我懷著冷卻了幾分的心情，將岡林先生充滿熱情的發言當作耳邊風。

這裡的商店街並不是開滿特產品店、專做觀光客生意的地方，而是當地人日常光顧的商圈，街道規模較小卻整潔有致。街上不時可看見酒店點著霓虹燈和招牌燈，但一般的商店幾乎都已打烊。來到目的地，屋簷下藍色遮雨棚的部分以白色文字寫著店名「繁花」，是間平凡無奇的小酒店。筆劃拖長的部分像緞帶一樣呈現波浪狀，過時的字體充滿了「有點年代的小酒店」的味道。當我失禮地這麼想的時候，心情大好的岡林先生自顧自推開店門，打了招呼：「妳好——」待會見到他讚譽有加的那位美女媽媽桑，我得注意不要露出「就這樣？」的表情才行。

「媽媽桑，妳今天好嗎？」

「還好。」

在櫃檯內側冷淡地這麼回答的人，是果遠。

果遠就站在那裡。

結珠就站在那裡。她近在我眼前，正凝視著我。

雖然十年以上沒見，但我只消一眼便認出了她。她的頭髮剪短了，像從前的我那樣穿著休閒的連帽上衣。我睜大眼睛，說不出話來，著魔似的呆立在原地動彈不得，這時岡林先生少根筋地說：「我的工作夥伴從東京搬過來了。」聽見這句話，我的身體終於動了起來，將視線從結珠身上移開，打開放溼毛巾的保溫箱。拿取溼毛巾的手在顫抖。

即使在夢裡也好，我多想再見她一面。我想像過幾百次在街角、在電車上、在海邊偶然和她重逢，但我從沒想過現在這個情境。我拚命按捺著內心的動搖，裝好三捲溼毛巾放上吧檯。我感受到坐在最深處的水人投來詫異的視線，但我假裝什麼也不知道。

「宗田先生再過一會也會過來，麻煩再給我們一條溼毛巾。怎麼樣啊藤野，沒想到媽媽桑真的這麼漂亮吧？」

「咦、啊，嗯……」

聽見這個姓氏，我的記憶迴路啪地接上了，這一次我差點「啊」地叫出聲來。是藤野，結珠的家庭教師。他比以前看起來更體面了些，但五官相貌仍然看得出舊時模樣。藤野就是岡林先生的工作夥伴？那結珠呢？

「給我們一瓶中瓶啤酒，藤野喝烏龍茶應該可以吧？然後再隨便來些乾貨類的下酒菜。」

結珠怯生生地就座，我趁著她拿取溼毛巾的時候偷看她的手。她的左手無名指上戴著銀色戒指，而藤野的手指上，也有一枚同樣款式的戒指。啊，原來是這麼回事。這消息來得太過突然，我沒有餘暇感受到喜悅或悲傷，懷著一股輕飄飄的奇妙心情替他們準備著杯墊和玻璃酒杯。

「媽媽桑也一起喝嘛，今天是這對夫妻的歡迎會。」

「我不喝。」

「又被句點啦。」

岡林先生只是形式上哀嘆了一下，便俐落地將啤酒和烏龍茶斟進杯裡，高喊「乾杯——」。藤野和結珠生硬地舉起玻璃杯。兩個人都表現出「怎麼辦」的猶疑，那種神態像成對的戒指一樣浮現在他們臉上。我忍不住對藤野感到煩躁，這傢伙在幹什麼，你再不裝出初次見面的樣子會害結珠起疑的。

啊，不過，這或許不需要我操心。說不定藤野已經把從前被我伏擊的來龍去脈都告訴結珠了，畢竟他們都是夫妻了嘛，都已經結婚了嘛。

我不想喝什麼啤酒，想要更烈的酒。我在從吧檯看不見的死角緊緊握著拳頭，感受到結珠的視線。該怎麼辦？我應該跟她搭話嗎，說句「好久不見」？

妳是小瀧同學對吧，高一的時候我們短暫同班過一陣子……現在妳姓藤野了嗎？我自從轉學之後一直都住在這裡，真的好巧哦……不行，我沒有把這段話自自然然說完、不引人懷疑的自信。我的聲音一定會發抖，我會結巴。而且，我不想在這種地方跟她說話。明明我從來不曾覺得在小酒店工作有什麼好丟臉，卻不想被結珠看見作為「媽媽桑」站在店裡的自己。

彷彿一種無言的默契，結珠也什麼都沒說。她是體恤我此刻動搖的心情才保持沉默嗎？抑或是覺得我莫名其妙呢？當初光是在家庭餐廳打工，被男人搭訕都東嫌西嫌的人，現在居然在這種地方工作。

我刻意背過身去擦裝飾櫃的玻璃門、摺餐巾紙，專注做些不一定得現在完成的雜務。宗田先生說著「妳好」走進店裡的時候，我鬆了一口氣。

「啊，我們已經先開始喝了哦——」

「好的好的。」

敏銳地聽出了他的聲音，瀨瀨穿著睡衣，從二樓跑了下來。

「媽——宗田先生來了嗎？」

「瀨瀨，妳好。妳還沒睡呀？」宗田先生笑了開來。

「嗯，今天吃完晚餐之後瀨瀨寫了漢字習字本哦，給你看！」

「瀨瀨，這個明天再請老師看就好了吧。」

「我想要現在看。」

瀨瀨正想纏住宗田先生不放的時候，看見了一旁的結珠，不知為何「啊！」了一聲。

「是蚱蜢的大姊姊。」

「妳好呀，瀨瀨。」

這是結珠進門以來第一次說話。她的嗓音比記憶中更沉穩嫻靜，親切地喊著我女兒的名字。「咦，怎麼啦，妳們認識？」岡林先生這麼問，宛如代我表達了困惑。

「在觀光塔附近，有蚱蜢跳到我的衣服上，我不敢抓牠，又不知道該怎麼辦的時候，是瀨瀨幫了我。對吧，瀨瀨？」

「嗯。」

是白天她和水人一起出門那時候吧。結珠彎著身子，靠近瀨瀨的視線高度，溫柔地對她說話。不久前困惑的氛圍蕩然無存，結珠待她的態度像個相識多年的老朋友或親戚。我對於結珠和藤野結婚的事實還不知所措，結珠知道我有了小孩，竟沒有任何想法嗎？

「妳寫了漢字習字本呀？好棒哦，可以讓我看看嗎？」

「咦……」

瀨瀨扭著身體，裝模作樣地說：

「可是大姊姊妳又不是老師。」

「我是老師喲。」

「騙人——」

「是真的，雖然現在暫時還在休息。」

「是哦。休息到什麼時候？」

「這個嘛，我也不太清楚。」

「也是哦。我們班的老師也會問瀨瀨說『妳學校這邊要休息到什麼時候』，但這種事瀨瀨怎麼會知道。瀨瀨現在每天都在宗田先生那邊念書。」

「這樣呀，那妳很厲害哦。」

「不會，一點都不厲害。只是因為瀨瀨想去，所以就去了。所以大姊姊也是，就算不想去學校也不會變成不厲害的人哦。……不會不厲害？不是不會不厲害？咦？」

混亂的瀨瀨偏了偏頭，結珠和藤野都歡快地笑了起來。小孩子真了不起。

「謝謝妳，瀨瀨。」

「大姊姊，問妳喔，妳為什麼會想當老師啊？」

「咦？」

「現在呀，我們自由學校在討論將來想做什麼，但瀨瀨沒什麼想法。」

「瀨瀨，妳現在幾年級？」

「二年級。」

「這樣呀……」

結珠微微點頭，直起身體，兩隻手肘撐在吧檯上，十指指尖輕輕相碰。無名指上的戒指反射燈光，刺向我的眼睛。那是道宛如棘刺的光。接著，她一口氣喝乾了玻璃杯中幾乎沒動過的啤酒，指向掛在牆上的圓形時鐘。

「瀨瀨，妳知道現在幾點嗎？」

「八點四十七分。」

「很棒，妳答對了。」

「都是國小生了，這種問題大家都會啊。」

小孩子很奇怪，要是凡事動不動就誇獎她，反而會惹她不高興。結珠對嘟起嘴唇的瀨瀨說：

「在我年紀和瀨瀨妳一樣大的時候，有個看不懂時鐘的朋友。」

我差點以為全場都聽見了我倒抽一口氣的聲音。在地面上畫了時鐘，向我解釋兩根指針代表什麼意思的結珠。

「我教會了她怎麼看時鐘之後，她高興得不得了，這就是我想當老師的理由。」

「就這樣？」

「是呀，那時我真的很開心。是她向我展現學到新知的喜悅，也是她教會了我，其實我也有自己能做到的事。即使在旁人看來只是微不足道的小事，那對我來說也是重要的──」

在我緩緩呼出一口氣的同時，淚水轉眼間盈滿了結珠的眼眶，滑落臉頰。在淚珠流到下顎之前，結珠唰地背過臉，站起身來。

「結珠。」

藤野作勢起身。

「沒事──對不起，我好像喝太多了，有點失態，今天就先失陪了。抱歉呀，瀨瀨，再見哦。」

結珠擦著眼淚走出店門，藤野也低頭行了個禮便追了出去。叮鈴鈴，店門隨著一陣風鈴聲關上之後，瀨瀨捏著睡衣下襬，垂著頭問：「是瀨瀨的錯？」

「啊，不是的、不是的，不是瀨瀨的錯哦。」

宗田先生輕輕摸著她的頭，幫忙打圓場。

「那不是悲傷的眼淚喲，她應該是回想起了那位朋友吧。好了，妳先去睡覺吧，否則明天早上會起不來的。」

「嗯……」

即便如此，瀨瀨似乎還有些情緒無法消化，這一次跑去纏著水人說「抱瀨瀨上二樓」。

「水人，拜託你了。」

「嗯。」

水人抱起瀨瀨上了二樓之後，岡林先生偏著頭疑惑地說「這還真少見」。

「結珠個性滿冷靜的，就算喝了酒，也不像是會在人前掉眼淚的類型啊。」

「可能是實際見到小孩子，心裡油然生出許多感慨吧。」宗田先生說。

我想現在立刻一個人靜一靜，想在空無一人的地方，反芻結珠剛才的話語和眼淚。那道光比戒指的光輝更透明，伴隨著能夠輕易置我於死地的劇痛深深刺中我。「原來是這麼回事」的喜悅，「為什麼偏要在現在說這種話」的氣憤，以及「好想替她擦去眼淚」的憐惜，這一切都被那道細小的光穿刺而過，在我的內裡翻滾掙扎。

我再一次和結珠重逢了。此時的我已不再是小孩子、不再是校倉果遠，而是二十九歲的海坂果遠。

「妳還好嗎？」

丈夫擔心地這麼問，我卻呆坐在副駕駛座，連一句回應也說不出來。無法消化湧入腦中的情報、感情和記憶，我整個人呈現恍惚狀態。七歲的果遠、十五歲的果遠，不久前就站在我眼前的果遠。她從前剪得像男孩子一樣短的頭髮已經留長了，在後腦紮成一束。有點年代的小酒店，暗淡的深紅色沙發和膠合板材質的吧檯。拖著長音叫果遠「媽——」的瀨瀨。

想到這裡，我的胸口才第一次感到刺痛。那孩子確實與昔日的果遠十分相像。此前我無數次想像過她究竟在哪裡、過得如何，但完全沒想過她已經有了孩子。

我一直想再見到果遠，但沒能如願以償，我原已經放棄地認為這一生再也沒機會見面。果遠比從前更漂亮了，美得甚至令人悚然心驚，整個人褪去了青春期的稚氣，散發著珍珠般沉靜柔和的光輝。無論七歲的時候、十五歲的時候，抑或是現在，她總能在一瞬間奪走我的目光。剛才我應該跟她攀談嗎？但她家有過一些複雜的內情，或許還是不要隨便提起過去比較好，我因此採取了被動態勢。假如果遠主動跟我說話，我本來打算若無其事地回應的，最後卻一句話也沒說到，還自顧自激動落淚，一定嚇到她了。

那個用一句「待在有光的地方」將我釘在原地，轉身離開的女孩。時至今日，我仍然感覺自己的一部分還被遺落在那個下著小雨的夜裡。眼眶中淺淺蓄積的淚水，模糊了夜色中尚不熟悉的街景。每通過一盞街燈，我總不由自主地尋找果遠拋下我邁步奔跑的那道背影。

果遠人間蒸發之後，我曾經去過那座公寓社區一次。

在我們唐突分別之後隔天，果遠也沒來上學。老師什麼也沒說，午休時亞沙子提起了「校倉同學還好嗎」的話題。

——啊，對了結珠，校倉同學把字典送去還妳了嗎？

——咦？

——前天放學後，她跟我打聽妳的地址，說想把字典還給妳。

我莫名其妙。我根本沒借給果遠什麼字典，她也沒來我家。正想老實回答「我不知道這回事」，但看到亞沙子憂心的神情，我又閉上了嘴。

——咦，我告訴她了耶，是不是不應該？

——不會，沒事的，她拿來還我了。但那天家教老師也在，所以是我媽媽收下的。

我連忙編了個藉口搪塞過去，卻無法阻止不祥的預感一點點擴散開來。果遠，妳那時想做什麼？現在又怎麼樣了？

過了週末，新的一週開始了，教室裡仍然不見果遠的蹤影。早上開班會的時間，老師簡短告知大家「校倉同學因為家庭因素轉學了」。儘管沒有人出聲，無聲的騷動卻在教室裡蔓延開來，老師做作地補充道：「跟大家相處短短的時間就要告別，她感到非常遺憾。」

謎樣的女孩以充滿謎團的方式離開，同學們七嘴八舌地做出各種揣測。她為了準備出道當女演員，轉學到有演藝科的高中去了；她因為雙親工作的關係出國了；其實她已經有了未婚夫，想在年滿十六歲之前享受一下短暫的高中生活；其實她是教育部直屬的秘密調查員，跑遍各所學校為校方打分數……當然，所有人都知道實情並不是上述任何一項。

我先嘗試去拜託老師，說「我想知道校倉同學現在的住址」。

——之前完全不知道她要轉學，所以我想寫封信給她。

——這樣啊……

老師面有難色地告訴我。

——老實說，我們也不曉得她新的住址。她本人是說已經安排好了轉寄的手續，需要的話可以直接寄到原址，她們家的電話號碼好像也已經換掉了……就是這麼回事，所以假如妳寫了信，願意交給老師的話，老師會替妳寄到舊的住址。只要附上小瀧同學妳的回信地址，校倉同學就會從新家回信給妳了吧。

這種迂迴費事的聯繫方式，真的有辦法聯絡到果遠嗎？我只能咬著下唇，識趣地回答「我知道了」。在她消失無蹤的前一天晚上，果遠身上已經發生了某些事情。不，說不定是在更早之前。

她為什麼寧可說謊也要知道我家的住址？她真的來過我家了嗎？為什麼又不發一語

地離開？如果我是個更有能力、更可靠的人，是否能至少與她好好道別？在自我厭惡感即將打著圈攪成一團的時候，仍然是果遠說過的話止住了那些負面的漩渦。

——因為，假如我是結珠的話，就沒辦法喜歡上結珠妳了。

我明明沒能替她做到任何事，她為什麼願意對我說那種話？

在那之後大約過了十天，在一個平日午後，第五、六堂課剛好連續改為自習，一方面也是期末考試將近的關係，老師允許我們「想回家念書的人可以回家」。因為班上都是乖巧的優等生，沒有會在外逗留玩樂的壞孩子——至少老師們是這麼想的。當時我想，只有今天這個機會了，我可以瞞著媽媽去那座公寓社區一趟。我裝作選擇回家念書，首先去了果遠打工的那間家庭餐廳。光是穿著制服走在上下學路線以外的地方就教我緊張，但並沒有站務員或警察來盤問我。

我走進餐廳，只點了飲料自助吧，然後觀察了一會兒拿著托盤和帳單匆忙來去的店員。沒看見果遠的身影。

花了十五分鐘左右喝完一杯柳橙汁，我叫住了看起來最好說話的一位店員。

——您好，請問需要點餐嗎？

——不好意思，應該有個名叫校倉果遠的人在這邊打工……

——校倉啊，她前陣子剛離職了。

——原來是這樣，謝謝你。

這在預料之中，我並不氣餒。我立刻離開餐廳，前往剛才邊喝果汁邊調查到的公寓社區。我只模糊記得社區周遭的景色，不過靠著家庭餐廳沿線的車站、五層樓公寓這些關鍵字，我四處搜尋公寓建築愛好者的部落格，找到了外觀眼熟的建築物。在搖晃的電車中，我凝視著車窗外陌生的景色心想，這就是果遠每天看見的風景嗎？抱持著彷彿下一秒就會跟走在附近的果遠四目相對的、不可能實現的期待。

正如部落格上描述該社區「交通不太便利」，我從最近的車站步行了二十分鐘以上才抵達那裡。那些建築物一進入視野的瞬間，我模糊不清的記憶頓時有了清晰的輪廓與色彩。啊，沒錯，就是這座社區、這條路，牆面上標示著幾號棟的數字標示牌，以及牆上的裂縫，不明就裡地等待媽媽時蹲坐過的、潮溼陰暗的樓梯間。每走近一步，我和果遠共同的回憶便一段接著一段甦醒。我們每次見面都一起玩耍的那座小公園裡，有不認識的小孩在奔跑，當時坐過的單槓如今看起來矮得令人驚訝，原來那時的我們那麼嬌小，看著令人難受。當年的我們比現在更加無力，還什麼也不懂，所以對彼此無比珍惜。果遠哀悼過的小鳥，現在也沉睡在這座公園的某一角嗎？

我沒有太多時間能閒逛，但還是停下腳步，仰頭望向六號棟最角落的506號房。那是我初次見到果遠的地方。我伸出雙臂，果遠跑下樓來到我身邊，鼻血沾汙了她的臉。一回想起來，我便自然而然露出笑容，突然好想好想見到她。要是當時的果遠就在這裡，我會在遞出面紙之前先緊緊抱住她的。當然，那座陽臺上空無一人，連一條飄動的毛巾也沒有。

我提防著旁人的目光，站到集合式信箱前面，悄悄看了看寫著「506」的那一格。

裡頭塞滿了廣告傳單和信件，看來「安排好了轉寄手續」是騙人的。即使我寫了信交給老師，一定也只會被塞進這個信箱，無法送到果遠手上。不過，這也在預料之中。

我踩著腳步聲走上樓梯，一下子就爬上了五樓。六號房的門口沒有名牌，我輕輕把耳朵貼上門板。金屬門扉的觸感冰涼，除此之外聽不見任何聲響。我接著按響了只有一顆按鈕的門鈴，聽得見「叮咚」一聲在室內迴盪。我想起第一次到這座社區來時，媽媽是如何按響五號棟504號房的門鈴，就連她那天粉杏色的美甲都如在眼前。等到電鈴的回聲散去，門板另一側再一次陷入寂靜，我的食指懸在半空遲疑了一會兒，還是按了第二次。果然沒有任何反應。可是萬一，雖然我也不希望事情是這樣，但萬一她們躲著討債人之類的，害怕地屏著氣息躲在屋子裡呢？我還是開口喊一聲「果遠」吧——我這麼想著，深吸了一口氣，這時背後的門打開了。

我整個身體抖了一下，勉強憋住一聲驚叫。回過頭一看，一個打扮浮誇的金髮女人正從對門走出來。她身材細瘦，卻不是令人羨慕的那種苗條，一看就知道不太健康。無袖上衣底下裸露的手臂細得能看見向外突出的肘關節，叮鈴噹啷的手鍊和手環居然能卡著沒掉下來教人不可思議。從過多的飾品縫隙之間，隱約可見許多疑似割腕的傷痕，換作是平常的話，我應該會在一秒內別開視線吧。但這個人一定就是果遠提過的「千紗姊」不會錯。

——那戶人家不在了哦。

千紗姊抬了抬削尖的下巴，慵懶地說道。

——請問您知不知道她們搬到哪裡去了？

——哪可能知道啊，她們是漏夜逃走的。

我鼓起勇氣提問，得到了冷淡無情的答案。漏夜逃走，這個駭人的詞語在我腦中打轉。果遠是被迫搬離這裡的，所以才像那樣，什麼也不說便不告而別。

——倒是聽過她們說要搭夜間巴士。

這完全無法成為線索。我正要低下頭，千紗姊一句「妳該不會就是那個『結珠』？」讓我再一次驚訝地抬起臉。

——妳身上那套制服是S女中的嘛。那孩子一直到最後都還在掛念妳哦，嘴上老是結珠東、結珠西的，嘮叨個沒完。

我好想跟她說「我知道」，這種事不用妳說我也知道。我想問的是果遠現在究竟在哪裡，又過得如何。生來第一次，我瞞著雙親出門，卻只能揭露「我無從得知她的去向」這個事實。千紗姊沒理會呆立原地的我，逕自走下階梯。

聽著細高跟凌遲水泥地面的聲音，我拚命忍住想哭的衝動。眼淚一旦流下來就止不住了，在大哭一場之後回到家中，我不會再有力氣搪塞媽媽，所以不可以哭。我居然在這種時候還顧慮著媽媽。

再也見不到面了。離別和八年前一樣猝不及防，但當時我是拋下果遠離開的那一方。時至今日，我才終於理解了果遠莫名其妙被獨自留下的痛苦。那女孩該有多寂寞、多難過呀。即便如此，當時的果遠仍然循著細不可察的線索來到了我身邊，但如今的我，卻看不見任何與她相連的蛛絲馬跡。

十四年前藤野給我的便條早就扔掉了，但寫在那上頭的好幾個郵件信箱卻還留在我的腦海。並不是我刻意牢記，只是因為那全都是他的全名拼音加上電信供應商或網域名這麼簡單的地址。雖然不曉得他是否還在使用記憶中的信箱，但我向其中之一傳送了「明早五點，燈塔前停車場」的簡短郵件，系統並未提示錯誤。

藤野依約出現在了燈塔附近、我所指定的那座空曠寬敞的停車場。四周被林木圍繞，在清晨這時間空無一人。

藤野開著一輛貼有新手駕駛標誌的白色 Prius，慢吞吞地停在了我的車子附近，一下車便立刻欠了欠身說「好久不見」。

「你很行嘛。」

「啊？」

「跟她結婚了。」

「呃……」

藤野露出為難的神情，看向一旁繁茂的綠意。

「你出來的時候怎麼跟結珠說的？」

「我說我想趁人少的時段練習開車，畢竟還是個新手駕駛……妳呢？那個，結婚了嗎？」

「我先生在家睡覺。」

「這樣啊。」

「你想幹嘛？」

我開門見山地問。

「啊？」

「你應該知道我住在這裡吧？……因為我寄過郵件給你。」

那是教我悔不當初的事件之一。

我轉到這裡的高中念書，最後仍然因故決定退學的時候，藤野的面孔忽然浮現腦海。畢竟他這個人雖然遲鈍又蹩腳，但在我遇過的人當中算是個「可靠的大人」。我蹺了課，在學校空無一人的電腦教室裡申請了免費的電子郵件帳號，開始寫信給藤野。自己面臨什麼樣的狀況，有哪些想法——我想傾吐這些，無論對誰都好，但在這個鎮上我甚至找不到任何傾訴的對象。當時我就連把日記寫在筆記本上藏起來也有困難，因此默默敲著鍵盤、把腦中的想法組織成文字的過程非常過癮。即使無法藉此解決任何問題，也能整理思緒，心情舒暢不少。然而，一旦在收件欄打上藤野的信箱，把這封長信重新閱讀一遍，我便恢復了理智。我不可能寄出這封信，這個人跟我毫無瓜葛，而且第一次見面還是因為一場鬧劇，即使向他吐露實情也無濟於事。我原本打算按下「刪除」鈕的。

——校倉！妳在這種地方做什麼？

卻在這時候被老師發現了，還扯開大嗓門叫我，害我操作滑鼠的手抖了一下。螢幕上顯示著「郵件已寄出」的訊息，任憑我再怎麼抱頭苦惱也無法收回。

我立刻刪除了那個帳號。就算藤野讀到那封信，應該也會當作是寄錯信箱或者是惡作劇吧——我這麼說服自己，一直到昨晚見到結珠之前都把這回事忘得一乾二淨。

「那時候我完全不懂網路，不知道從學校電腦寄信會暴露位置。」

「那封信果然是妳寄的。」

藤野說道。

「原本我就在猜，寄件人說不定正是當時遇到的那個女生。實際上，我的確去確認了那所高中的名字。我本來打算在哪天結珠談起妳的時候，順勢把這一切都告訴她，但她什麼也沒說。昨天看見她在妳們店裡的反應我就理解了，妳對她來說太過特別，特別到無法輕易說出口。」

即使被這個人這樣說，我也不覺得高興。「所以呢？」我踩著腳下的碎石問：

「你為什麼跑到這裡來？」

「有一半的原因，單純只是因為收到岡林先生的邀請而已。結珠這陣子經歷了一些挫折，疲憊到無法繼續工作。我在考慮換個環境、讓她好好休息的時候，想起了妳的事情，這成了促使我決定搬到這裡的關鍵之一。一方面也是岡林先生就住在這裡的關係，感覺我們說不定跟這片土地有些緣分。……不過，倒是沒想到真的能再遇見妳。」

「……這樣啊。原來是這麼回事，我瞭解了。」
我解除了車門鎖，正準備坐進車內的時候，藤野攔住我說「請等一下」。
「正如我剛才所說，現在的結珠有自己的問題，狀況不太穩定。但我總覺得如果有妳在，她一定能夠好轉的。」
「這話什麼意思？」
「在不造成妳負擔的範圍內，能不能請妳支持、陪伴著結珠？」
「那是丈夫該負責的工作吧。」
「我想，光是我一個人有時候可能並不足夠。」
「啊？搞什麼，我是你的代打球員嗎？還是你的助理？」
「不，我不是那個意思……」
這一次我直接坐進駕駛座，粗暴地甩上車門、開動車子，疾駛過空蕩蕩的國道。
七歲那年，向結珠學會看時鐘的我，只是想跟她待在一起，不受父母左右，玩得更久一些。十五歲那年，跟結珠穿上同一套制服的我也相去無幾。
而這個願望，時至今日終於可以實現了？我們可以像普通朋友那樣一起出去玩、一起喝下午茶了？長大成人的、獲得自由的我們。這不是很好嗎？十五歲的我這麼說。這是妳夢寐以求、朝思暮想、殷殷期盼的願望吧，妳還有什麼不滿？為什麼不欣然接受？
回到家，我悄悄爬上二樓，水人和瀨瀨並排著睡在一塊。我依偎在水人的身邊躺下。
「果遠？」

「我在哦。」

「妳是不是去了哪裡？」

「去散步。」

「這樣啊。」

我摟著水人的手臂，將臉埋進他肩口。

「怎麼啦？」

「沒事。」

藤野現在也回到了家，和結珠睡在同一張床上嗎？這只不過是兩對夫妻各自的日常，我的胸口卻再一次不長記性地發疼——

為長大成人的、不再自由的我們。

丈夫回到家的時候，已經過了清晨五點半。我聽見開門的聲音，但他沒上二樓來，我於是起床下到了一樓。

「早安，歡迎回來。」

「早安，我回來了。妳可以繼續睡哦。」

「沒關係。清晨兜風的感覺如何？」

「路上空曠，開起來很舒服。」

在黎明前就出門，路上當然是空無一人了。

「太空曠的話也沒有練習效果吧？」

「這個嘛，我之後再慢慢習慣。」

「要練到我能在副駕駛座熟睡的水準哦。」

「我會努力的。」

丈夫正經八百地點頭，看起來與平時無異，讓我鬆了一口氣。昨晚我沒淋浴便睡著了，於是去放水泡了個澡。優哉游哉地浸在浴缸裡，總覺得哭過隔天特有的疲憊感也會隨著水蒸氣一起蒸發不見。早晨的陽光透過小窗上的毛玻璃照進來，我腹部一帶的肌膚看起來像在水波中明亮地搖曳。即使像這樣躬著背，我的肚子上也沒有贅肉的皺褶，但不知不覺間已經失去了十幾歲時身體有如從內側繃緊的那種彈潤緊緻。近幾年，我越發頻繁地體認到自己的肉體已過了生物學上的巔峰。

我輕輕摸了摸自己的下腹。皮膚、脂肪、肌肉、血液、骨頭、臟器。果遠在這當中溫暖了一個生命，產下了瀨瀨這個孩子。她平坦的腹部曾經凸起，胸部腫脹，流著冷汗承受陣痛。這麼一想像，我便感到愧疚，以雙手將潮溼的髮絲向上梳攏。對了，她的丈夫是什麼樣的人？隔著一條道路看見他時沒什麼特別的印象，從瀨瀨喊「爸爸」時天真無邪的語氣看來應該不是壞人，但一個好人會讓自己的太太在小酒店工作嗎？當然，背後可能有著我所不知道的內情，但即便如此……我心情煩悶，彷彿連胸中都瀰漫著氤氳的水氣。果遠選擇的伴侶是什麼樣的男人？除非親眼確認，否則我的心情不會好轉。我在浴缸裡泡得有些頭昏腦脹地想著，我想瞭解現在的果遠，想知道在我無從得知的這段空白期間裡，她的人生中發生過哪些事。

泡完長長的澡之後，我在早餐時不著痕跡地提起「昨晚真對不起」。

「突然變得那麼神經質，太丟臉了。」

「別在意。」

丈夫也直爽地回答。

「可能是在第一間餐廳喝太多了。還把岡林先生丟在那裡就先回來了，我晚點去送點吃的給他，順便跟他道歉。」

「那種事妳完全不用在意。」

一搬出岡林先生的名字，丈夫的語氣頓時變得不太客氣，害我笑了出來。我花了一整個上午，在不打擾丈夫工作的前提下四處整頓了一下屋內。

丈夫說午餐想吃得簡單一點，所以我只做了黃瓜火腿三明治，然後烤了餅乾。薑汁和黑胡椒起司，都是嗜酒的岡林先生稱讚過好吃的口味。用手邊現有的袋子和綁繩把它們包裝好，我便開車出發了。從我們搬來到現在一直都是好天氣，天空和大海都散發著明朗的光輝。

我一到潛水用品店露面，坐在櫃檯內側的岡林先生便「哦」地露出笑臉。

「午安，不好意思，在上班時間打擾你。」

「不會不會，反正今天很閒。我們到外面聊吧。」

岡林先生把店面交給店裡打工的男生照顧，邀我到店外的長椅上坐坐。遠方海面的色彩蔚藍而濃烈，與閃亮的陽光形成鮮明對比。日光豐沛充盈，也就代表紫外線毫無保留地照射下來，防曬得比在東京的時候擦得更勤了。我一遞出餅乾，岡林先生便說「是我愛吃的」，立刻放進口中吃了起來。

「嗯，好吃，都想配啤酒了。」

「昨天早早離席，真不好意思。」

「不會不會，是因為我硬要帶你們跑第二家去續攤。」

「沒有交通工具可以回去，你一定很困擾吧。」

「我叫了計程車，不用擔心。」

「是不是嚇到店家了？突然把氣氛變得那麼尷尬。」

「確實是嚇了一跳，不過酒店嘛，本來就會接待各式各樣的客人。」

「我也嚇了一跳。」

「嗯？」

撒謊的時候，喉嚨深處像貼了一張薄紙，發出聲音總教人緊張。

「媽媽桑真的長得很漂亮。」

我並不認為果遠有可能告訴岡林先生她認識我。如同我就連在丈夫面前也不曾提起她一樣，我確信果遠也不會把我的事告訴任何人。「以前認識的朋友」這種描述並不充分，但要道出我們之間的全部更是天方夜譚。我們之間的事只有我們自己明白，所以不希望任何外人介入，即使是伴侶也一樣。果遠一定也是這麼想的。

「喔，我就說吧。」

一如預期，岡林先生不疑有他地點頭。

「她已經有丈夫了呀。」

「她老公昨晚也在啊，就是坐在吧檯最尾端那位，名字叫水人。」

「啊，這麼說來確實有個男人坐在那裡。他是什麼樣的人呀？」

「什麼樣喔……基本上是個沉默寡言的人。跟他搭話他會回答，也和一般人一樣會笑，但不是會主動參與對話的類型。」

我想知道的是，他是在哪裡、如何遇見果遠，兩人又是如何結婚、生下小孩的來龍去脈，但看樣子岡林先生也不清楚這些。正當我不曉得該怎麼問下去的時候，反倒是岡林先生問我「怎麼了」，害我心跳漏了一拍。

「還真難得，結珠妳居然會對別人感到好奇。」

「我看起來就對人那麼不感興趣嗎？」

我用半開玩笑的語氣，掩飾內心輕微的慌亂。

「也不是這麼說，只是我一直以為妳對人與人之間的距離比較慎重。」

「看到那麼漂亮的人，當然對各方面都很好奇呀，比方說她都用什麼樣的化妝品之類的。」

我一邊回想著除了畫上眉毛和口紅之外，看起來幾乎沒化妝的果遠，一邊回答。

「還有，那樣的人居然在小酒店工作，那位、水人先生？都不會擔心嗎，之類的。」

「水人每天都在店裡，萬一遇到突發事件也能保護她吧。水人之前好像當過消防員，現在身體還是強壯得不得了，有一次我喝醉酒跟他比過腕力，根本推不動他的手。」

岡林先生平時也經常下海潛水，跟一般男性相比已經十分健壯了。我稍微安心了一些，但對於水人先生讓果遠在酒店陪酒的反感仍然沒有消失。

「不過那間『繁花』，感覺已經頗有年代了呢。」

「是啊，好像經營很久了。我當然是不太瞭解，不過聽宗田先生說，那原本是媽媽桑的祖母那一代開的酒店。然後媽媽桑的媽媽離開這裡去了外地，過了十幾年之後又帶著現在這位媽媽桑回來。後來媽媽桑的媽媽又離開了，祖母也過世了，所以媽媽桑就開始一個人經營這家酒店，一直到現在。一下媽媽桑、一下媽媽的，還真複雜啊。」

也就是說，果遠自從離開那座公寓社區之後，一直都住在這裡。她的母親去哪裡了？她自己不會想搬離這個城鎮嗎？岡林先生應該不知道更多細節了，因此我說「我也想跟宗田先生賠個不是」。

「岡林先生，你能不能幫忙把我的聯絡方式發給他？」

「咦？結珠妳個性也太認真了……妳乾脆去宗田先生的學校露個臉吧？開車一下子就到了。」

「不會打擾到他嗎？」

「不會不會，我想他會很高興的。當然，前提是妳願意去。」

我假裝思考了幾秒，實則本來就期待事情如此發展。

「我想去拜訪看看。」

「好。」

岡林先生當場打了電話給宗田先生，替我約好了時間。

「學校的地址我 LINE 給妳，還有宗田先生的帳號。從這裡開車五分鐘就到了，比起學校看起來更像是間大房子的地方就是了。學校對面有供相關人員使用的停車場，宗田先生說車子停那裡就好。」

「謝謝你。」

我將地址輸入導航，邊開車邊反芻著關於果遠的新情報。得知了一個訊息，便接連浮現出兩個、三個相關的疑問，空白的部分還遠遠無法填滿。

宗田先生辦的學校坐落在遠離海岸線的山腳附近。正如岡田先生所說，那是棟黑瓦屋頂的大型獨戶建築，莊重的外觀充滿了歷史感。我在停車場將車子停好，出來時宗田先生已經站在大門口了。

「你好，不好意思，突然過來打擾。」

「不會不會，快進來吧。」

屋內傳來毫不間斷的笑聲與歡聲。這熱鬧的背景音樂我從前天天沉浸其中，聽了令我懷念，又對於這麼想的自己有幾分驚訝。在停職之前，我無論身處於校園哪一個角落都有種想要摀住耳朵的衝動。直到現在一切都已過去，我才終於注意到當時的自己真的被逼得走投無路了。現在，被充滿活力的孩子們包圍也不再教我胃痛，反而感到愉快。

寬敞的玄關裡，十雙以上的鞋子整齊排成一排，從成人到孩子的尺寸都有。宗田先生帶我走進一間有沙發的會客室，拿了罐小寶特瓶裝的茶給我。這樣很好，比起精心沖泡的茶水更讓我自在。

「不好意思，昨晚讓你見笑了。」

「說這什麼話。」

宗田先生笑著說道。

「我們教導孩子的時候，也不會說在人前掉眼淚是丟臉的事情吧？大人是從什麼時候開始覺得流眼淚丟臉的呢。」

這麼一說確實沒錯，但我成長過程中受到的教育一直都告訴我，哭泣、大吵大鬧、表現出激烈的情緒是一件丟臉的事。不是透過話語，也不是打罵，而是透過媽媽冰冷的視線和對我不屑一顧的背影。「咒縛」、「束縛」這類詞語給人一種用繩索或鎖鏈層層纏繞的印象，但真要比喻的話，媽媽的存在對我來說更像是染在「我」這塊布料上駁雜的斑點，而不是能夠解開或擺脫的枷鎖。無論再怎麼反覆漂白都無法將它變回純白，假如剪去斑點的部分重新縫合，那就不再是我了。我不置可否地點點頭，將寶特瓶的瓶口湊上嘴邊。

這棟氣派的屋子，原來是宗田先生的老家。大約十年前，他的雙親相繼過世，在思考該如何處理過於寬敞的建築物和土地時，想到了開辦自由學校的點子。

我在宗田先生的帶領下來到二樓，從窗戶往樓下看，可以看見屋子後方有座網球場大小的寬廣庭院，還有間白牆的倉庫，我在庭院裡奔跑嬉戲的孩子中找到了瀨瀨。

「啊，是昨天見過的瀨瀨。」

「她從去年開始在這裡學習。」

「我記得她念二年級對吧。」

才剛進國小不到一年就轉到自由學校念書，背後肯定有其原因，但我判斷不該在這個場合探問太多，於是問：「我可以到庭院看看嗎？」

「當然可以。」

我們走出玄關、繞到屋後，瀨瀨眼尖地發現了我，「啊！」了一聲便一直線朝我跑來，臉上帶著毫無保留的笑容和直率的目光，彷彿眼中只有我一個人似的。那道身影和兒時總是一看見我就喜孜孜跑來的果遠鮮明地重合在一起，我產生了再次見到幼時那個女孩的錯覺，同時一股強烈到近似於疼痛的憐愛之情湧上心頭，我差點張開雙臂擁抱她。但我按捺住那一瞬間的衝動，握緊拳頭控制住自己。這孩子畢竟不是果遠。

「午安呀，瀨瀨。」

「午安。」

瀨瀨用充滿好奇心的眼神仰望著我，問宗田先生：「這個大姊姊變成這邊的老師了嗎？」

「不是喲，她只是到這邊來玩而已。」

「哦。」

她失望的神情讓我不禁有些高興。

「我還沒跟妳自我介紹吧。我叫做藤野結珠，請多指教哦。」

「藤野姊姊，妳今年幾歲？」

「二十九歲。」

「跟我媽同年紀！」

我知道——我這麼想著，裝傻說：「是這樣呀？」

「藤野姊姊，妳今天都做了些什麼？」

「煮了飯、打掃家裡、洗衣服，還烤了餅乾哦。」

「妳會做餅乾啊？好厲害。」

「我的做法很簡單，只要攪拌均勻拿去烤就可以了。今天烤的餅乾不甜，是大人愛吃的口味，已經拿去送給朋友了。下次要是烤了甜餅乾，瀨瀨要吃嗎？」

「嗯！」

看著滿面笑容點頭的瀨瀨，我想，我可能還是輸了。和這孩子相處的時候，總忍不住想無止境地疼愛她。

「瀨瀨，妳媽媽平常不做點心給妳吃嗎？」

「我媽總是說『做料理麻煩死了——』。」

直白的措辭讓我不禁笑了出來。

「啊，不過，她偶爾會煎鬆餅給瀨瀨吃。瀨瀨喜歡舔鬆餅粉跟牛奶攪拌在一起的那個黏糊糊的東西，但舔了會被她罵。還有哇，她還會泡熱可可。」

「原來是這樣。」

受到瀨瀨的笑容牽動，我也自然笑了開來，笑眯眯地應著她的話。這時宗田先生說：「瀨瀨，妳要不要帶她到倉庫看看？」

「我有事得去打個電話，就拜託妳帶客人參觀囉。藤野女士，我們晚點見。」

「好——」

瀨瀨那隻小孩子特有的、潮溼溫熱的手握住我的手指，邀請我說：「我們走吧！」

「倉庫裡有什麼呀？」

「直接說出來就不好玩了。」

「說得也是。」

被瀨瀨一本正經地板著臉教訓，我又笑了出來。對開的拉門似乎不像外觀看上去那麼沉重，瀨瀨將雙手放在凹陷的手把處，「嗯」地稍微使了點力，門立刻便打開了。首先吸引我目光的，是放在深處的一臺直立式鋼琴。

「……音樂教室？」

「嗯。二樓還有吉他之類的，有很多樂器哦。」

她說宗田先生擅長彈吉他，不時會和孩子們一起辦音樂會，邀請附近鄰居來聽。

「藤野姊姊會彈吉他嗎？」
「完全不會耶。」
「那鋼琴呢？」
「只會一點點。」
「彈給我聽。」
瀨瀨登時雙眼發亮地撒起嬌拜託我。
「未經允許不能擅自彈它吧。」
「為什麼？這裡的鋼琴任何人都可以隨時來彈哦。」
我想應該不可能連對厚著臉皮跑來的無關人士都開放吧。但這裡除了我們之外沒有別人，而且我實在敵不過瀨瀨「好嘛求求妳」的眼神。這孩子不是果遠，但我總是情不自禁將兒時的果遠投影在她身上。面容、體態，說話的聲音和細微的小動作，無論是與那女孩重合、還是相異的地方，都伴隨著虛幻的甜蜜刺痛我的心胸。
「那好吧，只能彈到宗田先生來為止哦。」
我先跟她說好之後，坐上琴椅，打開琴蓋。我試著叮叮咚咚輕彈了幾個音，琴鍵觸碰起來沉重、堅硬而陌生，最後一次在音樂課上伴奏是多久以前的事了？我深吸一口氣，為了多少讓手指動得順暢一些，將無名指上的結婚戒指摘下來收進長褲口袋。
以左手拇指彈響最初的Do。「咚」，琴鍵奏出的聲響在我心中蕩起漣漪。帕海貝爾的卡農——在那個雨天的音樂教室，是我最後一次彈奏這首曲子。

這裡沒有樂譜，我手指的動作也不如十五歲那時輕快，有些地方彈不順、跳過了幾個音，卻感覺得到一旁的瀨瀨聽得十分認真。我凝視著自己在黑白琴鍵上來去的雙手，追趕著腦海中的音符。上一次彈奏這首曲子的時候，在一場轉瞬即逝的驟雨之後出現了彩虹，我們驚喜地又叫又跳，那時的我想也沒想過自己會在十年後跟「來當家教的藤野老師」結婚。

或許是卡農的旋律打開了記憶的盒蓋，從音樂教室向外眺望的風景、討厭得要命的制服顏色，和日復一日令人窒息的生活，宛如自五線譜洩漏出來似的接連甦醒。還有那位牢牢吸引周遭眾人的目光，卻不與任何人親近的美麗同窗的臉龐。總覺得不經意抬起臉，彷彿就能看見當年的果遠站在那裡，她會叫我「結珠」而不是「小瀧同學」，而我會叫她「果遠」作為回應。

當我沉浸在這樣的幻想當中時，響起倉庫門被打開的聲音，自然光滿溢到室內來。我想應該是宗田先生回來了，連忙停下手說「對不起」，然後抬起臉來。

「媽——」瀨瀨衝過來，擒抱我的肚子。在她身後，結珠維持著從鋼琴椅上半抬起腰的姿勢看著我，臉上的神情像尷尬，又像不知所措，但事情發生得並不像昨天那麼突然。當我站在倉庫前面的時候，斷斷續續流洩出來的鋼琴聲讓我倒抽了一口氣。那是結珠彈給我聽過一次的曲子，帕海貝爾的卡農。我心裡有了猜測，於是心跳加速地打開了門。結珠又是怎麼想的呢，既然瀨瀨在這裡，她沒猜到我遲早也會出現嗎？

我輕輕摸了摸瀨瀨的頭，問結珠：

「為什麼說對不起？」

結珠露出如夢初醒的表情，搖了幾下頭。

「我以為是宗田先生。」她說，「因為我擅自彈了鋼琴。」

「我想他不會介意的，我剛看見他在跟別人講電話。」

「這樣啊……」

我們重逢之後的第一次對話，內容實在太微不足道了，感覺得出雙方都在摸索著距離。瀨瀨天真無邪地告訴我：「這個大姊姊姓藤野哦。」我知道——我心裡想著，點點頭說「是哦」。

「媽——妳記得她昨天來過店裡嗎？」

「昨天的事，我怎麼可能今天就忘記。」

「騙人，妳每次都一下子就說『我忘了』、『有嗎』。」

「有嗎？」

「妳看！」

瀨瀨哈哈大笑。

「鋼琴是瀨瀨拜託大姊姊彈給瀨瀨聽的。」

「太好了呢，有沒有好好跟人家說謝謝？」

「啊，還沒有。藤野姊姊，謝謝妳。」

「不用客氣。」

結珠終於露出放鬆的笑容，我趁隙問她：「妳怎麼會過來這裡？」

「昨天聊到一半我突然離席，嚇了大家一跳，所以來跟宗田先生道歉，還有正式打個招呼……昨晚真對不起。」

我不想要她道歉。當我輕咬著下唇的時候，宗田先生走了過來。

「不好意思，電話講得久了點。」

「不會。」

結珠客氣地答道，看起來莫名有些局促，我想起藤野說她「有自己的問題，狀況不太穩定」。她究竟發生了什麼事？

宗田先生無從得知我的擔憂，用愉快的語調對我說「妳來得正好」。

「海坂女士，昨晚到妳們店裡作客的藤野女士剛好到我們學校來看看。聽說妳們同年，一定可以處得不錯。藤野女士才剛搬到這裡不久，應該也還沒有交到朋友吧？」

「啊，是的。」

「不如海坂女士帶她四處看看吧。」

「話是這麼說，但也沒什麼好看啊。」

「哎呀，別這麼說嘛。」

瀨瀨立刻舉起一隻手說「我們帶她去休息站嘛」。

「那邊還有大石頭。」

「妳這樣說，其實只是想吃霜淇淋而已吧。我知道爸爸昨天也買給妳囉。」

「才不是。」

瀨瀨撒著顯而易見的謊，試圖拉攏結珠：

「那邊有很特別的大石頭哦，在海上排成一整排。」

「真的呀？我好像從車上瞄到過一眼。」

「我們去仔細看看嘛。」

「說得也是呢，我有點興趣。」

「看吧，那就決定了！」

瀨瀨樂得手舞足蹈。「真是的。」我表面上擺出受不了她的態度，內心卻鬆了一口氣。假如讓我跟結珠兩個人獨處，多半藏不住尷尬的氣氛吧。

我們分別坐上各自的車，由我帶路駛向休息站。不過休息站是海岸邊最醒目的一棟建築物，根本不可能迷路。瀨瀨坐在後座，興奮地告訴我結珠會烤餅乾、鋼琴彈得有多好。

在休息站的停車場停好車，我先跟瀨瀨說好「可不能天天這樣哦」，才買了椪柑口味的霜淇淋給她。今天是平日，觀光客零零散散，我們能在不受任何人打擾的情況下，觀賞那些聳立在布滿巨石的淺灘上、排成一直列的焦茶色岩柱。人們說那些巨岩看起來像整齊排列的橋墩，但我覺得這橋墩未免太粗獷了點。

「妳看。」瀨瀨指著其中一塊巨石：「它看起來像不像一個人合著手在祈禱？」

「哦……真的耶，戴著高高的帽子，微微躬著背。」

「聽說一年當中有一天，太陽會剛好從那隻手的地方升起來哦。」

「這樣呀，那一定很漂亮。瀨瀨妳看過嗎？」

「沒有耶，一大早很想睡覺嘛。」

「啊哈哈，說得也是。」

結珠和瀨瀨互動的時候看起來真的很快樂，那種快樂不是表面上的客套，而是發自內心的。我也察覺她一直在留意著不讓瀨瀨把霜淇淋滴下來，原來她真的是國小老師了。之所以「暫時還在休息」，多半跟她現在沒什麼朝氣的模樣有關吧，但我總不能劈頭就問這種問題。

瀨瀨一下子就吃完了霜淇淋，問我：「我可以去海浪邊玩嗎？」

「是可以，但不要弄溼衣服哦。」

「沒問題！」

瀨瀨給出了一點也靠不住的回答，往淺水處的岩地跑去。這孩子喜歡看海浪一波波湧上腳邊，或是看潮水留在礁石凹陷處積成的水窪。也不曉得有什麼好玩——這麼想的我，或許已經忘記了自己兒時覺得哪些事情好玩。

「真是個好孩子。」

結珠守望著瀨瀨的背影，瞇細了雙眼這麼說，不知道在她眼中炫目的是大海，還是那孩子的身影。風吹起她的劉海，露出整個額頭，使她看上去格外年輕。T恤配上連帽外套、長至腳踝的長褲及運動鞋，一方面也是這副休閒裝扮的關係，她宛如高中生一般的姿態讓我同樣瞇細了眼睛。

「我不知道瀨瀨是不是個好孩子，但我很喜歡她。而瀨瀨也喜歡我，這點我很感謝。」

「嗯。在學校見到她的時候，瀨瀨問我『今天做了些什麼』。我想一定是雙親在家裡時常這樣關心她，瀨瀨自己也覺得很高興吧。」

「水人常常這麼問，瀨瀨應該是學他的。」

「妳先生？」

「對。」

結珠噤了聲，沒多久立刻補上：「他是個好爸爸呢。」

「是很溫柔的人。」

「那太好了。」

我想她應該沒有說謊，但那種略顯疏離的語氣讓我有些煩躁，於是問她：

「那個人呢？昨天跟妳在一起的，妳丈夫溫柔嗎？」

「嗯，簡直溫柔過頭了。」

「妳們是在哪裡認識的？」

我明知故問。

「他以前是我的家庭教師。」

「家庭教師，是高一的時候那位？」

「對。」

結珠點頭，卻有些尷尬地降低了聲量。這種彷彿在試探結珠一樣的內疚感，反而讓我起了些壞心思。

「那時候他突然靠近妳，妳明明還那麼害怕的，結果後來居然跟他結婚啦？」

「沒有錯。」

我無意間說得有些尖酸了，結果結珠筆直看向我，語氣堅定地回擊：

「當時我確實很害怕，但他好好向我道了歉，開始以謹守分寸的方式對待我。他贊同我想成為國小老師的夢想，一路上一直支持著我，所以我對他的感覺也不一樣了。人都是會變的，這難道是不可以的事情嗎？」

她是以自身的意願選擇了藤野，和藤野共同度過了我無從得知的時間——這些事實被明擺在面前教人難受，但窺見了從前那個可靠的結珠更令我喜悅。總是挺直背脊，說話冷靜，舉止優美的結珠。看見結珠用那種只在我面前展現的神情發怒、為難，總讓我喜不自勝，就好像頓時縮短了與她之間的距離。或許我一點也沒變。

「妳說得對，抱歉。」

我試圖擺出乖巧的神情，嘴角卻忍不住上揚，看得結珠微微擰起眉頭，不過立刻便放棄似的嘆了口氣不再追究。「我聽岡林先生說……」她開口：

「那間『繁花』，從妳祖母那一代就開始經營了？」

「是啊，雖然不是稱得上『某一代』那麼厲害的酒店。後來事態使然，就由我繼承了。」

「那是……」

結珠欲言又止。那真的是妳想做的事嗎？這份工作讓妳滿意嗎？我想她介意的不外乎這些。

「我覺得當小酒店的媽媽桑也沒那麼糟吧，不好嗎？」

「我並不覺得不好。」

結珠連忙否認。「雖然我也知道這不是我該評斷好壞的事情，但是……」她還是語帶遲疑地繼續說下去：

「該說是可惜嗎……難得妳高中的時候成績那麼好。」

「嗯——但我高中輟學了哦。」

「咦？」

「因為我媽跑掉之後，奶奶的身體也因此變差了。」

結珠的眉間皺得比剛才更窄了。

「妳媽媽去哪裡了？」

「不知道。從她失蹤前不久開始，有個像觀光客的男人經常來我們酒店，她應該是跟那個人一起跑了吧？那時候我也邊洗碗邊覺得他們看起來很可疑。」

就連衣服、奶奶小心藏好的私房錢（這是奶奶說的，真實性存疑）、未開封的威士忌和白蘭地都一起消失了，所以媽媽不是被拐走的。在被她翻箱倒櫃、亂成一團的房間裡，奶奶暴跳如雷，而我回想起千紗姊說過的話。

——拋棄別人的，永遠是弱小的那一方。

——要一個人生活還是再等等吧。

被她搶先了一步——這麼一想我便忍不住想笑，奶奶氣得把毛巾往我身上扔，說：「有什麼好笑！」比起拋棄她，被拋棄對我來說更加輕鬆，只要把媽媽從目前的生活中減去就可以了。反正警察也不會認真搜索，所以我們並沒有報警尋人。就這麼音訊全無地過了十年以上，也不知道她是生是死，但我對此並不感到困擾，也不擔心她。我和媽媽兩個人的薄情程度不相上下，所以對她也沒有怨恨。

結珠依然帶著凝重的表情，稍微偏了偏頭。

「以前聽妳說過，妳媽媽不是有自己獨特的堅持嗎？對於穿什麼衣服、吃什麼東西之類的。」

「妳居然還記得。」

「印象很深刻。這樣的人和男人一起失蹤，總覺得不太像是她會做的事。」

哦，我聽完笑了出來。

「我們之所以沒辦法在原本的公寓社區繼續住下去，也是因為她和男人之間鬧出了問題。自從搬到這裡之後，她對天然有機食品、百分百純棉衣物就完全失去興趣了，她好像本來就是這樣的人。」

「這樣的人是指？」

黑鳶在近山處盤旋，投下「嘰——啾啾啾啾」吹笛子似的鳴叫聲。這裡不存在鸚鵡那種徒具美麗外表的脆弱生物。瀨瀨或許是找到了螃蟹，蹲在岩地上動也不動。不知不覺間，我不必時時盯著她也沒關係了。起初她在我的肚子裡，接著是懷裡、臂彎裡，然後在牽著的手心裡……瀨瀨逐漸離我越來越遠。有一天也會像我和媽媽這樣分隔兩地，連身影也看不見嗎？

「嗯——一言以蔽之，她就只是愛跟風而已。聽說小時候她讀到聖母瑪利亞之類的繪本，突然開始嚮往基督教，拜託我奶奶買聖經給她。她會哭著說想參加彌撒附近卻沒有教會，隨身攜帶十字架飾品，每天晚上在窗邊小聲禱告，諸如此類……她一定是容易受影響吧，喜歡和別人不一樣的自己。聽奶奶這樣說，我有種恍然大悟的感覺。」

最後，她好像沒等到高中畢業就離家出走了，當初同樣也是跟一名據說正在旅行的男客人。那有可能就是我素未謀面的父親，也可能是在我媽媽腦中種下那些奇怪天然有機理念的罪魁禍首。

「原來是這樣。」

結珠用慎重的、試探般的神情評論道，這時瀨瀨大喊了一聲「媽——！」蓋過了她的話。

「鞋子溼掉了。」

往那邊一看，她白色的襪子溼答答的，看上去顏色特別深。我跑過去罵她：

「什麼『溼掉了』，還不是妳弄溼的。」

「可是海浪突然就嘩地打過來了嘛。」

「還好嗎？」結珠探頭過來，說：「我車上有毛巾，要不要我去拿？」

「沒關係，我們直接回去吧。得把鞋子洗乾淨曬乾才行。」

太陽已經西斜，我還要弄晚餐、準備開店。我們三人一同回到停車場，互道「再見」。

「藤野姊姊掰掰，再見哦！」

「瀨瀨掰掰。」

結珠小幅揮了揮手，將手搭上自己的車門門把，卻在這時下定決心似的回過頭來。

「那個，海坂小姐。」

不是「果遠」，也不是「校倉同學」，而是用現在丈夫的姓氏叫我，應該是結珠自己劃定的界線吧。

「是。」

我回應得莫名乖巧。

「妳有帶手機嗎？有沒有在用 LINE ？」

「有。」

「我們可以加個好友嗎？」

「當然。」

我從結珠的智慧型手機上掃描 QR code、按下「加入好友」，期間快得我甚至來不及眨眼睛。原來這麼輕易就能和她搭上線呀，事情簡單得教人有些空虛，但另一方面卻也覺得這好像獲得了保證一樣開心——只要我們彼此都不刪除這項情報，那無論相隔多遠，我們之間的絲線都再也不會斷絕了。讓瀨瀨坐上了車，這一次換我主動問：

「藤野小姐，妳明天有空嗎？宗田先生也叫我帶妳四處看看……如果妳願意的話，我們可以一起出去逛逛……」

「真的嗎？我好高興。」結珠有些靦腆地笑了。「畢竟我基本上每天都很閒。」

「嗯，那我晚點再傳 LINE 給妳。」

「麻煩妳了。」

我直接開回家，沒繞到其他地方。途中心臟一直撲通撲通地跳，我雙手緊握著方向盤，出了駕訓班之後從來沒這麼小心翼翼地開過車。我迫不及待地期盼明天到來，同時也同等強烈地期待著明天永遠不要來。一旦明天來臨，我將會開始思考後天、再下一天，將會意識到現實，意識到不再是個孩子的我們有多麼不自由。我們彼此已經有了各自的家庭，結珠過不久或許就會回東京去了。第三次的分別能夠不再突然，彼此笑著說「再會」嗎？能夠迎來不留下傷痛的離別嗎？我不想丟下她，也不想再被丟下，那太痛苦了。但終於得以和結珠重逢，我不可能不接近她。

一到家，我先把瀨瀨趕到浴室。

「來，把腳洗乾淨。」

「好——」

我在洗手間沖洗她的襪子，這時傳來了水人起床的動靜。

「我們回來了。」

回過頭，水人的眼睛底下是又深又重的黑眼圈。

「睡不著嗎？」

這問題不必問也知道答案。水人無力地點點頭，抬起一隻手掩住雙眼。他的手掌又大又厚實，從前是為了助人而鍛鍊的。是我弄髒了這雙手，因為我的緣故，水人長期受慢性失眠與惡夢所苦。我伸出雙臂環抱住水人，像安撫小嬰兒那樣拍著他的後背。

「沒事的，我在你身邊哦。」

「……嗯。」

回答虛弱無力。我把臉按在他的胸膛上，規律而平穩的心跳透過肌膚傳遞過來，我覺得自己不久前高昂的心情彷彿受到了責備。即便水人的身體無法完全容納進我的臂彎，我仍竭盡全力抱緊他，這時瀨瀨從浴室裡出來，也加入了我們。

「爸爸！我們回來了！」

「歡迎回家，瀨瀨。」

水人的聲音又恢復了精神，我鬆了一口氣。和瀨瀨一同黏在水人身上，我一邊在心裡感謝著她。瀨瀨很厲害，總能辦到我所辦不到的事情。

回家路上，我順道去果遠推薦的乾貨店買了味醂竹莢魚乾，真的非常好吃。

「真厲害，魚肉很鬆軟，又帶點脂肪。」

丈夫也讚不絕口，我聽了也感到高興。

「他們店裡也賣魷魚乾和丁香魚乾，我再去買來嚐嚐。」

「好啊，真不錯。妳去找岡林先生之後，跑到附近探店呀？」

我回想著瀨瀨天真無邪的那句「今天都做了些什麼？」，回答他「我到宗田先生開辦的自由學校去看了一下」。

「那裡氣氛輕鬆，環境很不錯。昨天在『繁花』見到的瀨瀨也在那裡，我還遇到了媽媽桑海坂小姐，我們一起到休息站聊了天。」

丈夫「嗯、嗯」地點著頭，傾聽我這段沒有說謊，卻刪去了重要元素的描述。

「行程真豐富。」

「海坂小姐跟我同年，說明天願意帶我到附近四處看看。」

「哇，那太好了。」

「我想由我來負責開車，明天白天車子能讓我使用嗎？」

「當然沒問題。」

「抱歉呀，事後才跟你報備。」

「不會，別介意。……咦？」

丈夫的視線不經意停留在我端著碗的手上。

「結珠，妳的戒指呢？」

「啊。」

我急忙把戒指從長褲口袋裡掏出來。

「在學校彈鋼琴的時候拿下來，忘記戴回去了。」

我重新把它套進左手無名指，那裡傳來微涼的異物感。這是我習慣隨身佩戴的戒指，平常完全不會意識到它的存在，此刻卻莫名感到拘束。

「對不起。」

「這不是需要道歉的事情哦。這麼久沒彈鋼琴了，感覺如何？」

「手指完全不聽使喚。」

為了掩飾罪惡感，我刻意嘆了一口大氣。

「不過還是彈得很快樂？」

「嗯。」

「那就好了呀，沒有必要彈到完美。」

「說得也是。」

那一晚，我久違地跟丈夫行了房。由於準備遷居和身心疲勞，一回過神來我們已經三個月以上沒有碰觸彼此了。丈夫並不是慾求強烈的人，我們行房之前總是經過心照不宣的默契，在不知不覺間開始，又在不知不覺間結束。沒有濃情蜜意的耳語，也不會像做瑜伽一樣探索各種姿勢，彼此都只碰過對方一個人，但我覺得是淡泊似水的夫妻生活。裸裎肌膚的接觸對我來說並不痛苦，丈夫整個人覆蓋在我身上的體重也令我憐愛，但那是非常深切的感慨，距離忘我和歡愉這些熱烈的詞語天差地遠。從我們剛開始交往時就是這樣，我想我生來就是感情比較淡薄的性格。

性事之後，我迅速沖了個澡回到寢室，手機上收到了兩則LINE訊息。一則來自宗田先生，熱情地邀請我隨時再到自由學校看看。另一則來自果遠，上頭寫著她要先送瀨瀨上學，所以希望我十點到她們店裡去。原來她以文字溝通的時候是這種感覺，我感到很新奇。以後聊久了，她的語氣是否也會越來越隨意，開始使用表情符號呢？想像這樣的變化也充滿了樂趣。

我鑽進被窩，等待著在我出來之後走進浴室的丈夫。或許是性愛發揮了恰到好處的安眠效果，我立刻迷迷濛濛地打起瞌睡來。聽見房門打開的聲音，我勉力撐開眼皮，跟他說了「晚安」。

「晚安。明天好好玩哦。」

「嗯……謝謝……」

我勉強這麼答道，丈夫在我嘴唇上輕輕吻了一下。好溫暖，我在半夢半醒間心想。

每一次和丈夫接吻，都令我回想起果遠涼冷的嘴唇，在雨水氣味濃厚的日子，或獨自走在夜路上的時候也會不經意想起。

我和丈夫第一次接吻是在十九歲，大學一年級的時候，當時我們還是戀人。為了避免嚇到我，他誠實耿直地問「我可以吻妳嗎」，而我點了頭。觸感不如記憶中果遠的嘴唇那樣柔軟，我感到不可思議，難道嘴唇也有性別差異嗎？丈夫輕碰了我一下就立刻分開，惴惴不安地打量著我的反應，我說「這是我的第一次」。

——我第一次和男人接吻。

——……嗯？

丈夫臉上逐漸浮現出「也就是說……」的疑問，像紙張在火烤過後逐漸浮現出隱形字跡一樣，有點好笑。

——哎，不過妳念的是女校，有這種事也不奇怪吧。

時至今日，我還是不太明白自己為什麼做出了那種告白。後來丈夫沒再多問，但即使他問我對象是誰，我多半也不會回答。為什麼非得暗示他「我不是只有你一個人」不可？我的思緒被睡意捆縛，逐漸撐到了極限。

隔天早上十點，我準時來到「繁花」的門前，果遠已經等在那裡了。她俐落地坐進副駕駛座，邊繫上安全帶邊說「早」。

「早安。」

已經連續三天，果遠都穿著黑色長裙、搭配黑色七分袖V領上衣。

「妳很喜歡這套衣服嗎？」

「咦？嗯，因為思考穿搭太麻煩了，這兩件衣服我有好幾套，一年四季都穿。」

「冬天穿這樣會冷吧。」

「我會再搭薄針織外套、厚針織外套和大衣來保暖，那些也全都是黑色。」

太可惜了——我第一時間這麼想，但立刻自問：有什麼好可惜？因為果遠長得漂亮，就覺得她應該多穿不同種類的衣服，這種想法太奇怪了。和性愛一樣，不熱中此道的人只要還過得去就好了。而且，一身黑衣的簡約打扮非常適合果遠。

「瀨瀨都說我這樣穿像魔女一樣。」

果遠說道。

「等到我變成老奶奶，全身上下只有頭髮是全白的，應該會更接近真正的魔女吧。」

看來即使年歲增長，果遠也不打算染頭髮。無論是開始冒出白髮的果遠、灰白頭髮的果遠，還是滿頭白髮的果遠，一定都非常美麗。我總覺得，即使歲月在她的肌膚刻下皺紋和斑點，與歲月一起層層蓄積的記憶與經驗也會使她越發耀眼奪目。到了那個時候，我會在哪裡做著什麼事呢？

「妳喜歡黑色嗎？」

「黑衣服髒了也不明顯，省事。喜歡的顏色是粉色和橙色。」

「是深的？還是淺的？」

「偏淺的那一種，我喜歡黎明的粉色，和傍晚的橙色。有時候天上都是雲，還看不見太陽，但陽光會照在雲朵上，形成淺淺的粉紅色或橙色影子，對吧？我喜歡那個顏色。」

或許是因為想像著大自然中淺淡的色彩，果遠的語調變得甜美了些。

「今天早上也是，大概五點鐘左右吧？我到海岸邊散步，正好看到這樣的天空，覺得好開心。」

「店開到那麼晚，妳都這麼早就起來了呀？」

「沒有，平常我會睡到七、八點。……我心裡太期待，一大早就醒了。」

我偷瞥她害臊的側臉，這時逐漸擴散、浸染我心臟的溫暖情感又是什麼顏色？

在果遠的導航下，我們駛向一座漂浮在海上的島嶼。四周是蓊鬱繁茂的綠意，能看見民宅緊緊貼著海岸線排列。海上有座橋梁，能開車渡海。

車子先拐了個大彎，整整繞了一圈之後才開上拱橋，果遠說：「瀨瀨很喜歡過這座橋。」確實，這種像遊樂設施一樣的設計，小孩子看了一定很開心吧。從這裡能看見海中魚類養殖的圍網。

「那裡養的該不會是鮪魚？」

「沒錯，是大學管理的養殖設施。」

「我還以為會圍得更緊密呢，看這樣子，感覺鮪魚馬上就會跳出去逃走了。」

「聽說颱風隔天早上，漁夫全都會跑到那附近去釣魚。」

「騙人的吧？」

我笑了出來。

「我也不知道，是客人跟我說的。」

「對哦，這一帶常有颱風。但從我搬來到現在，天氣一直都很好，實在有點難以想像。」

「這裡向著太平洋，颱風一來，電車和一般車輛馬上就禁止行駛了哦。到了那種時候，說這裡像陸上的孤島一點也不誇張，畢竟哪裡也去不了。不過狂風暴雨中的天空和大海，我都很喜歡。」

每次聽見果遠說她「喜歡」某些事物，光只是這樣就令我感到高興。高中的時候她說過她想去「寂寞寥落的海」，這裡的海也有看上去寂寞寥落的時候嗎？

我們過了橋來到島上，將車子停放在停車場，然後走上山中的步道。沿途幾乎沒有高低起伏，步道也經過修整維護，所以算是散步程度的輕度運動。果遠穿著裙子，邁著大步往前走，感覺她就算遇上猴子或野豬還是會維持這樣的步調前進。

「哎，妳走得好快。」

「走快一點，才不容易注意到蟲子哦。雖然我是無所謂。」

「妳不怕蟲嗎？」

「完全不怕，牠們比我更弱小呀。」

這回答很符合果遠的性格，也難怪瀨瀨能面不改色地抓起蚱蜢。走著走著，眼前終於開闊起來，我們抵達了瞭望臺。

「哇，好壯觀。」

這裡的標高比觀光塔更高，視野不同凡響。昨天我們三人一起去過的濱海礁石現在遠在對岸，小小的石頭星星點點座落在岸邊。海水蔚藍的色彩濃得教人難以相信它實際上是透明的水，海上聳立著陡峭的斷崖，岩石粗獷得像地球裸露在外的部分被敲成了碎塊，海浪反覆拍擊在那上頭，又化作白花花的浪沫飛濺。

「聽說在一百三十幾年前，有土耳其的軍艦在這座島嶼附近擱淺了。」

「啊，這我聽說過。這裡的居民熱心照顧了軍艦上的倖存者對吧。」

「嗯。這座島嶼最東邊的角落有座燈塔，附近有慰靈碑，還有販賣土耳其織毯之類的商店。」

「是很不可思議的緣分呢。」

果遠帶我到那裡去，看到一座像方尖碑一樣的慰靈碑、一座土耳其首任總統的男性騎馬像，還有座可愛的白色燈塔，只有這一帶瀰漫著一股異國風情。我們登上那座據傳是日本最古老的石造燈塔，並肩俯瞰著毫無遮蔽的太平洋。遙遠的海平線附近，有艘油輪像海市蜃樓般漂浮在那裡。細小的白浪湧現又消失，像白蛇閃過海面。

「這片土地的生命力真強韌，『能量景點』這種詞彙，跟它相比起來都不值一提了。」我說：「感覺自己就站在活生生的地球上。」

「嗯。這裡不是讓人獲得能量那麼友善的地方，該說是能量被吸走嗎？有時候會像是中暑虛弱那樣覺得精疲力盡。」

「海坂小姐，妳也會這麼覺得嗎？」

「什麼意思？」

「因為妳非常強大……當然，我也知道妳並非隨時都是如此。」

果遠沉默不語，只是露出微笑。今天她沒紮頭髮，髮絲被海風吹起，貼在她沉靜的笑臉上。耳中只聽得見風聲，我們的視野中不存在任何一名人類，就連那艘油輪說不定都真的只是海市蜃樓。這裡是絕對的空白地帶，如果說除了我和果遠以外所有的人類都消失了，我好像也能相信。但果遠卻說「午餐妳打算怎麼辦？」，現實無比的發言讓我笑了出來，我回答：

「如果妳不嫌棄，我做了三明治，放在車上的保冷袋裡。」

「那太好了。」

「有酪梨鮪魚、鯷魚水煮蛋，還有培根生菜番茄口味。我還烤了餅乾，想說可以給瀨瀨當伴手禮。」

果遠啪噠啪噠拍著燈塔的鐵柵欄，應該是表達拍手的意思吧。

「太厲害了，謝謝妳。原來妳這麼會做料理。」

「沒那回事，三明治也只是把食材夾在一起而已。」

「我有時候就連準備瀨瀨的便當都嫌麻煩，只讓她帶微波白飯配納豆和生蛋。」

「沒有營養午餐的話，每天都要準備很辛苦呢。」

「嗯。不過自由學校那邊的微波爐和熱水都可以隨意使用，在這點上還算輕鬆吧。

啊，對了，我今天送瀨瀨去學校的時候，宗田先生很關心妳哦，問妳還會不會過去看看。」

「我這個閒雜人等總不能一直過去叨擾。」

「他應該是希望妳有機會能去幫忙吧，聽說他們有個職員請產假，人手不太足夠，要是能找到像妳這樣的專家過去就再好不過了。」

「我不是什麼專家。」

「妳是國小老師吧？」

「是沒錯，但我還在停職中，不能工作。」

「妳過不久就要回去了嗎？」

像大海的顏色突然轉濃那樣，果遠的聲調變了。我回答「我不知道」。

「妳想回去嗎？」

「我還沒帶完一整個學年就放棄了班級，所以確實對孩子們感到抱歉。可是，我一想到要復職就覺得害怕。」

光是提起這件事就令我手心冒汗，我握住鐵欄杆試圖將汗水轉移到上頭，望向海平面那道巨大的弧線。

「我擔任五年級導師的時候，班上的孩子之間起了糾紛。起初只是借還物品之類瑣碎的紛爭，但事情一直沒辦法好好解決，整個班級的氣氛開始變得劍拔弩張。當家長對我說『所以說妳們這些沒有小孩的老師就是這樣』的時候，我真不知道該怎麼辦了，一旦說出這種話，不就沒有討論空間了嗎？」

國小的課堂各科都由級任導師負責，所以從早一直到放學，我都必須與孩子們面對面。當我站在講臺上，他們望著我的視線中彷彿充滿了懷疑與輕蔑。漸漸地，我不先在門口深呼吸就無法踏進教室，雙膝和寫著板書的手指也曾經不由自主地開始顫抖。

「雖然這麼說很丟臉，但最讓我害怕的，是有一次小朋友問我：『老師，妳們家是當醫生的吧？』我明明不記得自己提過這回事，但我老家在哪裡、診所在哪裡的情報都已經傳了開來。」

社群媒體我只用Facebook，就連在那上面我也幾乎鮮少發文。

要是說得太久，感覺我的身體又要出狀況了，所以我加快語速向她坦白：「我流產了。」一說出這個只有丈夫知道的事實，某種苦澀的東西湧上胸口。

「生理期不來已經變得理所當然，所以我根本沒發現自己懷孕了。那次我突然流了好多血，嚇了一大跳，去醫院看診的時候已經……」

我覺得好丟臉，覺得連自己的身體都照顧不好的人根本沒資格教導孩子，甚至覺得像我這樣的窩囊廢當上老師根本就是一切錯誤的源頭。在我抱著空蕩蕩的肚子，整個人縮在一起的時候，丈夫拍著我的背，只說：「現在什麼也別想，好好休息吧。」

於是，我來到了這裡。

我不敢看果遠的臉，要是她臉上浮現出同情或悲傷的神色，我一定會忍不住哭出來的。我已經不想再自顧自地暴露出自己的軟弱，在這女孩面前哭泣、讓這女孩心痛了。

我固執地面向前方，將視線投向無邊無際的天空與大海。這時，果遠將頭擱到了我的肩膀上。果遠什麼也沒說，只是緊緊挨著我，陪伴在我身邊，直到淚水像海潮退去那樣沉入我的內裡。久於一世紀之前，這片大海無情吞噬了來自遙遠國度的人們，如今卻在我們眼下寧靜地承接著雲影。

我們在燈塔附近的長椅上並肩坐下，吃著結珠做的三明治。真的非常好吃，滋味十分豐富，只用我家裡那些胡椒鹽、美乃滋之類的調味料絕對做不出來。我大口大口吃得津津有味，結珠在一旁喜孜孜地看著。

「妳真的很會做料理耶。」

「沒那種事。」

結珠搖搖頭，神態不是謙遜，反而看起來心裡有些難受。

「我只是照著別人想出來的食譜做而已，美味的料理在網路上要多少有多少。」

「我覺得妳願意好好看著那些食譜做，很厲害呀。」

「只要沒有課本可以參考我就感到不安，總覺得不遵守上面寫的分量和步驟烹調，就會煮出奇怪的東西來。一直到高二之前，我幾乎沒在家煮過東西，因為媽媽不喜歡我進廚房……我連幫忙的經驗都沒有，在學校參加露營需要野炊、家政課烹飪實習的時候都提心吊膽，擔心萬一被人發現我什麼都不會該怎麼辦。」
沒好好做過什麼家事就長大成人的女孩子多得是。但這種事結珠肯定也知道，即使說了也不太可能消除她的自卑感，所以我只是默默低頭看著三明治漂亮的切面。只要參考食譜上的示範，所有人都能做得這麼完美嗎？哪有這種事。
「妳會和瀨瀨一起做料理嗎？」結珠問道。
「她偶爾會做早餐給我吃哦。在吐司上用美乃滋畫一個圓，在圓圈裡打顆生雞蛋，放進小烤箱裡烤一下這種的。」
「感覺很好吃。」
「很好吃喲，而且很簡單，簡單最重要。」
「不過，小酒店也會提供料理吧？」
「那都是隨便做的，真的很敷衍，有時還會拿便利商店買的關東煮或袋裝泡麵充數。客人要是想吃正經的餐點，到其他餐廳去吃就行了。」
我奶奶倒是會在蒟蒻片上割出一條縫、扭轉成繩結狀，跟牛蒡一起熬煮，仔細地準備下酒菜。「這就是家的味道。」客人們喜孜孜地吃著，完全沒發現為了讓他們多喝點酒，這些菜餚調味又濃又鹹。這些人在家肯定也往烤魚上毫不客氣地淋著醬油，我在內心翻著白眼。最重要的是，毫不羞恥地把什麼「家的味道」、「媽媽的味道」掛在嘴邊的男人沒有一個是好東西——從前我打工那間酒店的媽媽桑這麼主張。
「妳看得很開耶。」

「因為我不喜歡做料理。」

「也不喜歡吃嗎？」

「是不至於，但總覺得不用花那麼多工夫做這件事。每天都吃納豆白飯配味噌湯之類的，我也不介意。」

結珠輕聲笑了出來。

「跟我先生好像。他連續吃同樣的東西也都無所謂，要是丟著不管，他說不定會連吃一整個月的雞蛋拌飯。當然，他還是會讚不絕口地吃下我做的料理。」

被說跟那傢伙相像，我笑不出來。他和我不一樣，天天理所當然地吃著結珠親手做的料理。結珠言詞之間對藤野的信任和愛情令我不甘，正因為我明白藤野既聰明又誠實，是配得上待在結珠身邊的人，就更不甘心了。「藤野小姐，那妳的母親呢？」我扯開話題：

「她很喜歡做料理嗎？所以才不希望妳進廚房？」

「我想應該不是。」

結珠明確地否認道。

「我媽媽的料理賣相很漂亮，卻不怎麼美味。味道不好不壞、平平庸庸，感覺她只求門面好看就好……這種心態，品嚐的人多少吃得出來吧？她只是看我的一舉一動都不順眼，嫌我煩而已。我想，那個人只是單純地討厭我罷了。雖然我們在血緣上是親子關係，但父母和孩子終歸是各自獨立的個體，她討厭我也是有可能的吧……我花了不少時間才有辦法接受這個事實。那個人或許有她自己的理由，但即便我知道了背後的原因，也不能改變什麼。」

我的媽媽並不討厭我。只是她的優先順序表上排在第一位的永遠是她自己，不會將我排到更高的位置。我媽媽的世界中心，只有她自己一個人。要是問她「妳討厭我嗎？」她一定會反問我：「為什麼要故意說這種話刁難人？」

——果遠妳才是，一定是討厭媽媽所以才說這種話吧？好過分。

十年以上沒見到母親，她的聲音卻在我腦中栩栩如生地重播。直到現在，我也仍然不討厭她。但假如世界上存在當父母的資格或證照，那我認為絕對不能把證照核發給她那一類人——不過，我好像也沒資格說她就是了。

結珠的側臉比剛才提起流產一事時更加冷靜，我感覺到這是因為她已經針對「媽咪」不斷思考了很久很久。經歷了無數個情緒洶湧起伏、大浪滔天的日子，如今才能像這樣，用風平浪靜的眼神回望。不是克服了，而是放棄了，選擇轉身背對。要是那一天那個使勁拉扯著幼小結珠的手、頭也不回往前走的「媽咪」就在我眼前，我就能盡情痛揍她一頓了。然後我會牽起結珠的手，陪著結珠去她想去的地方，無論多遠。

「妳媽媽現在怎麼樣？」

「她正在長期療養。」

「生病了？」

「嗯，手術三年前就動完了，還在持續觀察。她因為罹患子宮癌切除了整個子宮，她本人主動說想到空氣清新的地方生活，所以現在一個人住在長野。松本那邊有我父親認識的醫師，聽說是婦科的名醫，正好可以幫她看診。她搬過去應該有一年以上了。」

事不關己的語調，這就是結珠終於找到的、跟「媽咪」之間恰到好處的距離感吧。

「我一次也沒去看過她，她也不會叫我過去。……曾經有段時期，她的態度軟化，開始非常和善地對待我。但我無法頂撞她說『事到如今何必擺出這種態度』，也無法盡釋前嫌和她和解，時間就這樣在尷尬的關係中過去了。」

結珠淡淡說完，低下頭說「抱歉」。

「道什麼歉？」

「好像都是陰沉的話題。」

「是我主動問的，而且陰沉的話題有什麼不好？」

我刻意用明朗的語氣說道。

「倒不如說這裡這麼明亮，稍微有點暗處不是正好嗎？」

我吞下最後一口三明治，仰望正中午的藍天。好耀眼。這片土地的天空和大海像兩面彼此相映的明鏡，總覺得即使在遙遠的頭頂上有波浪翻騰、有上下顛倒的船隻縱橫來去也不奇怪。距離孤零零坐在這裡的我們屏住呼吸、捏緊鼻子掉進天際，還有幾秒鐘的時間？

自天頂附近灑落的陽光耀眼得令人受不了，我閉上眼睛，沒來由地就是知道坐在隔壁的結珠也這麼做了。

「如果真能在現實中提供遮蔭就好了。」

黃色與白色的光在眼瞼內側交纏。

「說到底，我們在一起的時候講的幾乎都是陰沉的話題吧？」

「是這樣嗎……好像是這樣。但該怎麼說呢，因為海坂小姐妳的態度總是輕描淡寫的，所以感覺並不憂鬱。」

我明明只是不像結珠那樣深思熟慮而已。睜開眼睛，晃眼視野中的天空是一望無際的藍，雲朵像扯破玩偶之後裡頭露出的棉花，零零散散地飄在空中，那上頭沒有我們的影子莫名令人生氣。要是能在天空中烙上凝成一團的黑色印記就好了，要是我們今天存在於此的證明，能以只有我們明白的方式永遠留下就好了。

吃完三明治，我們緩緩喝著結珠事先泡好帶來的紅茶。和我在家用茶包泡的茶完全不一樣，帶有讓人想打噴嚏的複雜香氣。

「對了，瀨瀨跟我說媽媽會泡熱可可給她喝。」

「偶爾會。」

「我也好想喝哦。」

她用半開玩笑的語氣這麼說，卻目不轉睛地看過來，看得我慌了手腳。

「那孩子該不會說得太誇張了吧？就只是非常普通的，可可粉加牛奶泡成的熱可可而已哦。」

「嗯。」

「不會煮一大鍋，也沒放鮮奶油哦？」

「那說的是學校的聖誕彌撒嗎？妳居然還記得——啊，不久前妳才這麼說過我。」

沒錯，我們清楚記得和彼此相關的事情。一經提起，就像昨天的話題一樣能立刻想起。

「普通的熱可可就很好，重點在於那是妳幫我泡的。妳不覺得熱可可是『收到時最讓人開心的自製飲品』第一名嗎？」

「那第二名呢？」

「不知道耶，雞尾酒之類的？『繁花』的菜單上有雞尾酒嗎？」

「沒有。我們只有酒類兌水、兌熱水、兌氣泡水，其他就只有兌茶或兌番茄汁一起喝的。」

「原來是兌飲專賣店啊。」

「才沒有那種店哦。」

面對歡欣雀躍的結珠，我先是反覆向她確認了好幾次「妳喝了不要失望哦」，才約定好要替她泡熱可可。心裡明明想著只要能讓她開心，我什麼事都願意為她做，卻覺得在那間狹小又破舊的酒店泡一杯平平無奇的熱可可有點丟臉。

我們還有時間，因此從島上折回，順著沿海的國道北上。

「這一帶在地圖上看起來形狀很特別。」

結珠喃喃說。

「從車站一帶往南，地塊逐漸變細，底下這塊陸地整個凸出在半島外面。」

「這麼說來，以前瀨瀨也擔心地問過我『颱風來的時候它會不會掉下來？』」

「我懂，感覺這裡變成一座島嶼也不奇怪。」

「這時候應該說它沒能成為一座島嶼，還是僥倖能留在陸地呢？」

「什麼意思，妳是說這片土地的心情嗎？」

「嗯。」

「……海坂小姐妳的話應該是前者，我的話是後者吧。」

「為什麼？」

「沒為什麼。」

我們駛過那塊看似細瘦脆弱的凹陷處，轉往西邊，不到十五分鐘就抵達了海中公園。那裡有著小規模的水族館和海中觀景塔，結珠餵了海龜，甚至還在紀念品店買了明信片和馬克杯。

離開海中公園，我們前往「繁花」，果遠帶我從店後方的後門進到屋內。「妳真的想喝？」她又確認了一次，見我毫不遲疑地答了「嗯」，才勉為其難地走進吧檯內側，取出牛奶和裝可可粉的罐子。吧檯底下有高低差，我看不太清楚果遠手邊的動作，只知道她先把可可粉和砂糖放在爐子上加熱，再注入牛奶。

「哎，別一直盯著我看啦。」

我並沒有目不轉睛地一直觀察她，不過看果遠一副不太自在的樣子，我於是轉開視線，還顧店內。

「也別一直往店裡看，又破又舊。」

「那妳叫我怎麼辦呀。」

我實在沒辦法，只好撐著臉頰面向前方，閉上眼睛。從前讓我進到老舊公寓住家也不以為意的果遠，如今開始為了這種事感到羞恥，我覺得這樣的她可愛，同時卻也令我落寞。可可加熱後的甜美香氣搔過鼻尖，我已經好幾年沒喝過熱可可這種飲料了，說不定從高三的聖誕彌撒之後就不曾喝過。總覺得睫毛像被微風吹動那樣有點癢，或許是果遠正在看我。

「加奶油妳能接受嗎？」

「嗯。」

「……泡好囉。」

我緩緩睜開眼睛，恰好看見馬克杯放到我眼前。隔著緩緩升起的白煙，果遠露出沒什麼自信的靦腆神情，強烈的幸福感撼動我的心胸。今天的小野餐也很開心，但像這樣在家裡，不論睜眼、閉眼，果遠都近在身邊，為我泡一杯平凡的市售熱可可，就彷彿我們都已經成為了彼此日常生活中的一員。這樣的錯覺像燈塔的光那樣鮮明地掠過心底，一瞬間照亮了我的心。我說聲「謝謝」接過杯子，將熱可可的表面吹涼。這是我第一次嚐到加了奶油的熱可可，口感香濃又美味。

「好好喝哦。」

「妳不用誇成那樣啦。」

「我說真的。妳別站著喝了，坐下來吧？雖然這裡不是我開的店。」

「沒關係，我站著比較自在。」

這間古舊的酒店無論裝潢還是氛圍，一切的一切明明都與她並不相襯，但果遠筆直站在吧檯內側的姿態確實有模有樣。那是她在這裡工作多年，唯有時間才能醞釀出來的說服力。但我不甘願承認「繁花」是現在的果遠唯一的歸宿，只能默默讓熱騰騰的液體流入胃袋。

差不多喝完熱可可的時候，從通往二樓的階梯傳來下樓的腳步聲，我不禁繃起身體。

「啊，抱歉。」

那是我第一次聽見水人先生說話。

「我聞到可可的味道，以為是瀨瀨回來了。」

「再過一會我就去接她。水人，這位是前天到過店裡的藤野小姐，你記得吧？」

水人先生默不作聲，只是點了點頭。從他短袖T恤底下露出的手臂比我丈夫更粗壯兩圈，誠如岡林先生所說，他的體格十分強壯。這種身材的人光是待在身邊就容易給人帶來壓迫感，但水人先生卻是個氣質非常沉靜的人，光用木訥、穩重這些特質難以形容。果遠有著某種無法完全融入人類世界、像野生動物一樣的魅力，而水人先生給人的感覺，則像是在森林深處悄然生息的一棵會說話的大樹。我不知道他們兩人是在哪裡、如何結識了彼此，但肯定都在對方身上感受到了吸引彼此的要素——無須言語或行動，兩人光只是站在那裡便讓我領會到了這點，我用十隻指頭緊緊攥住了變輕的馬克杯。

是彈鋼琴的老師。水人先生說。

「咦？」

「昨天，瀨瀨很高興地說，您在學校彈了鋼琴給她聽。謝謝您。」

他水平的眉毛幾乎沒動，難以看出他的情緒。但總覺得他不是個缺乏喜怒哀樂的人，只是努力將這些情緒沉入心底，不表現在外。

「不會，您太客氣了。只是一段笨拙的演奏而已……」

我喝光熱可可，站起身來。

「謝謝招待，我差不多得失陪了。妳還得去接瀨瀨吧？」

「啊，嗯……不介意的話，妳要不要一起去？餅乾要是由藤野小姐妳親手交給她，她會更開心的。我們可以在學校解散。」

我想看瀨瀨高興的表情，也想再跟果遠一起待得久一些，這是求之不得的邀請。

「那我們走吧。水人，可以拜託你洗碗嗎？」

「好。」

走出屋外，前往停車場的途中，果遠突然停下腳步。她視線另一端有個男人，很顯然正瞪著這裡走過來，我不禁抓住果遠的手肘，把她往我身邊拉近。或許是她之前招惹到什麼奇怪的酒客了，我緊張得心跳加速，但那個人什麼也沒說，只是明目張膽地散發著敵意從我們旁邊走過，果遠在他經過身邊時微微欠了欠身。「那是誰？」我仍然抓著她的手臂問。「水人的哥哥。」她小聲回答。

「他應該是有事找水人才過來的。」

「咦，也就是說，那是妳夫家的哥哥？」

那他為什麼會擺出那麼險惡的態度？

「婆家那邊的人看我不太順眼。」

「這樣啊。」儘管不知道背後有什麼內情，我還是刻意若無其事地點頭，說：

「那妳和我一樣。」

「咦？」

「我跟丈夫的家人也處得不太好。」

「藤野小姐妳嗎？怎麼可能……」

「『怎麼可能』是什麼意思呀。」

我露出苦笑。

「我先生家裡是醫生世家，而且用比較市儈的方式說，階級還比我們家更高。所以他也按照雙親的期望念完醫學系、當上了醫生，但最後還是發現自己不適合臨床工作，因此不到兩年就辭去醫院的職位，轉換跑道了。他現在做的是健康保健ＡＰＰ之類的，嚴格說起來還算是醫療類的工作吧，但對他們家人來說似乎是嚴重的背叛，他們都覺得是我慫恿了我丈夫。」

「怎麼這樣。」

「可能是一直回應著家人期待、引以為傲的兒子突然退出業界，他們受到了很大的打擊吧。丈夫當然挺身袒護著我，現在我們跟他家人算是半斷絕關係的狀態，完全沒有往來，說起來也是樂得輕鬆吧。拜此所賜，也才能像這樣搬家到這裡來。」

「原來是這樣。」

我們各自開著自己的車，前往自由學校。瀨瀨像昨天一樣朝我跑了過來。

「姊姊妳怎麼來了？今天也來彈鋼琴給我聽嗎？」

「不是哦，不過我烤了餅乾給妳。」

我將那包餅乾交給她，瀨瀨便「嘿嘿」地笑著，抱住了果遠的腰。

「妳在扭扭捏捏什麼啦，好好跟人家說謝謝。」

「嗯……」

「快點。」

「沒關係的。」

許多小朋友在喜悅超出一定範圍之後都會表現出害羞的反應，應該是還不明白該如何處理那種心尖發癢又難為情的感覺吧。所以，我看見瀨瀨這種反應反倒很高興。

原想直接就這麼打道回府，卻只有我一個人被宗田先生留下，返抵家中已經是那之後一小時左右的事了。

我邊和丈夫吃著晚餐，邊與他分享今天的觀光路線，丈夫前傾著身體專注地聽著，說：「感覺很有意思。」

「這次沒搭到海底觀光船，下次我們一起去搭吧。」

「嗯。」

「還有呀。」

我放下筷子，起了話頭。

「自由學校的那位宗田先生，問我願不願意過去當志工老師。」

「哦？」

「他們最近好像人手不足。」

尤其是戶外活動，像自己這樣的老人家一個人實在負荷不來，宗田先生千拜託萬拜託地這麼向我訴苦。

「他說我不一定要每天過去，也可以安排每週三、四次之類，在我能負擔的範圍內就可以了……你覺得怎麼樣？」

「如果結珠妳感興趣的話，我覺得可以答應呀。」

丈夫給了我一如預期的回答。

「畢竟停職期間不能做其他工作，當志工確實是個好主意。不過妳的責任感太強了，還是要以不造成身心負擔為前提。」

「如果我往返那邊都要用車，會不會造成你的困擾？」

「這邊也不算是遠離人煙的地方，有公車可以搭，萬一臨時有事也能立刻叫到計程車。妳不用顧慮我哦。」

「嗯。」

這個人總能給予我想要的回應。我拋下了工作，內心卻想一口答應宗田先生的提議。造訪自由學校的時候，我沐浴在小孩子這種生物無自覺散發出的濃密能量當中，感到無比懷念。他們的靈魂散發著粗野而生動的氣息，像草叢裡蒸騰的熱氣一樣彌漫在整個空間，令我感受到一種近似於憧憬的熱愛。明明覺得難以呼吸才逃了出來，卻依然眷戀，宗田先生或許是看穿了這一點吧。

而且，有了造訪自由學校的藉口，我也能時常見到果遠和瀨瀨。我說：「我想試試看。」

「我知道了。要適度地加油哦。」

「謝謝你。」

我打電話告訴宗田先生「我決定答應了」，他非常感激。至於果遠那邊，我傳了LINE告訴她『我接下來要在宗田先生的學校當志工老師了』，但或許是工作中的關係，一直沒顯示已讀。我放棄等待，爬上床就寢之後，又被LINE的通知聲叫醒，平時這點程度的聲音應該吵不醒我才對。我抓過床頭櫃上的智慧型手機，確認訊息，是來自果遠的回應。

『真的？』

就這麼一句話，沒有表情符號也沒有貼圖，但從那個小小的對話框當中，卻傳達出無法遏抑的喜悅。我再也坐不住，僅在睡衣上披了一件針織外套，便穿上涼鞋走出屋外。

四周一片黑暗，寂靜無聲。路燈寂寥的光芒反倒襯得夜色格外濃暗，大隻的飛蛾繞著燈火撲騰。在東京，我過度害怕走夜路、不敢到人煙稀少的地方，現在卻沒有一絲一毫的恐懼。每一陣風吹過時彷彿整座山都在蠢動，海面散發著濃墨般優美的光澤——這些在這裡都是理所當然的事，總覺得自己宛如加入了這片平凡的光景之中，教人情緒高昂。仰頭望去，不必費心尋找，滿天星斗就在那裡眨著眼睛。假如夜晚總是如此，那或許不需要燈塔了。我往海岬的方向望去，但受到樹木遮擋，看不見燈塔的光。

我回覆果遠：『是真的哦。』

結珠開始到自由學校當志工老師之後，過了一個半月。她的排班時間不固定，每週三到四天。剛認識結珠沒多久立刻將她挖角到自己的團隊，宗田先生真不愧是閱歷豐富的長輩，頭腦精明、看人又有眼光。瀨瀨大喜過望，立刻改為稱呼她「結珠老師」。結珠和我只在接送瀨瀨的時候轉達聯絡事項、短暫地閒聊，但我還是很高興。傍晚，她偶爾也會和宗田先生一起繞到「繁花」來作客。

「交到朋友真是太好了呢。」

有一天，來到店裡的岡林先生這麼說。
「你說誰？」
「哎呀哎呀，當然是說媽媽桑妳呀。」
岡林先生抓著啤酒瓶替自己斟酒，露出傻眼的表情。
「結珠跟我說囉，『繁花』的媽媽桑對她很好。」
「也沒有……我們只是一起出去兜過一次風而已，那是客套話吧。」
我並不是因為難為情才否認，只是真的覺得「朋友」這個詞不太貼切。
「可是，像媽媽桑妳這麼難以攻陷的人，要不是對對方頗有好感，也不會一起去兜風吧。」
雖然想叫他不要說得好像很瞭解我一樣，但他說得確實沒錯，我無法反駁。
「結珠她也不是喜歡交際的類型，妳們應該是真的很合得來吧。太好了、太好了。」
到底何謂朋友呢？隔天傍晚，我和瀨瀨一起洗澡的時候不經意問了她。
「瀨瀨，對妳來說『朋友』是什麼樣的人？」
「咦——不就是一起玩耍的人嗎？」
瀨瀨用指尖啪沙啪沙地敲著水面回答，可能在模仿彈鋼琴的動作。
「是哦。」
我們家的浴缸太小，沒辦法兩個人一起泡澡，所以瀨瀨先洗淨了頭髮和身體、移動到浴缸裡之後，才換我進來清洗身體。

「還有，不說人家壞話的人！」

「這樣啊。像是自由學校裡的綾芽和小舞？」

我試著舉出幾個瀨瀨經常提及的女孩子，瀨瀨卻說「不對」，斬釘截鐵地否定了。

「綾芽是國中生，小舞都是高中生了，不能當朋友。朋友都是同年紀的吧？」

「妳規定得好仔細哦。」

但我能理解她的意思。我很喜歡千紗姊，千紗姊也很疼我，但我們不是「朋友」。

「綾芽和小舞跟瀨瀨待在一起的時候都會忍耐，不聊瀨瀨聽不懂的那些高年級的話題。」

「也不至於到忍耐的地步吧？」

瀨瀨才活了七年多，卻已經理解了許多事情。當我還在瀨瀨這年紀的時候，好像是個頭腦更簡單的小笨蛋。我洗完頭髮，塗抹完護髮之後將頭髮迅速用橡皮筋綁好，再用尼龍毛巾擦洗身體。

「媽——那妳有朋友嗎？」

「沒有。」

「一個也沒有？」

「嗯。」

「為什麼？」

「不曉得耶，一回過神來就沒有了。雖然我不會說別人壞話。」

「嗯，不用擔心，這個瀨瀨知道！」瀨瀨快活地替我擔保。「那妳想要朋友嗎？」

「我不需要。瀨瀨妳也一樣，想交朋友就交，如果覺得一個人待著比較自在，那就一個人也無所謂。沒有必要特地配合其他小朋友，弄得自己不愉快哦。」

當然，瀨瀨應該也明白人際關係沒有那麼單純。但她還是點頭說「知道了」，等到我洗完身體，就從浴缸裡跳了出來。我在幾乎是正方形的浴缸裡抱著膝蓋，試著喃喃說出「朋友」這個詞。結珠現在還當我是朋友嗎？總覺得不太一樣。

滴答，一滴水從天花板滴下來，流過肩膀、混入熱水之中。想著結珠的時候，那種揮之不去的、像水滴一樣的不安和寂寞究竟是什麼？只消融入一滴，整缸水便淺淺染上了寂寞的顏色，再也無法復原。那不是結珠的錯，或許是我的錯——沾滿全身的過錯與懊悔改變了我。

我想了許多，泡得有些發昏。出了浴缸，拿吹風機吹乾頭髮的時候，瀨瀨黏了過來。

「哎哎，爸爸說他也是。」

「什麼？我聽不到耶。」

我關掉吹風機，這時更衣間的拉門打開，水人探出臉來。

「瀨瀨，人家在用吹風機的時候不要探頭探腦的，很危險啊。」

「爸爸也說他沒有朋友！」

即使被水人警告，瀨瀨還是毫不介意地繼續說下去：

「他說以前有，現在沒有了，但是他有妳和瀨瀨，所以這樣也很好。」

我隔著鏡子對上水人的視線。水人什麼也沒說，逕自抱起瀨瀨將她帶了出去，瀨瀨「呀、呀」的笑鬧聲從外面傳來。

我還記得水人初次來到店裡的那個晚上。他被前輩們帶了過來，一副坐立難安的模樣，每次和我對上眼都面紅耳赤地低下頭，被眾人一陣揶揄。剛開始，我以為他是被「團欺角色」這種好聽名稱包裝而成的犧牲品，覺得厭煩透了。我在酒店最不想看見的就是男人之間醜惡的人際關係，最討厭那些把上下級關係當作盾牌，強迫別人一口氣乾杯或去搭訕的傢伙。現在我能對這麼做的客人說「請回」，但當時經營這家酒店的是我奶奶，媽媽才剛跑掉不久。身為拖油瓶的小孩子並沒有發言權。

但我猜錯了，我馬上就看出水人是真的受到大家疼愛，所有人都尊重、喜愛著水人那份毫不矯飾的耿直。他沉默寡言，也不會做出引人發笑的滑稽反應，卻像水缸中的水草一樣悄然供給著氧氣，他敦厚穩重的特質能使身邊的人更加自在地呼吸。這個人跟我活在截然不同的世界啊，我想。他不像結珠那樣私底下藏有自己歪曲的部分，而是在人生中獲得了豐富的愛，並且回以同等的、甚至更加豐厚的報答。

這樣的人其實並不該跟我一塊待在這裡。

「所以呀，瀨瀨也覺得這樣很好。瀨瀨有爸爸和媽在就沒關係。」

那怎麼可能呢，我想。無論瀨瀨是否願意，她的世界都將逐漸向外拓展，而且必須如此才行。心中這有如「正經家長」的想法，逗得我撥起潮溼的頭髮笑了。下腹部在這時傳來一陣鈍痛，扭曲了鏡中的笑容。

自由學校每個月有一次面談日，職員會與家長進行三十分鐘左右的談話。會議的目的是分享孩子在自由學校的表現、學習情況和升學方向等等，在平常接送時來不及轉達的事項。這天輪到瀨瀨的家長面談，但到了中午，宗田先生卻問我「藤野女士，能麻煩妳代我出席嗎？」。

「我忘了我今天在市內有場演講會。轉達事項等等都寫在這本筆記裡了，剩下的時間就請藤野女士自由表達妳的意見。」

「這恕我沒辦法代勞，我才剛來沒多久。」

「剛來不久的人的意見很重要吧，就連家庭訪問，也是趁著學期剛開始的四、五月進行的。」

「可是……我只是個志工……」

「藤野女士，瀨瀨非常親近妳，妳和她媽媽也十分要好，絕對是稱職的人選。『面談』聽起來或許比較嚴肅，但其實就是喝茶聊天而已。」

「這種職責我實在擔當不起……」我使盡渾身解數試圖反抗，但宗田先生只是四兩撥千斤地回答「別這麼說」，然後對我說了聲「那我出發了」便兀自離開。我之前就隱約察覺，這個人十分善於拜託不擅長拒絕的人幫忙辦事。他一定是秉持著「適才適所」的理念，俐落地推動著組織運作吧。宗田先生是個「好老師」，但並不意味著他是「好說話的老師」——或許這無論在哪個職場都是一樣的。

到了約好面談的三點半，玄關的拉門準時打開，但探出臉的卻不是果遠，而是水人先生。

「啊……您好。」

完全出乎意料的情況，導致我這聲招呼之前有段不自然的空白，但水人先生仍然不動聲色地說「您好，受您關照了」。

「不好意思，果遠今天身體出了狀況。」

「咦？」

我不小心喊得太大聲，輕輕按住嘴邊說了聲「失禮了」試圖掩飾過去。

「那個，她很不舒服嗎？」

「沒有。」

水人先生稍微縮了縮寬闊的肩膀，壓低聲音說「她肚子痛」。語調中帶著微妙的尷尬，我頓時「啊」地意會過來。原來是生理痛。

「好像在下雨的日子特別嚴重。」

「原來是這樣，畢竟今天從一大早就開始下雨了。……請進。」

為什麼偏偏是今天，我再一次怨恨起宗田先生安排行程上的失誤，同時將水人先生領進會客室，端出麥茶。

「這個嘛，關於瀨瀨的情況……」

我垂眼看著膝蓋上那本宗田先生的筆記，盡可能不去看水人先生，一項接一項說下去。上頭沒有特別註記的事項，總結起來差不多只是「瀨瀨每天都活力充沛地努力學習」這點程度的內容。她還只是國小二年級生，也還不到需要擔心學習進度落後的階段。

「爸爸這邊有什麼想詢問的嗎？」

儘管我主動這麼問，心裡卻先入為主地認為他一定會回答「沒有」。畢竟水人先生怎麼看也不像是善於社交的人，他自己肯定也想快點結束這次面談才對。

然而，水人先生卻問我：

「果然還是讓她回學校上學比較好嗎？」

我差點又要愣住，但這可是我自己問的問題，於是勉強用一句「這個嘛……」穩住場面。

「我認為沒有必要催促她。不過我自己身為國小教師，實在不願意斬釘截鐵地斷言說不必去學校也沒有關係。其實我也還不清楚瀨瀨轉到這裡來念書的緣由……」

「啊，不好意思，我誤以為果遠已經向您說明過了。」

水人先生靜靜說起了來龍去脈。瀨瀨被國小同學嘲笑是「陪酒女的小孩」，其中還有「爸爸活」這種悖離事實的誣蔑之詞。我對於這樣侮辱瀨瀨和果遠的那些小孩子感到生氣，甚至憎惡起他們背後那些口無遮攔的大人。到底都讓孩子們說這什麼話？

「從念托兒所時就跟瀨瀨要好的朋友也加入了嘲笑的那一方，瀨瀨因此心裡非常受傷。」

「也難怪她會受傷了。」

只不過……水人先生有些欲言又止地頓了頓。

「那些朋友們後來悔過反省，寫了信給瀨瀨，但她就是不肯收下。她說無論對方再怎麼道歉，她都忘不掉當時那些話，所以那些人已經不是她的朋友了。該說她頑固還是潔癖呢……老師，您怎麼看？如果是老師您的話，會勸她對方都已經道歉了，她應該原諒他們嗎？」

這個問題很難回答。勸說七歲的瀨瀨選擇妥協、委曲求全，說不定反而會害她傷得更深。

「我現在不算是老師了，不過……媽媽那邊怎麼說呢？」

「她說沒關係，就隨她去吧。」

「這樣啊……」

很符合果遠個性的回答，不必問也知道她會這麼說。我差點露出笑容，但還是繃緊嘴角忍住笑意。

「母親和父親雙方要是持不同意見，會讓小孩子感到無所適從，所以我不會在瀨瀨面前提起這件事，但果然還是有點擔心。」

「您說得沒錯。」

不知不覺間，我已經直視著水人先生的臉。

「我想，可以把『承認對方道過歉的事實』，以及『自己的心情仍然沒有平復』分開成兩件事情來看。畢竟在對方道歉之後仍然無法原諒對方，是成年人也一樣會有的情緒。然而，今天雖然無法原諒，但明天或許能原諒一點點，後天再原諒一點點……人心也是會這樣慢慢改變的，爸爸媽媽不妨找機會告訴瀨瀨，這並不是一件壞事。」

「好的。」

「從這層意義上來看，回學校上課確實比較容易透過班級活動、休息時間的互動，自然消除孩子內心的芥蒂……但要是為了讓孩子們和好，導致『必須回學校上課』這件事變成一種壓力，那反而更難以解決問題。不如詢問看看宗田先生的意見，再謹慎觀察一陣子如何呢？下個月開始就放暑假了，瀨瀨也可能在第二學期開始的時候就突然說她『想去學校』，畢竟無論從好的或壞的方面來說，小孩子永遠都是『活在當下』的。」

連我自己都覺得這番建議實在沒什麼參考價值，水人先生卻一字一句仔細咀嚼似的緩緩點了好幾次頭，對我說「謝謝您」，頭低得快碰上膝蓋。

「不會，您客氣了。」

「難怪瀨瀨那麼喜歡您，動不動就提起結珠老師。」

「我才要感謝瀨瀨，總是分給我許多活力。」

我們彼此相視一笑，儘管笑容仍有些僵硬，但總算是不那麼緊張了——才剛這麼想，水人先生便問出了第二個問題。

「老師，您有朋友嗎？」

這問題太簡單，反而教我不知所措。「算是有吧。」我謹慎地回答：

「有幾位會參加對方婚禮、贈送彌月賀禮的朋友。只不過我的個性十分內向，所以確實不太擅長與人推心置腹地來往。」

「這樣啊……哎，我這麼問，只是因為前幾天瀨瀨突然問了我這個問題。」

「或許她還是很在意朋友的事。」

「是啊。對了，老師您和果遠從以前就認識嗎？」

我的表情瞬間僵硬，連自己都有所自覺，心情就像忽然被投了顆無聲的炸彈。他想說什麼？想知道什麼？我不知道。我啪地闔上筆記本，整個身體繃得死緊。雨聲打響了沉默，梅雨季即將來臨。一開始是我突然消失，下一次是她不見蹤影，那第三次呢？我感到害怕，說不定就是這個人將要給我們帶來什麼不幸。水人先生一沉默下來，便散發出一股寂靜的氛圍，彷彿連周遭的雨聲都要被吸收殆盡。溼度高得教人冒汗，我的嘴唇卻莫名乾燥，泛著輕微的刺痛。

「不好意思。」水人先生的聲音打破沉默。

「我無意探問，只是果遠之前從來沒有特地找人來店裡聊過天，所以我擅自猜想她可能在來到這裡之前就認識您。如果您不想回答，也沒有關係。」

我緩緩搖了搖頭，回答：「她是我高中同學。」我們之間也沒什麼不便透露的，畢竟我們真的只相處了極為短暫的時間。

「還有，我們還是小學生的時候也曾有過短暫的來往，但就只是這樣而已。她在高一的第一學期就搬了家，直到在這邊偶然重逢之前，我真的連她的音訊都沒有。只不過果遠這個人非常令人印象深刻，所以我記得很清楚。我擔心她或許不太願意重提舊事，因此沒有主動說起這些，對不起。」

「啊、不會，別這麼說。」

水人先生顯然慌了手腳。他伸手端起麥茶，一口氣喝個精光，凸出的喉結像顆小小的心臟一樣撲通、撲通地起伏。

「由於我不太瞭解來到這裡之前的果遠，只是單純感興趣而已。畢竟她和老師您在一起的時候看起來很開心。」

「您不問問她本人嗎？」

他那隻被玻璃杯上的水珠沾得微溼的手掌撫上後頸，無可奈何地將那裡短短的後髮往上撥。

「總覺得我不該過問。果遠對我而言，就像白鶴化身的妻子一樣。」

「您說的是白鶴報恩的故事？」

「是的。」

「意思是水人先生您曾經救助過她，後來才因此結了婚嗎？」

聽說水人先生以前是消防員，或許果遠出了什麼事，被他拯救過性命，因此想回報他的恩情……不無可能，大前提是果遠對水人先生的為人也並不反感。

「說救助可能有點語病……總而言之，是意料之外的結果。那一類傳說故事當中，每一次都是愚蠢的男人做了不該做的事，最後害得對方逃走了對吧？所以我害怕那種事也會發生在我身上。」

我似乎能夠理解水人先生的不安。童話故事裡那些不可思議的生物，絕大部分都會回到人類無法企及的地方，因為人類破壞了約定，或者讓牠們大失所望。

「不好意思，說了這麼奇怪的話。」

「不會……我去叫瀨瀨過來，請在這裡稍候一下。」

我到主屋看了看，沒找到她，於是撐著傘走向獨立於屋外的倉庫。瀨瀨正在那裡胡亂彈著鋼琴。

「瀨瀨，爸爸來接妳囉。」

「好——」

她立刻跑過來，把腳尖往鞋子裡塞。

「鞋子太小了嗎？」

「剛剛好。」

「那下次買鞋子的時候，記得請爸爸媽媽再買大一號哦。」

「嗯。結珠老師，我媽呢？」

「她好像肚子痛。」

「她早上就說肚子痛，一直躺著。瀨瀨本來想說要摘點花去安慰她，結果一直下雨！」

「就算是肚子不痛的日子，媽媽收到妳的花一樣會很開心喲。下次我教妳編花冠。」

「真的？好棒！」

說歸說，花冠的編法我也已經忘記了，回家得上網預習一下才行。

「不知道我媽會不會開心。」

「一定會的。」

走在同一把傘下，我摟著瀨瀨的肩膀以免她淋溼，同時「哎」地問了她一聲。

「瀨瀨，妳叫爸爸的時候都喊『爸爸』，但叫媽媽的時候都只喊『媽』。這是為什麼呀？」

瀨瀨將手臂環在我腰上，「嗯……」地欲言又止。

「因為『媽』（kaasan）的發音跟她名字（kanon）的開頭一樣，我在叫她的名字。」

「咦？」

什麼意思？我不禁停下腳步，凝視著瀨瀨。與果遠十分相像的大眼睛愣怔地仰望著我。

「但她就是妳媽媽吧？」

「是沒錯，可是……嗯……總覺得就是該這樣叫。」

瀨瀨自己似乎也說不清楚背後的緣由。是因為果遠和她心目中「一般的母親形象」有所落差，還是像水人先生那樣，感受到了某些難以彌補的隔閡？

「瀨瀨，妳喜歡妳媽媽嗎？」

「最喜歡了。」

「妳媽媽也最喜歡妳了哦。」

「我知道啦。」

小女生有點嫌煩似的，卻又驕傲自豪地咧嘴笑了開來，也不在乎自己剛掉了顆門牙，齒列上空著一個大洞。然後她突然「啊」了一聲，直接不顧會淋到雨地轉身折返，往倉庫跑回去。

「瀨瀨？」

「忘記東西了！」

在我還來不及反應的時候，她已經迅速跑了回來。「這個！」她微微喘著氣，朝我唰地伸出手掌。

那是個小小的防身警報器，粉紅色，呈鵝卵形。我見過這東西，是二十幾年前，我在那座公寓社區交給果遠之後，一直沒拿回來的那個警報器。高一的時候果遠隨身攜帶著它，還拿出來給我看過，沒想到現在由瀨瀨帶著。

「這是瀨瀨的秘密武器，特別給結珠老師看。要是發生害怕的事，就可以拉這條繩索。還有，緊緊握住它讓人覺得安心，所以瀨瀨很喜歡它。」

「原來是這樣，謝謝妳願意拿給我看。那是媽媽給妳的嗎？」

「不是耶，她只是借給瀨瀨而已。說等瀨瀨長大了、不需要她陪在身邊也可以生活之後，就要還給她。我媽說這是她重要的東西，所以瀨瀨也要好好保管才行。」

果遠是笨蛋。這種廉價粗糙的道具到底能保護什麼？明知它派不上用場，居然還是一直將它帶在身邊，甚至不願意送給女兒。果遠愚蠢的專情總是深深貫穿我的胸口，留下來的空缺除此之外沒有任何事物能夠填補。

當晚，我的老朋友亞沙子久違地打了電話來，告訴我她懷了第二個孩子。

「恭喜妳！」

『謝謝。不好意思呀，本來想說傳 LINE 通知妳也可以，但就是想聽聽結珠妳的聲音。』

「不會啦，我很開心。小美月還好嗎？」

『很好很好，她今天和我老公一起回夫家那邊過夜。她一直說想要個弟弟，明明胎兒的性別都還不曉得，卻認定我肚子裡的一定是男生。結果要是女生的話，說不定她會哭出來呢。』

「就算是個妹妹，她肯定也會好好疼她的。」

『假如真是那樣就太好了……我家也是三姊妹，家裡有哥哥或弟弟不曉得是什麼感覺，光想就覺得好緊張哦。結珠，妳家有個哥哥吧？』

「嗯，不過我們年紀差得比較遠，所以感情不算要好，但也不算特別差。」

我若無其事地回答。

『這樣啊。那結珠妳最近如何？都還好嗎？改天一起喝個茶吧。』

「啊、嗯……其實我工作稍微暫停了一下，剛搬家。」

我並沒有將近況告知親朋好友們。

『咦，原來是這樣。發生什麼事了嗎？』

亞沙子是為了報喜才打電話來，我不想向她提起沉重的話題。「只是放個長假。」

我用輕鬆的口吻回答。

『一般人不會為了度假特地搬家吧。是說妳搬到哪裡啦？至少讓我送個喬遷賀禮吧。』

「不用啦，就是不希望麻煩大家，所以才沒有特別講。只是暫時搬到朋友的空房子住一下而已，真的不用介意。」

電話那頭的亞沙子默不作聲。別再多想了，我在心裡祈求。希望她乾脆地接受這個說法、不再追究，直接說聲「那就這樣了」掛斷電話。然而事與願違，友人說「一定會介意的啊」。

『結珠妳個性這麼認真，居然會暫停工作。就是停職的意思吧？哎，要是妳需要找人聊聊，我隨時歡迎耶。』

「哎呀真是的，別說成那樣啦。」

我刻意用明朗的語調開著玩笑，試圖矇混過去。

「工作太忙碌，我有點累了。都已經三十歲了，只是想停下腳步休息一下而已。」

『妳為什麼不願意跟我說真話？』

我徒具表象的活潑開朗，在亞沙子悲傷的聲音中迅速萎縮。

『我都知道哦。』

「……知道什麼？」
『我認識的一個媽媽在國小當老師。有一次碰巧聊到一個聽起來跟結珠妳很像的人，我就想，該不會是妳……聽說妳被捲入班上小朋友胡鬧搗亂、集體不聽管教的問題，過得很辛苦。』
「該說是辛苦嗎……」
我含糊其辭，丈夫聽出了對話走向，比了個「我去二樓」的手勢，靜靜走出客廳。
「只是我自己能力不足，給各方帶來了困擾而已。」
『如果是這樣，那妳這麼告訴我不就可以了嗎？結珠，我都覺得我和妳已經當了很久的朋友，但妳這方面真的一點也沒變，對於自己的事總是閉口不談。』
亞沙子是我的知心好友，但這還是她第一次對我這麼說。「我沒有那個意思。」我試圖辯解：
「我只是愛面子，不敢在別人面前示弱而已，不是因為不信任妳什麼的。」
『騙人……抱歉，我的用詞太激烈了。我不是想轉嫁責任，但懷孕期間比較容易情緒不穩定，可能是難以控制情緒吧……』
「嗯。」
『但我冷靜的時候肯定說不出這些話，所以還是讓我說吧。結珠，我知道妳一直都有些不為人知的心事。』
「沒那種——」

『哎，妳真的以為隱藏得天衣無縫嗎？』

亞沙子的語調沉靜而犀利，深深刺向我最不希望被人觸及的要害。

『國中三年、一直到剛上高中那段期間，結珠妳每天帶的都是一模一樣的便當對吧。像是複製貼上的那樣，每天的配菜都一樣。』

撒上紫蘇香鬆的白飯，小番茄、綠花椰菜、煎蛋捲，插著便當籤的小香腸和炸雞塊。閉上眼睛，就連每一道菜的擺放位置都歷歷在目，媽媽親手做的、像模範照片那樣的便當。沒有讓我許願菜色的餘地，要上學的日子，我每一天、每一天都吃著這個便當。

『那時候就覺得妳一定有什麼隱情。我想除了我以外，應該也有其他女生發現吧，但總覺得這是不能提起的禁忌……應該說，結珠妳好像在用全身訴說著「不要多問」，像樹立起一道藩籬那樣。從高一的……應該是第二學期吧？開始看到妳帶便利商店的麵包來學校吃，那時我鬆了一口氣。』

我羞恥到無以復加，渾身燙得像火燒，指尖發麻。只有我一個人以為自己作為一個自由自在的女生融入了群體，但其實朋友們背地裡都在擔心我。時隔多年，自己的幼稚、淺薄仍令我備感羞恥。儘管知道亞沙子根本沒有羞辱我的意思，我依然無地自容。

『對不起啊，突然說這種話。雖然我可能幫不上妳什麼忙，但是——』

這時候，玄關的對講機響了，聽在我耳中有如天降神助。

「亞沙子抱歉，我這邊有客人來了，先掛斷囉。」

『結珠——』

「妳要好好照顧身體哦。」
我單方面掛斷通話，急急忙忙趕往玄關。我真是個過分的人。不要嘗試理解我——我好想這麼大叫，不要挖掘我身上發生了什麼，不要踏進我的領域，這裡沒有妳涉足的餘地。全世界只要有那女孩一個人認識真正的我就夠了。我對於誰會在過了晚上九點還來拜訪毫無頭緒，但仍然沒確認監視螢幕便開了鎖，打開門扇。
外面還下著雨。看見眼前的來訪者，我屏住氣息，丈夫從二樓走下來的拖鞋聲聽起來無比遙遠。
「……小直。」
從我口中洩漏出來的聲音也一樣。

下雨的日子，我的生理痛特別嚴重。晚上忍耐著腰痠站在吧檯內側，直到鑽進被窩之後才回想起學校面談的事。
「怎麼樣？」
我放輕聲音問，以免吵醒睡在旁邊的瀨瀨。水人略微遲疑了一下，回答：「是藤野老師跟我談的。」我的生理痛瞬間消失得無影無蹤。
「咦？」

「因為宗田先生不在。她說，不用急著催促瀨瀨回國小上學。」

「這樣啊……」

他們自始至終都只聊到瀨瀨的話題嗎？我正要放下心來，水人便一臉抱歉地開了口：「聽說妳和藤野老師以前就認識了？」

沒想到他會突然這麼問，我嚇了一跳。

「啊，對呀。」

不曉得結珠跟水人具體說了些什麼，因此我只做出最低限度必要的回應。

「難怪妳們待在店裡的時候，兩個人看起來都很開心。」

「真的？」

水人盤腿坐在榻榻米上，我將手伸向他的膝蓋，從被窩裡半爬出來問。

「我們很開心？看在水人你的眼中是這樣嗎？」

「該說是看起來嗎？聽見妳們說話時下意識的感覺吧。」

水人略顯猶豫地點頭。

「妳們是偶然遇見的吧？能重逢真是太好了。」

「這是好事嗎……」

為什麼呢，水人的溫柔總是教我不安。是因為我心知自己對這份溫柔回報得不夠，所以內心有愧嗎？

「怎麼這麼說？」

「我也不知道……」

在我支支吾吾的時候，水人輕輕握住我的手。

「那妳去問問看藤野老師吧。」

「才不要。……藤野小姐說了我什麼嗎？」

「說妳是個令人印象深刻的人。」

措辭謹慎，很有詮釋空間，符合結珠一貫的作風。

「我去跑步。」

水人站起身，開始換上慢跑用的衣服。

「雨停了嗎？」

「已經轉小了。」

「要小心哦。」

「嗯。」

水人總是在哄瀨瀨睡著之後，和關上酒店的我換班似的出門去跑步、重訓，簡言之就是到處活動身體。他會在三點前回家，緊接著到漁港工作，一直忙碌地站著工作到日頭高掛，精疲力竭地回到家，才終於沉入夢鄉。水人從不喊苦，也不說自己快樂，只是淡然反覆著同樣的日常。我按熄電燈，鑽進在睡夢中規律呼吸的瀨瀨身邊。水人說雨勢已經轉小，雨點卻依然無休無止地敲打著窗玻璃。

隔天，我的身體好不容易沒事了，結果卻是結珠不到自由學校來的日子。再下一天，我送瀨瀨到學校，便看見結珠身邊站著一個陌生的男孩子。看起來大約國中生的年紀，視線百無聊賴地四處遊移，令我想起瀨瀨第一次被帶到這裡時的模樣。是新來的小朋友嗎？我不以為意地說了聲「早安」。

「今天也麻煩您了。不好意思，前天沒能出席面談。」

「不會。」

結珠的表情看起來似乎有點困擾，是和水人之間發生了什麼事嗎？我該在這個場合問她嗎？正當我遲疑的時候，結珠主動開了口。

「那個……這孩子是我的弟弟。」

「咦？」

「他名叫小直，念國中二年級。」

「啊……這樣啊。」

驚訝過頭，我表現出來的反應反而十分平淡。現在念國中二年級，也就是說，他是在我搬到這裡之後才出生的小孩？我忍不住凝視著他打量了一下，小直迅速垂下眼睫。他的身高比結珠稍矮一些，從短袖T恤袖口伸出來的手臂細細瘦瘦，看上去是個乖巧的少年。

「小直，跟人家打招呼吧。」

「早安，您好。」

嗓音微弱，音調偏高，看來還沒變聲。

「早安，敝姓海坂。」
我也急急忙忙低下頭打招呼，身旁的瀨瀨迫不及待地跟著自我介紹：
「我叫海坂瀨瀨！念國小二年級！」
「啊、是……」
小直不知所措地緊揪著自己的T恤下襬，瀨瀨卻毫不在意地靠了過去。
「你搬家到這邊來呀？」
「這個……」
眼見小直支支吾吾，結珠從旁替他解圍：
「也不是這麼回事，不過我去拜託了宗田先生，希望能暫時讓他在這邊讀書。」
「是哦。那需不需要瀨瀨帶他四處看看啊？」
瀨瀨內心明明對人家很感興趣，還說得裝模作樣的，結珠看了笑著說：「那就麻煩妳了。」她終於露出笑容了——我才剛鬆了口氣，過沒多久，孩子們一離開，結珠臉上的神情便又陰沉下來。
「妳還好嗎？」
聽我委婉地這麼問，結珠「嗯——」地偏了偏頭，壓低聲音說：
「可能不太好。妳今天晚上方便講電話嗎？」
「要等我關店，大概會到晚上一點哦。」
「沒關係，海坂小姐妳方便的時候傳個 LINE 給我就好。」

「好。」

雖然不曉得突然出現的「弟弟」對於結珠而言是什麼樣的存在，但結珠似乎願意依靠我，這讓我很開心。

這天瀨瀨回家之後心情好得不得了，一直告訴我「小直說他不太會玩單槓」、「我們一起在圖書室看了書」。這是她進入自由學校以來第一次碰上比自己新來的學生，所以特別高興吧。在小直看來，一個年紀相差這麼多的女孩子一直在身邊糾纏不休肯定相當煩人，但至少聽瀨瀨的描述，他似乎很有耐心地和瀨瀨互動。

水人出門慢跑之後，我確認過瀨瀨已經熟睡，便下到一樓，坐在吧檯邊傳了一則『現在有空了』的LINE給結珠。訊息馬上顯示已讀，大約過十分鐘左右，電話便打了過來。

『喂，抱歉呀，深夜這麼晚找妳。』

「不會啦。我白天還能睡覺是無所謂，藤野小姐妳熬夜真的沒關係嗎？」

『嗯。那個，我要先跟妳說聲對不起。前天面談的時候水人先生問我，所以我把我們當過同學的事告訴他了。事發突然，我有點動搖，所以……』

「啊、嗯，完全沒關係哦。」

『沒關係嗎？』

結珠有點錯愕地說。

「反正我也沒有刻意隱瞞的意思，只是因為水人沒問，所以沒說罷了。」

『我想他應該是不敢開口吧。』

不敢問他白鶴化身的妻子——從結珠口中冒出了謎樣的詞彙。
「什麼意思？」
『水人先生說，妳就像「白鶴報恩」裡心愛的鶴妻一樣。』
從結珠口中道出的那聲溫潤沉靜的「心愛的」，聽得我一時慌了神。
「我可不會織什麼布哦。」
『不是那個意思……我聽了覺得，好像能理解那種心情。』
「是瀨瀨的面談會吧？」
『當然，我們那天主要的話題還是瀨瀨。對了，妳知道那孩子為什麼叫妳「媽」嗎？』
「當然是因為我是她母親呀。」
『不是的。』
瀨瀨叫水人「爸爸」，卻叫我「媽」——我壓根沒注意到兩者稱呼之間微妙的差別，所以聽結珠這麼說的時候備感驚訝。
「是為什麼呀，因為我凡事比較隨便？」
『我想應該不是出於負面的原因。雖然瀨瀨自己好像也不太知道該怎麼解釋……這我也覺得好像能理解。』
「妳理解水人，也理解瀨瀨呀。」
『只是「感覺好像可以理解」而已。』

「我倒是開始覺得我一點都不瞭解家人了。」

『有時候距離太近，反而當局者迷吧。』

她是為了聊我們家的事情才打來的嗎？當我開始這麼想的時候，結珠起了個話頭：

『關於我弟弟的事……』

『事發突然，我心裡也還一團亂。小直是在我高一那年冬天出生的。我們年紀差得遠，又是異性，而且我一升上大學便從家裡搬出去了，所以我們對彼此都有點顧慮，算是保持著微妙的距離吧……』

這點從早上那段短短的時間也感覺得出來，他們倆似乎都很為難，好像不知道該怎麼辦。

『前天晚上，我家對講機響了，我一打開玄關門，就看見小直一個人站在門口。』

「怎麼會跑到藤野小姐妳那邊去呀。」

『這我也不太清楚。我連地址也沒告訴過他，但他說他偷看了我父親電腦裡的地址備忘錄，一個人找了過來。』

「那就表示不是一時興起、衝動行事了。」

『沒錯。所以我也不好貿然刺激他……』

結珠措辭委婉，但似乎很想說「我又不能趕他回去」。

『可是問他到底怎麼了，他又沉默不肯說話。』

「是不是在學校碰到了什麼不開心的事？」

『學校呀，他好像已經一年左右都沒去上學了。』

手機那頭傳來一聲嘆息，像忍耐到極限、終於滴落的一顆水珠。

「說不定他有些說不出口的心事啊。」

我隨口這麼說道，結珠沉默不語。是想到了什麼頭緒？抑或這意見太荒唐？看不見結珠的臉色和表情教人心慌。我不斷體認到，即使能傳LINE、能打電話，終究是比不上見結珠一面。即便是換成視訊，總覺得也無法消除這種令人焦急的感覺。

『……我會忍不住覺得，這些跟我又沒有關係。』

一陣漫長的沉默之後，結珠這麼說。

『畢竟我們一向都沒什麼互動。小直和我不同，是受到母親愛護的孩子。我媽媽從懷上他開始看起來就幸福洋溢，簡直像變了個人似的。至於我父親，看到家裡又有個男孩子出生應該鬆了一口氣吧，因為我哥哥活得隨心所欲，感覺完全沒有意願繼承診所。我會覺得他到底還有什麼好不滿的，假如真的有什麼不滿，那也沒道理跑來依靠我……我這姊姊很過分吧，這麼黑暗的想法，我連跟丈夫都不敢坦白。』

「很過分嗎？我聽了只覺得『這樣啊』而已。」

『海坂小姐妳確實是會這麼說。』

「畢竟妳也沒對著他本人講吧？作為他的姊姊，妳還是忍住了。很不簡單啊。」

我沒有兄弟姊妹，不太清楚該幫助弟弟或妹妹到什麼程度，不過肯定比父母該對兒女盡到的責任輕上許多才對。

『即便如此，我還是沒辦法掩飾得天衣無縫，小直也隱約察覺到了。所以他總是提心吊膽的，我看見他那副樣子又更緊繃焦躁……成了惡性循環。』

我聽出結珠說這些並不是為了找人商討或提問，只是單純想傾訴。能被個性堅忍又理性的她選作發洩的出口，讓我喜不自勝。同時，剛才那句「連跟丈夫都不敢坦白」實在令人介意，我忍不住「哎」地打了岔。

「我覺得這些感受，妳完全可以跟妳先生說呀。」

『說得也是，謝謝妳。』

結珠毫不牴觸地接受了，我突然有點後悔，覺得自己說不定說了多餘的話。用不著這樣特地為敵人雪中送炭吧——藤野是我的敵人？總覺得不太一樣。我還記得藤野說「能不能請妳支持、陪伴著結珠」時臉上認真的表情。藤野成熟穩重，真誠無欺，發自內心珍惜著結珠。雖然是個教人看不順眼的傢伙，但我無法憎恨他、厭惡他。

「妳現在在哪裡講電話呀？」

我隨口這麼問。『外面。』結珠回答。

『正在沿著國道散步。本來想開車兜風，但我喝了點酒。這裡晚上這麼涼快，散步很舒服呢。』

「太危險了。」

我立刻制止她。

「妳馬上回去。」

『不用擔心。』

「別說了，快回去。」

『就說不用擔心了——雖然我身上沒帶防身警報器。』

「……瀨瀨告訴妳了？」

『嗯。她說是媽媽借給她的，她很小心保管。』

被她發現我珍而重之地留著那個警報器，我有點難為情，所以半打趣地說：「真抱歉啊，借來之後一直沒還妳。」

『那種東西根本沒有任何用處，沒辦法從任何危險中保護妳。妳明白的吧？』

「不是那樣的。我光是拿著它就感到高興，握著它會覺得安心。很有用處吧？像精神安定劑一樣。」

我滔滔不絕地迅速說完，突然又難為情了起來。「就是這麼回事。」我硬是換了個話題：

「總之妳快點回家。」

『什麼啊。』

雖然語氣有點莫名其妙，但結珠笑了，我於是鬆了一口氣。

掛斷電話，爬上二樓，一鑽進被窩，瀨瀨便立刻黏了過來。吵醒她了嗎？我這麼想著，但沒感覺到她睜開眼睛的跡象。是下意識的動作嗎？如果是這樣，那她真的很像個「小孩子」。瀨瀨具備「小孩子」該有的一切特質，滑嫩溫暖的肌膚，柔韌軟和的身體。

而我並不像個媽媽。回想起來，我剛生產完的時候就分泌不出母乳，護理師告訴我「妳要努力按摩才行」，我卻完全提不起勁照做——從那個時間點開始，我就已經不像個媽媽了。我的胸脯不痛也不脹，和生孩子之前毫無差別。

照看小嬰兒的工作，幾乎由水人一肩挑起。他盤腿坐著，把整晚哭個不停的瀨瀨抱在懷裡，迷迷糊糊地打著瞌睡。我躺在床鋪上看著這一幕，心裡湧現一股不可思議的心情。通過我的身體誕生到世上的女兒，以及身為她父親的男人就在眼前。明明不感到後悔，然而當我思索「事情為什麼會變成這樣」的時候，那種無可挽回的感覺卻令我震顫。彷彿窺探著居於水缸的游魚那樣，觸手可及的距離無比遙遠。

——媽媽懷孕了。

時至今日，我仍然記得她這麼告訴我的那一天。

「早安。」

「早安。」

聽見那聲音量勉強蓋過平底鍋炒蛋聲的招呼，我盯著鍋子回答。蛋炒成鬆軟滑嫩的半熟狀，與燙熟的蔬菜和香腸一起盛盤，正準備端上餐桌，小直便立刻走過來幫忙。

「謝謝。麵包馬上就烤好了。」

「嗯。」

光是這麼簡短的對話，我已經感到局促困窘，坐立難安地希望丈夫快點起床。自從弟弟突然住進家裡已經快過一週，我依然無法習慣。弟弟或許也是如此，分明在窺探我的臉色，每次快對上我的視線時卻總是迅速撇開眼。我都是個大人了，卻讓他這麼緊張，在感到抱歉的同時，「既然如此你為什麼還不請自來」的心情也相持不下，情緒因此起落不定。這一個禮拜一直都是這樣，老實說很令人疲憊。

弟弟背著塞得滿滿的大後背包和肩背包出現在門口那天，我問過他「怎麼了」，但他只是動著嘴唇支吾其詞，得不到明確的答案。我打電話給父親，發現他連小直不見了都不曉得。「原來是這樣。哎，他青春期嘛，總是有很多想法，妳就讓他住在妳家轉換一下心情吧。」他不負責任地逃避了問題，應該是對於拒絕上學、成天關在自己房間的小直束手無策吧。從父親的語調中聽得出他鬆了一口氣。

——比起這個，妳媽媽的身體狀況好像不太好。妳趁這個機會，帶小直一起去探望她吧。

什麼叫「趁這個機會」，回想起來仍然教我火冒三丈。

「早安。抱歉，賴了一下床。」

「不會啦，早安。」

聽見比平時晚了十分鐘下樓的丈夫的聲音，我搖搖頭甩開煩躁的心情，著手準備吐司和飲料。三個人一起在餐桌邊坐下，合掌說過「開動」之後，丈夫以比平時更加坦率的口吻向小直搭話。
「昨晚有點悶熱吧，你睡得還好嗎？」
「還好。」
「如果熱得睡不著可以開空調，不用客氣哦。」
「好的，謝謝。」
丈夫自己也絕不算是善於交際的人，卻看得出他拚命想消除我們姊弟之間的尷尬，讓我於心不忍。小直在丈夫面前會怯生生地露出笑臉，我見狀會感到高興，也覺得弟弟很可愛。我不曉得該如何面對的，或許並不是小直本身，而是我自己錯綜複雜的感情。儘管稱不上愛恨情仇那樣濃烈，但身為手足的親情、責任感與理性、排斥感與嫉妒，就連自我厭惡感都交纏其中，無法輕易化解。
「今天打算在自由學校做什麼？」
「學數學，還有到圖書室繼續讀那本讀到一半的書……應該會跟瀨瀨一起玩。」
「哦，是海坂小姐的女兒嗎？」
「瀨瀨不知怎地非常親近小直。」
我從旁補充。「那太好了。」丈夫聽了點點頭問：
「不過那孩子還那麼小，你和她一起玩一定有很多顧慮吧？」
「我們會玩鬼抓人，摘附近的花，或是看益智問答的書，一起想答案。」
至少在我看來，小直和瀨瀨互動時確實考慮到了他們之間的年齡差距。老實說他肯定覺得很無聊，態度再更差勁點也不奇怪，但小直儘管困惑，卻仍然接納了像小狗一樣跑來纏著他玩的瀨瀨，我對這樣的弟弟深感佩服。雖說我還是無法抹去那種難以忍受的感覺——我才剛下定決心去當志工，差不多習慣工作內容的時候小直就來了，簡直像是專程替這孩子整頓好了接納他的環境似的。

吃完早餐，小直說聲「我吃飽了」站起身來，作勢將盤子疊在一起，於是我反射性地制止他說「不行」。小直停下動作。

「不要疊盤子，疊起來的話，盤子底部也會髒掉。之前跟你說過了吧？」

「對不起。」

小直垂下頭去，兩手各端著一個盤子，輕輕放進流理臺。後悔的心情緩緩萌芽，另一方面我卻也不太高興地心想，我剛才的語氣並不嚴厲啊。即使是對丈夫，我在日常生活中也同樣會這麼提醒，又不是特別針對小直。丈夫打著圓場提議：「乾脆直接把洗碗工作交給他負責吧？」

「沒關係。小直，你趁現在做好去學校的準備吧。」

「嗯。」

我做事有自己細微的步驟，不想被外人攪亂步調，這份頑固或許是像到了母親吧。小直無論在家中哪一個角落都找不到安身之處的那種感覺，教我想起從前的自己。我不想像從前的母親那樣對待他，但只要跟小直待在一起，我彷彿就會變得和母親越來越相像，這教我害怕、想遠離小直，我對他的態度又因此更加生硬。

「我今天不用當志工，送小直過去一趟就回來哦。」
我邊洗碗邊告訴丈夫。
「我送他過去吧？」
「沒關係。」
駛向自由學校的車內，我和坐在後座的弟弟之間沒有對話。就連閒聊打發十分鐘的時間也辦不到，我深切體認到自己真是個不成熟的大人。我透過後照鏡偷看小直，他的身體被安全帶綁在座椅上，看起來顯得更加單薄，彷彿能輕而易舉地被壓扁。從這孩子身上，我感覺不到孩童所擁有的那種健壯頑強、靈活柔韌的能量，不光是體型纖瘦而已，而是渾身都散發著壓抑的氛圍，好像連小直的血肉和細胞都噤口不語似的。他之前就是這副模樣嗎？我們只在婚喪喜慶的場合見面，關係比起家人更像是遠房親戚。
我送小直到自由學校之後便回到家，做做家事、採買些東西，跟丈夫一起吃頓簡便的午餐時，果遠傳了LINE給我。
『妳有空的話，要不要來喝熱可可？』
畢竟我在電話上囉囉嗦嗦抱怨了一長串，她可能擔心我吧。
『我想去。可以去叨擾嗎？』
『當然可以。』
我問丈夫「我可以出門一下嗎？」收到了與果遠如出一轍的回答。
「當然可以。」

我忍住笑，說：「我回來時順道去接小直回家哦。」

「好。關於小直，也不見得要讓他天天上學，我覺得在家自學也不錯呀，我也能替他指導功課。」

我聽出丈夫是體貼我，擔心我在家、在自由學校都得跟小直待在一塊，累積的壓力會無從釋放。

「不行啦，你也有工作要忙。」

「這會是很好的調劑哦。小直是個個性文靜的孩子，而且說不定面對像我這樣的外人，他會願意說點什麼。」

「我去問問看他本人的意願。」

「嗯。最近我也找個時機，不著痕跡地提提看吧。」

「謝謝你。」

丈夫對小直很溫柔，當然對我也是。我從來沒見過這個人怒火中燒、大吼大叫的模樣。

「你心胸好寬大。」

「嗯？」

「老婆的弟弟突然住進家裡來，你也從來沒擺過一個臉色。」

「那不是因為我心胸寬大，而是多虧家裡夠寬敞吧。」

「咦？」

「我們各有各的房間，保有各自的隱私，所以不需要擺臉色。假如我跟妳一起住在只有六張榻榻米大的小房間，小直再住進來，那我也不可能從容以對。還有，以我們的經濟狀況，現階段照顧一個稱不上大胃王的國中生還算寬裕。精神和物質層面常常被相提並論，我想實際上『精神』受『物質』影響的情況確實不少吧。」

「你明明可以耀武揚威地說『還不快感謝我』的。」

「但我不這麼想，那為什麼非得這麼說不可呢？」

「你總是好溫柔。」

我說。

「無論在我們交往的時候，還是交往之前……凡事總是以我為優先，搬來這裡也是為我做的決定。為什麼對我這麼好？」

「為什麼……這是理所當然的呀。咦，我是不是該說點帥氣的臺詞才對？」

丈夫的視線不知所措地四處游移，我連忙否認說「不是的」。

「我不是想聽你說『我愛妳』之類的話才這麼問，只是突然感到不可思議而已。說不可思議好像也很奇怪哦，我一直都很感謝你。」

「怎麼突然說這個啊。」

「我突然這麼想嘛。」

我稍作準備，出了家門。今天我兩手空空，對於哪裡能順路買些適合送禮的甜點也沒有頭緒。要是在東京，這種店要多少就有多少，我心想。那家店的蛋糕、這家店的馬卡龍、那家店的可麗露……要是能和果遠一起去就好了。還要去紅茶滿滿一壺端上桌、能喝到心滿意足的咖啡廳，晚上就去葡萄酒選擇眾多的咖啡酒吧。

咦，我以前好像也有過這種念頭。

今天天氣很好，海面反射的陽光甚至照進車內，令我瞇細了眼睛，流溢的光將我拉回現實。光明還真是無情——我忽然這麼想。光是希望的象徵，然而一旦被它照亮就插翅難飛，無所遁形。它不容許謊言與虛飾存在，同時在我們腳下生出陰影。

「繁花」內已經飄著熱可可的甜香。

「午安。不好意思，我沒帶伴手禮。」

「我才是，連能招待妳的點心都沒有，只有乾香腸、柿種和魷魚絲。」

「感覺都跟熱可可不搭到令人絕望呢。」

果遠笑了。原來什麼也不需要啊，我心想。不需要甜點、不需要熱可可，也不需要裝潢怡人的咖啡廳。只要待在一起，除此之外什麼也不需要，然而這點對我們而言卻總是難以企及。我瞥了樓梯一眼，果遠便搶先一步說「今天水人不在哦」。

「水人的母親好像生病住院了，他去探病。」

與其說果遠不必去，她或許是去不得。光是回想起先前擦肩而過時，水人的兄長那種充滿敵意的態度就令人心情消沉。

「太好了，我本來擔心打擾到他休息。」

「不會啦，我平常也會在這個時間打掃、洗衣服，都沒在顧慮他的。水人說他今天從醫院回來的時候會順道去接瀨瀨，雖然表面上什麼也沒說，但我想應該是瀨瀨在家裡東一句小直、西一句小直的吵個沒完，他想看看小直長什麼樣吧。」

「咦，真的嗎，抱歉……」

「為什麼道歉？」

「好像讓你們擔心了。」

「我才要道歉呢，不好意思給你們小直添麻煩。」

果遠將一杯熱可可放上吧檯，略微板起臉說：

「明知道不可能跟人家平起平坐地玩耍，瀨瀨還這樣纏著他。我問過瀨瀨說，妳到底喜歡他哪裡呀？結果她說是『臉』。小孩子講話真的太直白了。」

「我覺得小直不算特別美型吧。」

「她指的可能是比外貌類型更根本的、本能的某種偏好吧。」

「哎，今天我希望妳能坐到這一邊來。」

「好。」

果遠在我隔壁坐下，在短暫的沉默之後喃喃說「小直一定是個思慮很周密的孩子」。

「瀨瀨說小直總是對她很友善，會認真傾聽瀨瀨說話。」

「是呀。我並不是隨時都跟在他們身邊，但就我所知，那孩子對瀨瀨的態度總是很和善。」

指尖沿著杯子的把手撫過，我起了個話頭，聊起在電話中說不出口的話題。

「妳記得亞沙子嗎？高一時和我們同班的女生。」

「近藤同學對吧？我記得呀，她和妳很要好吧。」

「嗯。不過現在她結了婚，已經不姓近藤了。不久前我和她在電話上聊了一下，本來只是輕鬆聊聊彼此的近況，不知不覺間話題就走偏了……她說我從來都不向她傾訴自己的煩惱。」

「嗯。」

「亞沙子好像從以前就對此感到焦急，但老實說，我根本沒想過這個問題。我跟她一直都很要好，卻完全沒想過要向她坦白我們現在聊的這類私事，只覺得『為什麼我非說不可？』。我切身感受到，自己真的只懂得經營表面上的人際關係，而小直就在這個時候過來，所以我心裡更混亂了。」

果遠泡的熱可可，今天也非常香濃美味。下午的酒店尚未自沉眠中甦醒，昏暗微涼的空間使我放鬆。

「外面天氣很好，海面閃閃發亮的。」

「嗯，終於能洗衣服了。」

「我從我母親口中聽說她懷了小直那天，也是個大晴天。」

每天早晨下到一樓，跟媽媽打招呼說「媽媽早安」，然後坐到餐桌邊，吃一如往常的早餐。和便當一樣，日復一日始終如一的菜色。吃完早餐之後整理服裝儀容，出門上學——那個平日，原本也該像平常一樣走完這套例行事項的。

——早安，結珠。

然而那天的媽媽，從開口第一句話開始就不同於以往。如果說她平常的聲調像是礦物，那天的聲音聽起來就像棉花糖，又軟又甜，一放進熱可可裡便會柔柔地化開。我第一次聽見她用那種聲音說話，一瞬間繃緊了神經。看見我神情緊繃、屏住氣息的反應，媽媽不曉得怎麼想，又露出了我從未見過的、影影綽綽的微笑，輕輕撫摸著腹部告訴我。

——媽媽懷孕了。

此刻的情境，或許與這項消息恰好相稱。梅雨季剛過，天空一碧如洗，乾淨整潔的廚房中洋溢著晨光。空氣中飄著咖啡與烤麵包的香味，餐桌上的早點隱約冒著熱氣，在陽光下看起來連那些輕煙都閃閃發亮。然而我依然呆立原地，緊抿著嘴唇說不出話。

——還不曉得性別，總之會是妳的弟弟或妹妹哦。

——恭喜。

我只能勉強擠出這一句話。連我自己都覺得這句恭喜虛偽又不帶感情，媽媽卻心滿意足地點點頭，說：「接下來說不定也會給結珠妳帶來麻煩。」

——還請妳多多擔待囉，姊姊。

這番話幾乎令我作嘔。不是因為青春期的潔癖心理，教我害怕的是早上一起床、發現整個世界乍然改變的那種不協調感。懷孕，肚子裡有了小孩——因為這樣，就只因為這樣，媽媽就願意這樣對我微笑、溫柔地對我說話嗎？而且態度還自然得堪稱厚顏無恥，好像她一直以來都這麼對待我一樣。

「……可惜妳沒有把桌上盤子之類的東西全都嘩地掃到地上去。」

果遠說。

「然後說『開什麼玩笑！』……抱歉，說歸說，我知道妳做不出這種事。」

我想像著果遠這麼發作的場面，真是大快人心。

「真的，當時要是能發脾氣就好了，那應該是我跟母親正面衝突的最後機會。可是當我說出『恭喜』的那一刻，我就已經輸了。在我接納那個搖身一變成了『體諒兒女的溫柔母親』的媽媽之後，確實也有了更多喘息的空間。」

她不再緊盯著我的一舉一動，隨著腹部和臉龐逐漸圓潤，媽媽似乎也變得越發寬容。如果說懷孕這個現象能如此徹底地改變她，那麼她懷著我的時候又如何呢？

「由於弟弟誕生，父母不再要求我非得進醫學系不可，上大學的時候他們也願意讓我搬出去一個人住。我一直覺得小直對我有恩，感覺就像是多虧了他，我才獲得了自由。」

與其說是恩情，或許該說是小直代替了我的位置，我因而得以獲釋的內疚感更加貼切。

「藤野小姐，妳的母親現在也沒有和小直住在一起吧？」

果遠納悶地說。

「她不覺得寂寞嗎？」

「我本來覺得小直是男孩子，這年紀不再依靠母親是很自然的事，而且母親或許也不想讓他看見自己日漸憔悴的模樣，所以沒想那麼多。不過，這麼一說……小直開始拒絕上學也是同一個時期發生的事，或許他對母親也有些意見吧。」

我所不知道的，媽媽與小直之間的某些內情。我雙手裹著那杯還剩一半的熱可可思考著，果遠的手指像在看不見的琴鍵上遊戲那樣輕巧地動了起來。

「有沒有可能是他跟父親關係不好？」

「我父親有段時間很努力地想讓他回學校上課，但現在應該已經放棄了。」

「未免放棄得太快了吧？」

「他個性就是這樣。雖然不是什麼壞人，但該說他凡事都沒什麼責任感嗎……肯定是嫌麻煩了吧。」

「我認為藤野小姐妳不需要把這些事全都往自己肩上扛。」

「我沒有要扛，只是旁觀而已。」

「是這樣嗎？」

果遠倏地停下指尖，「哎」地將整個身體轉向我。

「改天我可以帶小直出去嗎？」

「咦？」

「找個週六之類的，不用到自由學校上課的日子，瀨瀨也一起去。當然，我不會強迫他照顧瀨瀨的。」

「怎麼突然這麼說？」

「我也想跟那孩子聊聊。我答應妳，絕對不會跟他說不該說的話。」

「這我倒是不擔心……我去問問看他本人。」
「嗯，謝謝妳。」
「我才該說謝謝，多謝妳聽我說這些。」
「光是傾聽而已，也沒辦法解決什麼問題。」
「不過我說完覺得舒暢多了，也鬆了一口氣。」
亞沙子一定也希望我這麼想吧。我對她感到抱歉，但這些話我只想說給果遠一個人聽。果遠又是如何呢？關於水人先生、關於她的夫家，我仍然一知半解。
「那海坂小姐，妳沒有什麼想說的嗎？」
我下定決心這麼問。
「想找人傾訴的事情，之類的。」
「沒有耶。」
她間不容髮地回答，幾乎明示了這句話是騙人的。
「我這個人比較薄情，基本上不在乎別人，所以也無從累積什麼怨言。」
啊，亞沙子被我岔開話題時原來是這種心情嗎？寂寞又教人生氣。以前果遠明明什麼事都願意告訴我的。我想反駁她「沒那回事吧」，卻沒有勇氣繼續追問，只好說「如果真是這樣就好了」，暗示她我並沒有相信這套說詞。我怕胡亂探問會遭到她拒絕，竭盡全力也只能做到這樣。
我離開酒店，前往自由學校。或許是時間還有點早的關係，在玄關沒看見小直的身影。我到主屋確認了一下也沒找到他，於是朝倉庫走去，聽見一陣磕磕絆絆的鋼琴聲。這水準稱不上演奏，感覺只是勉強追逐著五線譜上的小蝌蚪罷了，但那稚拙的旋律確實是帕海貝爾的卡農。

我打開門。鋼琴前面坐著小直和瀨瀨，小直一注意到我，那陣斷斷續續的琴聲也戛然而止。

「結珠老師！」

瀨瀨天真無邪地衝著我笑：「妳看小直很厲害吧，他還會彈鋼琴。」

「原來啊，我之前都不知道。」

「我不會彈。」

小直慌忙搖頭。

「瀨瀨請他彈之前結珠老師彈過的那一首歌，瀨瀨只是哼一哼，他就會彈了。」

「因為那是很有名的曲子，我在音樂鑑賞會上聽過，憑印象隨便敲著琴鍵而已。」

「小直說這首歌是帕海貝爾的卡農！跟我媽名字的發音一樣，結珠老師妳知道嗎？」

「嗯。」

我的笑容可能有點僵硬。這感覺就像珍視的回憶當中混入了名為小直的異物一樣令我反感，對於普遍到會在廣告中反覆播放的歌曲抱持這種感情，真像個傻瓜一樣。這孩子沒做錯任何事——我這麼告訴自己，催促他們倆「回家時間到囉」。果遠打算帶小直到哪裡去呢？

汽車收音機裡播報著即將進入梅雨季的新聞。岡林先生說過「聽說今年的梅雨季特別漫長」，光想就令人煩悶，但梅雨季過後、來到太陽耀武揚威的夏季，整座鎮上被觀光客擠得鬧哄哄的更讓我討厭。我並不厭惡夏天本身，但第一次來店的陌生客人在店裡鬧得太歡，跑來找我搭訕、說「咦——這裡居然沒有卡拉ＯＫ？」實在有夠煩人（卡拉ＯＫ設備在奶奶死掉之後就被我處理掉了）。跟我拍張合照嘛、我想放上社群網站之類的要求更是莫名其妙。在出遊旺季結束之後，我會找個半夜，一個人到海邊喝一瓶啤酒，是我在夏季末尾一點小小的樂趣。

——那不是在惋惜即將結束的夏天嗎？

昨晚我在電話裡告訴結珠時，她這麼問。

——不是耶，或許可以說是慶功宴吧？像說聲「辛苦了」的感覺，對大海說，也對我自己說。

——妳跟那麼龐大的對象一起慶功呀，感覺很開心。

那今年我們一起慶功吧——我沒能這樣邀請她，結珠也沒再多說什麼。我由此明白我們都在擔心，擔心立下這種未來幾個月後的約定，萬一無法實現反而教人難受。

——明天我十點左右過去可以嗎？

——嗯。不過妳真的確定嗎？

——嗯，我很期待。小直會不會其實不太情願？

——我想應該不至於，但他確實有點困惑。我問他有沒有什麼想去的地方，他的回答是燈塔和地質公園中心。

——好老成哦。那先這樣囉，晚安。

——晚安。

「哎哎，媽——我們午餐在哪裡吃？」

瀨瀨在後座啪噠啪噠晃著腳這麼問，可能已經按捺不住興奮了。

「還沒決定，隨便找個地方吃吧。」

「小直說他喜歡吃拉麵和炸雞塊。」

倒是很像國中男生愛吃的東西。

「那感覺找間中華料理店之類的就可以了。」

「咦——我想去更漂亮的餐廳！吃西式料理！」

「瀨瀨妳明明也很愛吃炒飯。」

來到結珠家門前，結珠和小直已經站在玄關前方了。當他們倆並肩站著，也說不出是哪裡相像，但確實有著姊弟的氛圍，他們周身的氣息帶有相似的顏色。兩人實際相處的時間明明那麼短暫，血緣關係還真不可思議。

「早安，今天要麻煩妳了。」

結珠欠身行禮，小直也跟著照做，兩人鞠躬的角度和直起身的時間點就像經過計算一樣完美同步。小直手上提著一個托特包型的保冷袋，聽見結珠說「我姑且幫你們做了點便當」，瀨瀨高聲歡呼。讓小直上車之後，我先主動開了口：

「抱歉呀，在假日找你出門。我想跟平常特別照顧瀨瀨的小朋友說說話。」

一半是單純感興趣，另一半則是覺得帶小直出門，或許能讓結珠稍微喘口氣。小直小聲答了聲「是」。

地質公園中心就在附近，我們還來不及交談就抵達了目的地。工作人員大叔替大家介紹板塊碰撞、火山活動，小直聽得專注，瀨瀨光看電腦動畫就夠開心了，而我老實說有點無聊，一進到播放影片的小房間裡就立刻打起了瞌睡。

「媽——妳剛剛睡著了吧。」

「嗯。」

「火山爆發、大象咚咚咚地逃跑那段很精采哦。」

「是哦、是哦，太好了。」

我邊打呵欠邊回應，瀨瀨生氣地說「妳根本沒有好好在聽」。小直不知為何說了聲「抱歉」。

「嗯？為什麼道歉？」

「讓您來了不感興趣的地方。」

「嗯，我不太感興趣，所以自己隨意度過，這樣不是很好嗎？而且是小直你配合我們一起過來的。」

他都是國中生了，自己一個人也能到附近的設施參觀。「不用顧慮我哦。」我這麼告訴他，但還是沒能紓解小直緊張的情緒。

瀨瀨在化石挖掘體驗沙坑玩得正盡興的時候，我在一旁望著她的背影，忽然聽見有人說「偷懶逃學」的聲音。回過頭，有兩個小女生正看著瀨瀨，嘰嘰喳喳交頭接耳地說著些什麼。我立刻走近，問她們「有事嗎」。

「我家小孩怎麼了嗎？」

女孩們尷尬地面面相覷，搖搖頭說「沒有，不認識」，但當我語帶責備地說「妳們說謊」，兩人便默不作聲地垂下頭。

「她沒有偷懶，也沒有逃學。即使真的偷懶也無所謂吧，跟妳們又沒有關係，妳們少管閒事。」

我把想說的話說完，沒再理會她們便直接轉過身，卻赫然對上小直的眼睛。小直像一受驚嚇就會陷入假死狀態的小動物那樣僵在原地，我心想糟糕。

「該不會被你看見了？」

「啊、是的……」

小直帶著典型的「看見不該看的東西」的表情點頭，我覺得有點好笑。

「不小心沒忍住。別告訴瀨瀨哦。」

「好的。」

要是結珠看見了，肯定會勸誡我說，這麼做反而會害得瀨瀨更難回到學校上課吧。我認為不必回學校去也無所謂，所以總會像剛才那樣輕率地把事情搞砸。幸好瀨瀨完全一無所察，等到她歡呼著說「我挖到菊石！」的時候，那兩個女孩已經不見蹤影。

「燈塔在這附近的海岬，還有對面的島上都有，你想去哪一座？兩座都去看看嗎？」以小直的個性，我以為他會顧慮我們而回答「近的那一座」，沒想到他明確地說「我想去島上那座燈塔」。那是我和結珠有過一場小野餐的地方。

「有什麼原因嗎？」

「我在網路上讀到那是日本最古老的一座石造燈塔，所以很想去看看。」

這孩子的興趣果然很老成。我這麼想著，往前方駛去。來到即將上島的那座轉圈圈大橋的地方，瀨瀨興奮地告訴小直：「這裡很好玩哦！」

「你很喜歡燈塔嗎？」

「也不能這麼說。只是偶然在自由學校的圖書室讀到一本叫做《燈塔的光為何能傳到遠方》的書，內容很有意思。」

「是哦。上面都寫了些什麼？」

「這個嘛……一位名叫菲涅耳的法國人發明了一種透鏡，從此以後燈塔的亮度大幅提升，全世界的航海也變得更加安全的歷史故事。」

「啊，對哦，這並不是點一顆大燈泡就能解決的問題。」

「可是，土耳其的船還是沉了啊？」

對於瀨瀨的疑問，小直向她解釋是「當時海象惡劣，所以船隻沒能避開礁石」。

「不過我在網路上讀到，倖存下來的人看見燈塔的光，都朝著亮光的方向拚命游了過去。」

在狂風暴雨中照亮大海的光束有多麼振奮人心，我也能想像得到。游到那裡或許就能獲救，那裡有人煙，那是人類生命的光芒。

和結珠一起造訪這座燈塔那天萬里無雲，但今天的天空陰灰一片，渾濁的雲層像綿延的群山一樣起起伏伏，無窮無盡。海浪在灰暗的大海上奔行，呈現鮮明的白色紋樣。燈塔只開放瞭望臺，無法進入內部參觀，我們於是在瞭望臺上逛了逛，看著底下的岩礁和陸地，一下子就繞完了一圈。從小直的側臉看去，他鼻子的輪廓與結珠有點相像，還沒長出喉結。這種介於孩童與成年男性之間的、不可思議的存在感，我或許還滿喜歡的，不過他想必會在轉眼之間長大成人吧。結珠沒有過類似的感慨嗎？以瀨瀨的身高根本不可能越過瞭望臺的欄杆，小直卻仍然牢牢牽著瀨瀨的手。

然後我們回到街上，到休息站附近的海水浴場吃午餐。今天無風，不必擔心風沙全飛進便當裡面。我們在通往沙灘的平緩階梯上肩並肩坐下，打開結珠給我們的便當盒，飯糰和配菜分裝在不同容器裡，每盒都塞得滿滿的。

「好棒——看起來好好吃！結珠老師會做便當還會烤餅乾，真的好厲害。」

用袋子裡附的溼紙巾擦著手時，瀨瀨的視線已經牢牢黏在便當上了。

「還有炸雞塊哦。太好了呢，你愛吃這個吧？」

小直有點難為情地笑著說「對」。自海岸向外延伸的奇岩景觀我明明已經看膩了，但或許是因為在地質公園中心聽了這些岩石形成的經過，今天覺得它們特別難得。吃完便當，我們坐著喝茶的時候，從沙灘傳來一聲呼喊「瀨瀨——」的聲音，親子遊客之中的一個女孩子正看著這裡。

「是禮奈！」

瀨瀨唰地站起身來，向她揮手。

「妳朋友？」

「是禮奈呀，瀨瀨跟妳說過好幾次了。」

「有嗎？」

無論如何，幸好這一次遇見的是不會在背地裡說人壞話的孩子。

「真是的！瀨瀨可以去跟她玩嗎？」

「可以，但不能離開這裡半徑十公尺的範圍。還有，不能到有海浪的地方。」

範圍也太小了吧——瀨瀨邊抱怨邊跑去和禮奈一起蹲下，開始挖著沙子玩了起來。

我對被留下的小直說了聲「對不起呀」。

「她還小，碰到比較少遇見的朋友，馬上就跑到那一邊去了。她很久沒遇到國小的朋友了，所以很高興吧。」

「啊，不會。」

「對了，你喜歡到海裡游泳嗎？如果想嘗試潛水，我可以介紹潛水用品店的老闆給你認識哦。」

「啊……沒關係，我不太擅長游泳。」

「這樣啊。」

我看到有人在玩海上獨木舟，忽然想到才這麼問，不過這方面的話題沒聊幾句就結束了。身在服務業卻不會閒聊的我早早放棄，伸長了雙腿，默默望著在腳尖另一側鋪展開來的大海。彩度降低的風景和放晴的日子簡直是不同世界，令我想起高中圖書室的黑白照片。那是古斯塔夫．勒．格雷的作品。明明連女兒朋友的名字都記不住，我卻還記得攝影師的名字。那張相片裡是拼貼而成的天空與大海，而此刻在我眼前貨真價實的壯麗風景，卻不如相片那樣吸引我。

「那個……」

小直第一次主動向我攀談。

「嗯？」

「您從以前就認識我姊姊嗎？」

我不曉得這孩子知道多少，於是反問：「為什麼這麼問？」

「先前我和瀨瀨在學校彈著鋼琴玩的時候，姊姊正好來了。當時我們彈的是一首叫『卡農』的曲子，當瀨瀨一說『跟我媽名字的發音一樣』，我姊姊散發出來的氛圍就稍微變了。還有，她今天送我們離開的時候聲音也特別溫柔……啊，這不是說她平常很兇的意思。」

這是個敏銳又聰慧的孩子，我想。即使裝傻感覺也會被他識破，我於是回答「算是短暫相處過」。

「我們高中的時候同班，不過我沒多久就轉學了。期間很短，我自己在東京也沒什麼美好的回憶，所以能請你不要告訴別人嗎？」

「好的。」

「你對你姊姊的觀察很仔細呢。」

原以為小直會否認，但他卻將視線垂落到環抱的雙膝上，喃喃說出「因為我不太瞭解她」。

「我幾乎沒跟她說過話……偶爾見面的時候她都對我很和善，但我想她應該不怎麼喜歡我，所以我也很小心盡量不要打擾到她。」

這孩子臉皮不厚，也不是粗枝大葉的人，無論是來到關係淡薄的結珠身邊、抑或是和她一起生活，肯定都是一連串提心吊膽的經歷。即便如此，他仍然夾帶著某種迫切的求救信號來到了這裡。如果他至少長大成人了，那說不定也有更多避難處能夠選擇吧，我對小直感到同情。對於姊弟關係我無從置喙，於是問了個比較輕鬆的問題：「你都怎麼稱呼你姊姊？」沒想到小直一聽就皺起了眉頭。

「小時候我都叫她『姊姊』，但現在覺得這麼叫好像不太對。我也不曉得該怎麼稱呼她才好，所以叫她的時候都用『那個……』開口。」

「長大就不能叫『姊姊』了？」

「感覺有點丟臉。不過『大姊』太裝熟，叫『姊』又太老成了。」
「會嗎？我倒是覺得用你喜歡的方式稱呼她就可以了。」
「嗯……」
不知該如何稱呼——這種困惑，正代表了小直對結珠抱有的情感吧。
「乾脆叫『姊姊大人』之類的呢？」
聽我這麼提議，小直露出了走投無路的表情。
「她不會生氣嗎……」
「我覺得她不會為這種事生氣的，而且萬一真的惹她生氣，你把責任推到我頭上就行了。」
「姊姊大人……」小直輕聲呢喃，偏了偏頭，可能還是覺得這稱呼太奇怪了。
「我生平第一次說出這個詞。」
「嗯，我也是。」
可惜我的提議看來不可能獲得採用了，不過小直露出了笑容就好。
「不如問問你姊姊該如何稱呼她吧？」
「她會願意回答我嗎？」
「這我不知道。你姊姊肯定有答不上來的問題，也有不想回答的問題。但即使如此，我想那也不是因為她討厭你。要是真的那麼討厭你，她早就把你趕回去了，對吧？」
「原來如此……」

他似乎在某種程度上接受了我的說法。小直穿著藍色運動鞋的腳比我大上許多，明明有著這麼穩固的基石，他卻是如此搖搖欲墜，我心想。

「那個，關於瀨瀨……」

「嗯。」

「您不會希望她回小學上課嗎？」

「嗯，不會。」

或許是我回答得太輕描淡寫，小直再一次瞪大了眼睛。

「我也不特別希望她不要回去，但那孩子只要按自己的喜好去做就可以了。我以前也很討厭上學，所以實在沒辦法充滿自信地跟她推薦。」

我知道瀨瀨拒絕上學的契機是因為我的工作。再更進一步說，帶頭嘲笑她的那位小朋友的父親曾經在我們店裡喝醉了發酒瘋，握住了我的手，在水人介入制止之前我就已經把整個冰桶裡的冰倒在了他頭上。自從宣告禁止他來店之後我再也沒見過他，但肯定是他懷恨在心，四處造謠。

因此，也可以說讓瀨瀨無法上學的罪魁禍首是我。但我並不會因此感到對瀨瀨有所虧欠，也不覺得自己丟臉，更不會要求瀨瀨跟同學對質或和解。那些說「逃跑不能解決問題」的人太缺乏想像力了，逃跑明明就是一種正當的解決方法。

「瀨瀨並不是我，也不是我的所有物。自從誕生的瞬間開始，我們的道路就各不相同，雖然現在看起來近得像同一條寬敞的路，但確實正在分道揚鑣哦。我們之間的距離會越來越遠，總有一天遠得不會再牽手。在那天到來之前，我也想盡可能替瀨瀨清除路上的障礙物和坑洞，但我沒辦法替她清除得一乾二淨，也不可能替她決定該往哪走，或替她開拓前路。」

所以，你也可以自由地活著——這種事輪不到我開口，因此我懷著這個想法對他說了這番話。小直睜圓了眼睛，動也不動地愣在原地。

滴答，我感覺到有水滴上手背，瀨瀨幾乎在同一時間喊了聲「媽——！」。

「下雨了！」

「那我們該回去囉。」

送小直回到結珠家的時候，已經有好幾道雨水匯成小河，從車窗上流下。「要不要進來喝個茶？」結珠這麼邀請我們，但瀨瀨衣服上沾滿了沙，因此我還是婉拒了邀約，在玄關門口與她道別。

回到家，水人坐在一片黑暗的吧檯邊，像石頭一樣動也不動地低垂著頭。

「爸爸我們回來了！你為什麼不開燈？」

聽見瀨瀨的聲音，他「啊」地抬起臉，露出奇怪而僵硬的笑容說：「回來啦。」

「水人，怎麼了？」

當我這麼問，他硬是揚起的嘴角轉眼間垂落下來，瞳孔裡的光消失不見。水人看起來像被自己投在吧檯上的影子困在原地，即將就這麼一點一滴沉入陰鬱的夜色裡去。

小直將便當盒和裝著保溫瓶的保冷袋交給我，用比平常更響亮的聲音說了「謝謝」。

「炸雞塊非常好吃。」

我有點措手不及地回答「這樣啊」。

「還有煎蛋捲、馬鈴薯沙拉、培根番茄捲、飯糰，也都很好吃……」

「你喜歡真是太好了。也合瀨瀨的胃口嗎？」

「嗯。」

到自由學校上課的日子我每天都替他做便當，弟弟也從來不會忘記說「謝謝」，但他這樣說還是第一次。而且還主動告訴我：「我們去了地質公園中心，還有另一座島上的燈塔。」感覺得出他下定了決心努力改變，連我都緊張起來了，不過這種感覺並不差。

「這樣啊，好玩嗎？」

「嗯，好玩。能教我怎麼洗便當盒嗎？」

這種積極的態度是怎麼回事？丈夫在各方面積極關照他，也沒見他表現出願意敞開心胸的樣子，居然過了短短半天就有了這麼大的變化。果遠對他說了什麼嗎？但我不認為她會提出什麼干涉私人領域的建議。

「這個下次再教你好嗎？先去沖個澡換件衣服吧。」

「好。」

無論如何，能看見情況改善的預兆都是好事——我這麼說服自己，傳了LINE給果遠。

『妳順利到家了嗎？今天真的很謝謝妳，也請代我向瀨瀨問好。可能是跟著妳逛了許多地方，情緒比較亢奮的關係，我弟弟比平常更有精神。其實我先生出差，直到明天才會回來。只有我們兩人在家的夜晚不曉得會是什麼樣子，膽小的我有點忐忑不安。』

我把餐具洗乾淨，窩回房間裡。看書期間，我不時檢查手機，但傳給果遠的訊息一直沒顯示已讀，我有點失望。我本來也想聽果遠聊聊他們今天出門的情形，還有她和我弟弟說了哪些話。

——老師，妳們家啊……

從前學生的說話聲在腦海中復甦。

——聽說妳弟弟是繭居族，真的假的啊？這也太糟糕了吧？我在辦公室聽到老師們說的。

有一次，我曾經跟前輩教師坦白過小直的情況。由於她的班級也有無法到校上學的孩子，看她為此相當苦惱的樣子，我於是告訴她「其實我弟弟也不願意上學，總之，小朋友想必也有他們自己的苦衷吧」。或許是我不該為了緩解她的心情，刻意裝出輕鬆的語調這麼說。但即使如此，把這件事告訴其他同事，甚至在小朋友在場時提及這個話題，未免也太輕率了。

可是當時，在斥責眼前的學童、對前輩感到憤怒之前，我心裡第一個念頭竟是「小直害我在人前丟臉了」。這麼想的我確實很病態，弟弟像一面鏡子，映照出我醜陋的一面，教我害怕。

我一直在床上窩到傍晚，LINE一直都是未讀，我於是放棄等待爬了起來，著手準備晚飯。外面下著雨，我懶得外出採買，於是用冰箱裡現有的食材做了印度肉末咖哩和豆子沙拉。在餐點完成的時候，小直也下樓來了，我們第一次在只有我們兩人的餐桌邊坐下。

「好好吃。」

「太好了。會不會太辣？」

「剛剛好。」

「還要再添的話，想吃多少可以自己隨意舀哦。」

「嗯。」

這一頓晚餐我們話不多，湯匙的碰撞聲顯得特別響亮，還有屋外的雨聲也是。才剛邁入梅雨季，雨也不必下得這麼慷慨吧。小直吃完一整盤咖哩，喝光了杯子裡的水，起了個話頭：「那個……」我沒來由地稍稍挺起背脊，坐直了身子。

「怎麼了？」

「我不知道該怎麼稱呼妳比較好。」

「咦……稱呼我嗎？」

「嗯。」

我這才終於注意到，不知從什麼時候開始，小直已經不再叫我「姊姊」了。他要跟我說話的時候只會用「那個」開頭，或是投來欲言又止的視線。

「不能叫『姊姊』嗎？」

「嗯，總覺得現在叫姊姊好像太幼稚了。」

男孩子到了一定年紀之後，還叫「姊姊」就太丟臉了——這樣的自我意識居然在這孩子的內心萌芽，我有些驚訝。

「所以，瀨瀨的母親就建議我，不如直接問妳該怎麼稱呼才好。」

「我從來沒想過這個問題……原來你們聊了這種話題呀？」

「也聊了其他的。」

「我覺得跟以前一樣叫『姊姊』很好呀。嫌幼稚可能是男生才有的感覺吧，我不會這麼覺得。」

「我知道了。」

小直再一次將手伸向杯子，察覺裡面已經空空如也，於是縮回手。我拿起裝水的冷水壺轉向他，他也只是搖了搖頭。

「姊姊，如果……」

他皺著一副蛀牙發疼似的臉說：

「如果我說，我不是爸爸的小孩，妳會怎麼樣？」

這天外飛來一筆的問題，讓我不禁傻在原地。怎麼了？不久前我們不是還閒聊著瑣碎無奇的話題嗎？

你在說什麼？我正想這麼回應，公寓社區那個男人的身影卻掠過腦海，我下意識短短地「啊」了一聲。懷孕之後，媽媽整個人都不一樣了。偶爾，懷疑媽媽和那男人外遇的念頭也曾經閃過我腦海，但即使媽媽真的出軌了，那也與我無關，因此我早已把這想法趕出了腦袋。該不會真是如此？她不再到那座公寓社區跟那男人見面之後，也仍然和對方持續交往，甚至懷上了孩子？撲通、撲通，緊張的心跳聲彷彿不是從我的身體內部，而是從外側壓迫而來。它們加快了速度蜂擁而至，怦咚怦咚叩擊著我的胸口。弟弟的眼神，看起來就像在責備我長久以來一直裝作不知情。

我將一直拿在手上的冷水壺輕輕放回餐桌。

「姊姊，妳該不會早就知道這件事了？」

我無法否認。反過來說，這孩子知道多少了？是從誰口中聽說，還是有過什麼引起他疑心的契機？如果丈夫也在場就好了……不，小直肯定是等待著與我兩人獨處的機會才選擇開口。我該說什麼，小直希望聽見我說什麼？我只是凝視著冷水壺表面上浮現的水滴，這時對講機響了。怎麼又在這個時候？

「等我一下。」我站起身，檢查玄關的監視螢幕。低解析度的粗糙畫面上，映著果遠和瀨瀨的身影。

我按下通話鈕「喂」了一聲，果遠首先說了「對不起」。她低垂著頭，我看不清她臉上的神情。

『突然上門找妳……我打了電話，但沒有打通，只好直接過來了。』

「對不起，剛才手機不在手邊。我馬上開門。」

我打開玄關大門，外面大雨正以水龍頭全開的氣勢滂沱而下，夜色在雨中都顯得發白。果遠的身姿從那片背景中浮現，搭配她一身黑的服裝，看上去像是幽靈。在她身邊的瀨瀨不安地抬頭看著我。

「怎麼了？」

我有事想拜託妳——果遠這麼說著，眼神有些渙散。「總之先進來吧。」我說道，招呼她們倆進到玄關。雨水自果遠的塑膠傘上滴滴答答落下來，在磁磚上形成淺淺的小水窪。

「妳們沒淋溼吧？需不需要毛巾？」

「沒關係。這麼突然真的很對不起，但我想拜託妳讓瀨瀨在這裡住一晚，還想跟妳借套喪服。我讓瀨瀨吃過飯，也洗好澡了。」

我驚訝得目瞪口呆，一時答不上話。仔細一看，瀨瀨穿著睡衣，外面披了一件針織外套。

「我知道這樣很麻煩妳，但我實在沒有任何人可以依靠。拜託妳了。」

果遠深深一鞠躬，瀨瀨則像在袒護母親似的緊緊抓著她。

「別這樣，不要這麼說。總之快到這邊來。」

我在一團混亂中將兩人迎進屋內，對著站起身觀望情況的小直說「拜託你照顧一下瀨瀨」。

「電視可以儘管看沒關係。瀨瀨，我要跟妳媽媽說些話，妳可以跟小直一起等一下嗎？」

「嗯。」

瀨瀨乖巧地點頭，這一次牢牢攀住了小直的手臂。想必她已經以小孩子自己的方式，明白發生了某些不尋常的事情，也明白自己不能打擾到大人。我沒有收拾餐桌，直接帶著果遠進到二樓的臥房，讓她在梳妝臺前的椅子上坐下。

「發生什麼事了？妳冷靜下來，好好告訴我。」

果遠沒看我的臉，機械式地回答：

「水人的母親過世了，我想去參加守靈。」

「水人先生呢？」

「他已經回老家了。他叫我不用過去沒關係，但我還是……只是我沒有喪服，所以……」

全套喪服我搬家時都帶過來了，借給果遠也沒有任何問題。但果遠這副想不開的模樣和下午判若兩人，我不得不從旁插嘴。

「妳不是說妳和水人先生的家人關係不好嗎？」

「嗯。」

「或許婚喪喜慶另當別論，但水人先生叫妳不必過去，肯定有他的原因吧？而且又是在下著這種大雨的夜晚……地點在哪裡？」

「從這裡開車，車程大概一個小時。」

「太危險了。」

假如果遠發自內心想去，那我不會阻止她。但她那雙總是蘊藏著強烈意志的眼瞳，此刻卻懼怕著什麼似的顫動不已，我實在擔心，無法欣然送她啟程。說到底，即使未盡禮數、被丈夫的家族嫌棄，以果遠的性格也不會為此惴惴不安才對。

「妳不需要過去。」

我語氣強烈地說。不該插手別人的家務事——這種常識在這節骨眼上都無關緊要了。

「先前遇到水人先生他哥哥的時候，他不是還用那麼兇狠的眼神瞪我們嗎？妳沒有必要特地上門去自討苦吃。」

然而果遠卻握緊了放在腿上的雙手，堅持己見地說「我必須去」。

「為什麼？」

「我現在就走。」

「等一下，妳的服裝要怎麼辦？」

「反正都是黑衣服，無所謂吧。」

「這也太亂來了。」

眼見果遠站起身，我不禁用力抓住她手腕，卻發現她手上流著血。

「等等，妳怎麼受傷了？讓我看看。」

我不容分說地撬開她緊握成拳的手指。果遠或許是沒料到我會突然動用蠻力，沒做出太大的反抗。

「……妳拿著這東西做什麼。」

孤零零躺在她手掌心的，是個小小的徽章。多半是使勁握著的過程中，針尖從卡榫裡鬆脫，刺傷了她的皮膚。那是許久以前，我被果遠偷走的那枚校徽。

「又把這種東西留著，還帶在身上，妳太無聊了。」

「才不無聊。」

防身警報器也好、校徽也罷，全都是些我自己毫無留戀、不值一文的小東西。這女孩真是個笨蛋。我臉上的表情逐漸險峻，果遠露出軟弱到極點的神情說：「妳不要生氣。」

「我生氣了。」

我緊緊抱住果遠，說：「妳不要走。」或許是下意識與丈夫比較的關係，總覺得果遠這副體型與我相近的身軀抱在懷裡是如此不堪一擊。

「就這樣在我們家過一晚不好嗎？瀨瀨肯定也會很開心的。」

在我懷裡，果遠忽地鬆懈下來。她終於肯聽我的話了嗎？我放下心來，然而她說出口的卻是——

「不行的。」

她將額頭抵在我肩上，細聲呢喃。

那是無比晴朗的一天。蟬鳴聲，以及身旁電風扇運轉的嗡鳴聲格外清晰地刻在我腦海。亂七八糟的房間，以及奶奶伸直在榻榻米上的雙腿。水人跪在她身前，屬於夏季的陽光照進窗框，將他身上那件藍色連帽外套映照得耀眼奪目，明明在這種時候，我卻覺得好美。

我並不討厭奶奶。雖然她和我媽處得不好，說話不怎麼好聽，老是說我是「連父親是誰都不曉得的小孩」，但我已經很習慣把謾罵當作耳邊風。

可是自從高二那年冬天，我媽媽跑掉之後，奶奶慢慢變得不一樣了。至於那是因為遭到親生女兒背叛的打擊太大，還是老化或某種疾病的關係，我並不清楚。起初，她越來越常用母親的名字叫我。剛開始我還漫不經心地想，雖然她們倆的關係那麼惡劣，但可能奶奶還是會寂寞吧。後來，奶奶開始健忘，不記得自己把錢包和家裡的鑰匙收在哪裡，過沒多久，她開始將遺失的東西全都怪罪到我頭上。

在奶奶心目中，女兒和孫女的區別逐漸模糊，兩個都是「賣淫的小偷」、「丟人現眼的飯桶」。奶奶，原來妳之前罵得那麼難聽，已經是手下留情了啊——我在占據著耳朵無休無止的怒吼聲中這麼想，「失控」這個詞用來形容奶奶無比貼切。

不可思議的是，酒店營業期間，她總能正確認知到我，不會忘記關瓦斯爐，記得清客人的長相和名字，也能正常對話，不看歌詞也能在卡拉ＯＫ演唱她的拿手歌曲〈LOVE IS OVER〉。可是酒店一關門，上到二樓，她的記憶馬上變得混濁不清，用媽媽的名字罵我，有時邊哭邊厲聲斥責我偷拿錢、跟客人眉來眼去。也不曉得哪裡來的精力，她總是一路罵到天亮，在我去學校上學的期間補眠，傍晚一起床又展開滔滔不絕的妄想和辱罵。我想裝作沒聽見也有個限度，當我塞住耳朵、硬是強迫自己睡覺，她會拉開棉被，狠狠掐捏我的側腹或上臂。這時候的奶奶有著根本不像老人的腕力，一下子就把我掐得渾身都是瘀青。

我無法忍受長期睡眠不足的疲勞，在高三放暑假前從高中退學。那時我沒有任何能商量的對象。假如我把這件事告訴別人，會有人替我勸誡奶奶不要這麼做嗎？會替我把奶奶送進醫院或照護機構嗎？還是會把我送進孤兒院？我不認為上述任何一項會是比現在更美好的未來，全都只是維持現狀，或導致事態更加惡化而已，所以我什麼也沒說。說到底，奶奶在外面是位「說話直接、好脾氣又苦命的媽媽桑」，就算我指控她只有在我們倆獨處的時候才會化身厲鬼，根本也不會有人相信。我趁著奶奶睡著的空檔，趴在吧檯上勉強補眠。我不敢在她身邊睡覺，真心害怕自己會在睡夢中被她刺殺。

在酒店工作的時候我也疲倦又想睡，早已沒力氣接客，只是站在那裡發呆。當那些不知內情的酒客看見了，稱讚我「充滿神秘感，好有魅力」，奶奶的心情就會越發惡劣。明明每一次梳頭的時候都梳下好多頭髮，指甲和皮膚都已經乾巴巴了，奶奶卻彷彿吸取了孫女的年輕活力那樣，精力充沛地責罰我。我得逃出這裡，再不離開總有一天會被殺死——儘管這麼想，我卻再也沒有殘存的力氣付諸行動。

有一次，我在店裡碰巧和水人獨處。奶奶送常客離開，在店門外聊開了，和水人一起來店的前輩喝了太多酒，正把自己關在廁所。

——妳是高中生吧？

隔著吧檯，水人向我搭話。這是他第一次主動跟我攀談。我滿腦子想著希望客人不要把廁所弄得太髒，不然打掃起來很辛苦，所以只是冷淡回了句「我退學了」。

——但妳還是該念高中的年紀吧？

——所以呢？你之前都不知道？

許多男人會眉飛色舞、厚顏無恥地說這裡是「能見到現役女高中生」的酒店，所以能拋棄「高中生」這個頭銜我甚至感到痛快，水人卻露出了有些悲傷的神情，支支吾吾地說「沒有……」。他是消防員吧？不是警察吧？我不安起來，忍不住補充：「我已經十八歲了，而且沒有喝酒。」要是他跑去勸導奶奶不該讓未成年人工作到這麼晚之類的，事情絕對會變得很麻煩。多管閒事的善人比醉鬼更棘手。

水人從Polo衫的胸前口袋抽出原子筆，在玻璃杯的杯墊背面寫了些什麼，遞來給我。

——要是有什麼事需要幫忙，打電話給我。

店門外是奶奶他們粗野的笑聲，廁所裡則是水人前輩的嘔吐聲。在這情境推波助瀾之下，我對這個人的觀感一口氣降到冰點。原以為他和其他男人不一樣，結果這傢伙也一樣是為了搭訕而來。假裝伸出援手，實則是為了把女人吃乾抹淨，卑鄙下流的男人。

可是，他那雙平時總是躲躲閃閃的眼睛卻筆直迎向我，與水人對視的瞬間，我不知為何想起了藤野的面孔，想起他把聯絡方式交給我時，那種誠懇無欺的眼神。那個人是否讀了我曾經寄出的那一封信呢？大不了事後再丟掉就好了——我這麼說服自己，接下那張杯墊，其實將它摺成小塊混進了廚餘裡。

一個夏天早晨，那天暑氣蒸騰，我想奶奶應該是熱得睡不好吧。我悄悄摸進浴室泡澡，泡到一半她從外面砰砰砰地敲門，將全身赤裸的我拖出浴室。奶奶一把抓住我濡溼的頭髮，朝著我怒吼：

——妳把別人的錢拿到哪裡去了？這個手腳不乾淨的賣淫賊！

我沒有拿、不要這樣，無論我這麼訴說多少次，都阻止不了接下來的暴風雨開始肆虐。妳這個小偷，一定是拿去進貢給男人了吧，這個忘恩負義、不知感恩的孽種……奶奶將我推倒在榻榻米上，抬腳就踢在我的臉上、身體上，把壁櫥和衣物收納箱裡的東西全翻出來，大肆胡鬧。她枯瘦乾癟的身體，到底哪裡還藏著這些力氣？難道她就這麼憎恨我（或是媽媽）嗎？想到這裡，悲慘的情緒比起痛楚更讓我想哭，但我使勁忍住了眼淚，雙手抱著頭縮在地上。

我只一個勁凝視著老舊榻榻米軟趴趴的紋理，希望這段時間早點過去，所以根本不知道那個瞬間是如何到來的。罵聲和暴力都在那一刻戛然而止。這肯定只是一時的風平浪靜罷了，我防備著下一個瞬間縮緊了身體。然而不遠處卻傳來砰咚一聲，像沙袋被扔到地上的聲音，同時榻榻米震了一下，我戰戰兢兢地轉過臉去看，看見奶奶仰躺在地。是踢到什麼東西滑倒了嗎？

——……奶奶？

往臉上仔細一看，她翻著白眼，嘴角溢著白沫。啊，這嚴重了，我的直覺告訴我事情非同小可。我回想起從前在公寓社區見到的，那個大叔痛苦掙扎的模樣。一直以為我早已忘記了當年的詳情，卻連那個房間微微泛黃的棉被、隨地放置的垃圾袋都鮮明地甦醒，讓我豎起雞皮疙瘩。我手腳並用，勉力爬到電話旁邊，顫著手指按下的不是一一九也不是一一〇，而是水人的手機號碼。我毫不猶豫地按著按鈕，驚訝自己居然默背下了那串數字。

——喂？

接起陌生號碼的來電，一道微帶戒備的聲音回答。

——幫幫我。

我沒報上名字，直接這麼說。

——我奶奶倒在地上，動也不動了。

——我馬上過去。

水人這麼說，真的立刻趕了過來。聽見咚咚咚敲著後門的聲音，我下到一樓，一打開門鎖，面色凝重的水人便衝了進來。

——人在哪裡？

——樓上……

一見我指向二樓，他便以驚人的速度衝上樓梯。我連忙緊跟在後，看見水人跪在奶奶身邊大聲問她「聽得見嗎」，緊接著確認過呼吸和脈搏之後，將雙手交疊在奶奶的胸口上。他要做心肺復甦術——察覺這點的同時，我已經攀住了水人的後背。

——不要。

這個人要救奶奶——親眼見到這幅光景，我終於回過神來。萬一奶奶被救活了，這種日子又要持續下去。好不容易她終於要死了，我卻蠢到特地叫來了礙事的人。

——不要，什麼也別做。

——為什麼？說不定還來得及。

正打算甩開我的時候，水人終於注意到房間裡的慘狀，停下了動作。也察覺到我身上一絲不掛，渾身布滿瘀青和抓傷。

——求求你。

我顫抖的肩膀上，輕輕披上了一件連帽外套。柔軟而暖和，散發著陽光的氣味。對著全身只剩條短褲的水人，我問著無關緊要的問題。

——你來游泳啊？

——因為我今天不用值班。

——所以才立刻趕過來呀。對不起，打擾你休假。

——不會……

——對不起。

水人默不作聲，將我緊緊擁入懷裡。混在散亂一地的衣服和餐具當中，我看見結珠的那枚校徽躺在地上。看見它在榻榻米上反射著微光，我心想，好遙遠。距離那個曾經和結珠一起生活的地方，我已經走得如此遙遠。

我終於明白水人先生為什麼說果遠是「白鶴化身的妻子」。水人先生幫助了滿身瘡痍的白鶴——以「放棄救助她祖母」的形式。

「我很後悔。」

果遠喃喃說。

「我不該阻止水人做心肺復甦術。這不是我希望奶奶被救活的意思，只是我應該自己一個人旁觀，或者乾脆親自給她致命一擊。」

「可是不阻止他，就一定能救活妳祖母嗎？這也無法證明吧。」

「這個假設是沒有意義的。我不知道奶奶的呼吸持續了多久，事後要怎麼說都可以。我們在原地等了十分鐘左右，直到奶奶甦醒的可能性幾乎為零，才打了電話給平常替她看診的醫生。我撒了謊，說奶奶大發脾氣之後突然昏倒，我一時動搖，才叫了我男友過來。奶奶她本來就有點糖尿病徵兆，愛喝酒也愛抽菸，醫生很乾脆地將她診斷為『心因性猝死』。我一點也不難過，反而還覺得高興，我終於獲得解脫了。」

果遠邊說，邊不斷搔抓她手掌上的傷口。

「但水人不一樣。他是為了助人才當上消防員，如今卻對人見死不救，他一直無法消除這種內疚感，過不久就辭掉了工作。他是不會說謊的人，所以根本無法承受這些。消防隊的同事之間也傳聞他心理出了問題，水人的家人認為這都是因為我誆騙了水人。我被那些人怨恨都是理所當然的。醫生快趕到之前，水人又做了一次心肺復甦術，為了裝出拚命救助患者的樣子，他替我反覆按壓著死去的奶奶的胸口。我讓他做了何等殘酷的事。」

「那不是妳的錯。就算被妳制止，以一個女人的力量，他還是能繼續按壓心臟吧。」

果遠緊緊抿上嘴唇，搖了好幾次頭。

「這麼說太卑鄙了。」

沒錯，水人先生喜歡果遠，所以無法拒絕她的請求。果遠知道自己不會被拒絕，她無法原諒的，或許是自己內心的盤算。

「水人的母親尤其憎恨我，我知道我別去比較好。但這是最後一次了，即使被人撞出門也好，我要過去。現在，水人說不定正遭受所有親戚的責難，要他『快跟那女人分手』。」

即使我再怎麼費盡唇舌，也勸不動果遠打消主意。畢竟在果遠最辛苦的時候，陪在她身邊的人並不是我。為什麼是水人先生呢？為什麼守護她的、與她分享罪孽的人不是我？真不甘心。

「我知道了。」

我從衣櫥深處，取出仍套著防塵套的喪服扔到床上。上一次穿上這套衣服，是前年我同事的父親過世的時候。再上一次，是我的祖父。每一次從洗衣店取回喪服、收進衣櫥，思考下次穿上它會是什麼時候，又會哀悼誰的逝去，已經成了我的習慣。我也想過有一天我或許會穿著這套衣服送媽媽離開，但從沒想過它有一天會穿在果遠身上。

「衣服和……絲襪、手提包，還有珍珠項鍊也借給妳。鞋子呢？二十三公分的妳能穿嗎？」

「嗯。」

果遠將衣服整套換上之後，我再一次讓她坐在椅子上，拿梳子梳整她的頭髮，用黑色橡皮筋替她編髮髻。許久沒編了，我費了點工夫，不過運用髮夾幫忙固定，總算是編出了一個還算得體的髮型。

「好厲害。」

鏡子裡的果遠，用少女時代那樣敬佩的眼神看著我。

「熟練之後就很簡單了。」

「瀨瀨要是看見了，一定會嚷著叫妳幫她編。」

「接下來就是化妝了，妳面向這裡。」

「沒關係啦，我就這樣過去。」

「素顏對喪家失禮，所以不行。」

我的技術沒有好到能替別人化妝，不過畢竟是去參加守靈，不需要化得太講究。我迅速替她塗抹飾底乳和隔離霜，疊上薄透的粉底，並修整眉毛，眼影則畫上淺淺的粉杏色。喪服打扮的果遠，美得讓人不禁想稱讚她穿起這身衣服真適合，國色天香形容的就是這樣的人吧。這麼一來，任何人肯定都無法輕易接近果遠。水人先生辦不到這些，這是只有我能為果遠做到的事。這麼一想，明明是這種時候我卻喜不自勝，忍不住替她塗了偏紅的鮮豔唇膏。最後再消毒她手掌上的傷口，貼上ＯＫ繃。

「手套和念珠之類的配件，都放在手提包裡了。」

「謝謝妳。」

果遠有些不好意思地站起身來，那副模樣看起來夢幻縹緲，卻又無比強韌。眼見她朝著放在梳妝檯上的校徽伸出手，我搶在她之前迅速將它拿走。

「還給我。」

「這原本就是我的東西吧。等妳完成該做的事、平安回來，我再還給妳。」

「我當然會回來。」

「是啊，請妳理所當然地回到這裡來吧。不要再突然消失不見，惹我傷心了。那時候我有多擔心妳啊，甚至還跑去那座公寓社區找妳。住隔壁的女人走了出來，告訴我說妳們漏夜逃走了，妳覺得我當時聽了是什麼心情？」

聽我突然加重語氣，果遠用力眨巴了一下眼睛。不含珠光的自然眼影，將她的大眼睛襯得更加閃亮奪目，我懷著既自豪又怨恨的心情責備果遠。

「果遠，妳真的很過分。」

她露出被戳中要害般的神情。平時總是我單方面為她出其不意的行動感到驚訝，所以此刻看了有幾分痛快。沒錯，我也是能嚇妳一跳的。

「結珠……」

「單方面親了我就逃跑，太惡劣了。」

「對不起。」

其實我氣的不是果遠，而是軟弱無力的自己，果遠卻帶著泫然欲泣的表情向我道歉。

「別哭呀，妝會花掉的，好不容易才化得這麼漂亮。」

我伸出指尖，觸碰她冰涼的臉頰。

「妝容是妳的護身符，這麼一來誰也不敢碰妳了。所以請妳光明正大，甚至目中無人地去吧，無論誰對妳說了什麼話，果遠妳都沒有錯。」

果遠張了張嘴想說些什麼，大概是「沒那種事」之類的話。我輕輕堵上那雙嘴唇，以一個比起貓的問候更札實的吻。

「……口紅塗得太濃了，這樣正好。」

一息之間的距離被雨聲填滿。

「無論是什麼樣的果遠都好，過去做了什麼都無所謂，只要妳還喜歡著我，這樣就好。」

「那也就是我的全部了。」

「嗯。」

我們緊緊抱著彼此的身體，好一陣子都沒有移動，直到果遠喃喃說「我該走了」才分開。我們倆一起下到一樓，看見小直坐在客廳沙發上的後腦杓。

「瀨瀨呢？」

「睡著了。」

繞到正面，原來瀨瀨睡在小直身邊，裹在一條浴巾裡，發出規律的鼻息。

「浴巾是小直你幫她蓋的？」果遠問。

「是的。」

「謝謝你。」

或許是與剛才氣質判若兩人的果遠令他手足無措，小直生硬地回答「不會」。果遠一打開玄關大門，外頭仍然是瓢潑的大雨，我按捺住又想挽留她的衝動，輕輕揮了揮手。鎖上門，回到客廳，我輕輕戳了戳瀨瀨。

「瀨瀨，我們到床上睡吧？……叫不醒，好像已經睡熟了。」

「要把她抱到哪裡？」

「我本來想讓她一起到我床上睡，但抱上二樓太危險了，還是讓她睡在這裡吧。」

我正打算去拿被子，小直卻「嘿咻」一使勁，將瀨瀨抱了起來。

「等等，你不要勉強。」

「別擔心。」

小孩子至少有二十公斤重，小直卻踏著穩健的步伐上了樓。我懷著感到耀眼的奇妙心情，凝視著那道仍然遠遠稱不上寬厚的背影。這樣好像我是他媽媽一樣。晚餐的碗盤已經全都洗乾淨了。

「謝謝你幫忙洗碗。」

「不好意思，擅自幫了忙。」

「不用道歉。」

我為回到沙發上的小直泡了杯檸檬水。

「辛苦了，雖然可能有點太甜。」

「很好喝。」

「蜂蜜和檸檬都在冰箱，想喝的時候可以自己拿氣泡水做哦。」

「好。」

「小直，我們繼續剛才的話題吧。」

「咦，可是……」

「雖然聊到一半中斷了，但那不是可以含混帶過的話題吧？你不是苦惱了很久，才下定決心向我坦白嗎？雖然我也沒有勉強你的意思。」

小直一口氣喝光了檸檬水，擦擦嘴唇，開始娓娓道來。

「三年前，媽媽動手術那天，我和爸爸一起去了醫院。」

當時我以課程和校外研習會太忙為由，幾乎沒有回家露面。

「主治醫師和爸爸聊著各種話題的時候，媽媽看向我，高興地笑著說『你長大之後越來越像那傢伙了』。那時我就想，她說的那個人並不是爸爸。」

「媽媽不是剛從全身麻醉中醒來嗎？聽說病人剛動完手術容易意識模糊，有時候會有胡言亂語、譫妄的情況哦。」

「不是的。我因為心裡在意那件事，後來無意間開始避著媽媽，雖然她好像以為我只是到了叛逆期。然後，媽媽準備搬到長野之前，我實在說什麼都想確認，結果一問之下，媽媽笑著說『什麼呀，原來是這回事？』、『反正你確實是媽媽的孩子沒錯，其他的怎樣都好吧』。」

我看得出他仍然肌肉單薄的胸膛正急促地一起一伏。在我不知道的時候，弟弟一直像這樣揣著自己不安搏動的心臟和秘密嗎？

「我說，我覺得她很噁心。媽媽聽了，臉立刻冷了下來，說『那你只好努力不要被你爸爸丟掉囉，畢竟媽媽再過不久就會死掉了』。我聽了好害怕。這件事要是被爸爸發現，他會跟媽媽離婚，等到媽媽過世就只剩下我一個人。為了不被爸爸拋棄，我一定要好好念書、拿好成績，但我越是這麼想，課本的內容就越讀不進腦袋裡，到了早上就鬧肚子痛，去不了學校……」

小直垂下頸子，雙手抱著頭部，不曉得是在保護自己免於什麼威脅，我只能將手輕輕放在他背上。

「姊姊，妳原本就知道了嗎？」

「只是聽你這麼一說，覺得回想起來好像有那麼些跡象而已，詳情我也不清楚。小直，你聽我說。我想對你而言，我多半也不是個好姊姊，但我絕對不會容許小直你被獨自拋棄的情況發生，這點我可以向你保證。」

「妳可以不要跟爸爸說嗎？」

「當然。你一直都很難受吧，謝謝你願意告訴我。」

小直的顫抖傳遞到我手心，波浪起伏般一陣一陣的戰慄。在反覆拍撫的過程中，那些震顫在我的體溫下一點點鎮靜下來，趨於平緩。這是第一次，我感受到自己與這孩子彼此相連。那種感覺和血脈、基因並不相同，而是另一種不具形體、肉眼不可見，卻確切存在的連結。

「我一直以為你被媽媽愛著，一定是個幸福的小孩。對不起呀。」

「不會。」

小直平靜下來之後，便說「我該念書了」，逃也似的上了二樓。我也累了，而且對於該向弟弟坦白多少還舉棋不定，所以時機正好。我到廚房為自己泡了一杯檸檬水喝，玻璃杯緣留下了赤紅的口紅印子。聽說這也和指紋一樣，每個人的唇印都各不相同。我用指頭粗暴地往上頭一抹，那道紅印被抹開，成了血一般的顏色。我東想西想，覺得腦袋好像要過載了，於是只祈求著果遠能平安歸來。希望誰也不要傷害那女孩。

道路上雨水溢流，簡直淹成了小河。黑壓壓的群山和大海吞沒雨水，我被包夾在兩者之間，緩緩沿著陸地的輪廓往北駛去。單薄的頭燈照亮連綿不斷的白色雨絲、氤氳雨霧之中反光的柏油路，以及不時錯身駛過的對向車輛。在下著這種暴雨的日子裡，為什麼我偏偏要去參加守靈儀式，追悼一個憎恨我的人呢？直到現在我仍然不太明白。就像瀨瀨不屬於我一樣，水人也不屬於他的家人，所以我無須對他們家的任何人懷有罪惡感。明知如此，但每次只要被水人的哥哥、他仍然健康的母親、仍然健在的父親憤怒地瞪視一眼，就教我畏縮。因為，存在於他們憤恨根源的是對水人深切的愛。

每當他們說水人小時候有多乖巧，是如何在眾多友人環繞下成長為一個善體人意的青年，當上了從小夢想的消防員，又是如何拚命努力地工作，聽見這些總是讓我難受。那麼，假如水人像我一樣在疏忽、貧乏的環境中長大，我會更舒坦一些嗎？——也並非如此。我對水人的感情與他交到我手上的一切並不相稱，這才是最令我痛苦的事。當我面對毫無保留地愛著水人的那些親人，又會更加痛切地體認到這一點。

放在副駕駛座上的手機響了起來。是水人打來的，他一定是看見了我剛才那則「我現在出發過去」的 LINE 了吧。我在等待紅燈的期間重新打給他。

『妳不用過來沒關係。』

「我已經在路上了。」

『瀨瀨呢？』

「先帶去藤野小姐家了。」

『果遠。』

「我要去，我已經決定了。我不知道詳細的地址，所以請你傳給我吧。要是水人你不告訴我，我就只能在這場大雨裡四處亂開了。」

水人十分瞭解我的性格，隨即放棄似的回答「知道了」。

『只是妳開車小心，千萬別發生意外。』

「嗯。」

智慧型手機的光線微微照亮車內，將我的臉映在覆滿雨水的車窗上。看起來與平時的我截然不同，結珠為我編的頭髮、結珠為我化的妝。沒問題的。我將水人傳來的地址輸入導航，繼續往前開。

守靈儀式在水人的老家舉行。我從附近的計費停車場只走了五分鐘，就已經連鞋子裡都溼透了。這是我第一次造訪水人出生成長的老家。大門口照明前方放有兩盞寫著「御靈燈」的燈籠，像要融進雨幕似的發著光。玄關外頭搭有接待處的帳篷，水人獨自站在那裡。

「抱歉，久等了。已經結束了嗎？」

「誦經已經結束了，現在零零散散還有些附近的鄰居過來致意。」

「啊，糟糕，需要包奠儀吧？我沒有準備……」

「沒關係。」

這是我第一次參加葬禮，完全不曉得該怎麼做。水人敦促我進到玄關，拜託一名女性親屬說「請幫我顧一下接待處」，陪著我一起進門。屋內意想不到地熱鬧，深處還能聽見談笑聲，我原以為這時候會是一片死寂，所以感到十分意外。

「大家好像很開心呢。」

我悄悄附在水人耳邊說。「因為辦了守靈款待。」他告訴我，那是僧侶和參與者一同追思故人的宴席。

「原來還有這種活動，我都不知道。」

「嗯。」

「他們有沒有說你什麼？」

「和平常一樣，不孝子之類的。」

「這樣啊……」

「不用放在心上。」

我們輕聲交談的時候，一個男人從深處的房間裡走了出來，一看見我就像看見蟲子一樣皺起了臉。眼見水人迅速站到我面前護住我，那人又折回去了，我聽見他小聲啐著「搞什麼東西」。水人穿著喪服的背影看上去比平常更稜角分明、更高大，像我不認識的人。

「……祭壇在這個房間。」

「嗯。」

距離玄關最近的和室裡搭起了祭壇，水人母親的遺照被白花團團圍繞，神情是我從未見過的恬靜笑容。她平常也會露出這樣的微笑吧。理所當然的，她在人生中並不總是怒吼著「妳明明是個酒家女」，也不總是泣訴著「把我的兒子變回來」。光是得以窺見她的另一面，我想來到這裡就已經值得了。

我跪坐在祭壇前，但不清楚禮節，因此向水人求救。

「燒香要怎麼做？」

「像這樣。」

水人在旁邊比著手勢，我試著照做。先朝遺照屈身行禮，接著合掌致意，拈起一小撮質地介於灰燼與沙粒之間的沉香至與眼睛同高，然後放入旁邊的器皿……簡簡單單就結束了。

「這個儀式有什麼含義？」

我問水人，他偏了偏頭說「不曉得」。

「我照著做的時候只覺得理所當然，想也沒想過這個問題。」

什麼嘛，原來這樣也沒關係嗎？我鬆了一口氣。這和我高中時，在沒有知識也沒有信仰的情況下參加彌撒沒有兩樣。水人告訴我，按照禮節不能在祭壇前站起身，於是我保持著跪坐的姿勢膝行後退，這時有腳步聲從屋子深處走來，停在和室門口。水人的哥哥握緊拳頭俯視著我，在他身後，一個疑似是他太太的女人不知所措地欲言又止，除此之外還有好幾個人。所有人都穿著一身黑衣，場面特別嚇人，尤其是他的哥哥，渾身散發著隨時都要揪起我後領將我拖出去的氣場。

「哥哥——」

在水人介入之前，我已經站起身，正面迎向他。我不害怕，誰也不敢碰我。所以，我只要按照結珠說的，表現得坦坦蕩蕩就好。我對上水人兄長的視線，沒有移開目光。

「打擾了。」

還是這種時候應該說「請節哀」？我深深行了一禮，然後往前踏出一步，水人的兄長便退後了。就像動物的爭執一樣，我邊想邊從容不迫地走過走廊，擅自借了他們家的鞋拔，小心穿上鞋子。這是借來的鞋，可不能把它踩塌了。我在玄關前撐開雨傘的時候，聽見「快撒鹽、撒鹽」的怒吼聲，接待處的人驚嚇地看向我，但我裝作什麼也沒聽見。

回到車上，我第一個動作就是先脫下絲襪。平常我不穿這東西，所以實在覺得很不舒服。還想將溼答答的腳擦乾，但我車上沒放毛巾，總不能用結珠借我的正裝手提包裡面那塊純白的手帕去擦。我放倒座椅，伸了個大懶腰，這時外面有人叩叩叩敲了敲車窗，水人正一臉擔憂地望進車裡。我解除了副駕駛座的門鎖。

「妳還好嗎？」

「還好，怎麼這麼問？」

「妳一定很累了吧。」

「是啊，今天從早上開始就到處跑。我打算在這裡小睡一下再回去。」
「要不要到我租來的車子裡睡？稍微寬敞一點。」
「沒關係，我在這裡比較自在。水人你不回去沒關係嗎？」
「他們把我趕出來了。」
「是因為我不請自來的關係？」
「聽說母親本來就交代過，即使她過世了也不必通知我。」
水人將喪服的西裝外套和領帶一起扔到後座。
「但哥哥還是叫我至少來露個面。」
「結果就連不受待見的瘟神也一起來了。」
「別說這種話。」
水人和我一樣放倒椅背，在狹小局促的空間裡挪動著雙腿。為了不弄亂結珠替我紮的頭髮，我側著身躺下。
「妳的喪服是怎麼來的？」
「跟藤野小姐借的，她還替我弄了頭髮、化了妝。」
「真是幫大忙了。」
「是啊。」
可能終於找到舒適的姿勢放腳了，水人的動作停了下來。
「不曉得瀨瀨好不好。」

「我出門的時候，她已經睡著了。這是她第一次在別人家過夜，說不定會緊張得醒過來呢。」

「這感覺真奇怪。」水人輕聲咕噥：

「好久沒有瀨瀨不在身邊的夜晚了。」

「就是說呀。」

暑假期間，自由學校會舉辦在學校庭院裡搭帳篷過夜的露營活動。瀨瀨要是回國小上課，在外過夜的機會一定也會增加，再過不久，她就會離開家，自己選擇她想居住的地方。到了那時候，剩下我和水人兩個人，我們會過著什麼樣的生活？只是從現在的生活規律中扣除瀨瀨一個人，又或者日子會與現在截然不同呢？我完全無法想像。

「果遠。」

「嗯？」

「謝謝妳生下瀨瀨。」

車內光線昏暗，我只看得見水人側臉的剪影。

「怎麼啦，突然這麼說。而且瀨瀨也不是我一個人生出來的呀。」

「嗯。」

奶奶死後過了兩週左右，我在自家掛著「休息中」牌子的店門口，發現了站在那裡的水人。他明顯瘦了不少，臉色也不太好，卻還是關心我「那之後還好嗎」、「沒遇到什麼困擾吧」。我招呼他進到店裡，端出啤酒，他便一口氣把酒喝光，趴在吧檯上沉沉睡去。我沒有叫醒他，到了深夜，他醒了過來，斷斷續續將他的現況說給我聽。自從那件事之後，他晚上就一直睡不好。他忘不掉奶奶的胸口在他手掌底下下沉的觸感，總是夢見那一天。他說他再也沒有資格繼續當個消防員，所以辭掉了工作，打算去到遠方，尋找其他工作。

——我絕對不會告訴任何人，一個字也不會說出去，也不會再到這裡來了。

他多可憐啊，我想。現在我晚上能睡得著覺了，再也沒有人會怒罵我、對我暴力相向，老實說過著十分平和的生活。雖說奶奶的所作所為都已經成了日常，我早已麻痺，但原來不被任何人傷害的日子是如此輕鬆，我心情輕快得像剛脫去一層舊皮，壓根沒想過被牽扯進來的水人有多麼苦惱。身為罪魁禍首的我過得逍遙自在，這個人卻如此痛苦，太可憐了。我很清楚想睡卻睡不著、無法成眠的感覺有多折磨人。

——你要不要在我家待到早上？還是你害怕上二樓？

——是有點怕，但應該沒關係。

或許是因為我不以為意的態度，沒想到水人在二樓的墊被上沒過多久就睡著了。我也在一旁打著瞌睡的時候，忽然一聲「咻」地大吸一口氣的聲音將我吵醒，睜開眼睛一看，水人正按著胸口大口喘氣，像剛從水中上岸。

——你還好嗎？

我這麼問，他虛弱地搖了搖頭。

——抱歉，吵醒妳了。

同樣的情況反覆幾次，天色剛亮起來之後他才沒再醒來，一直睡到近中午的時候終於自然轉醒，說：「我好久沒睡得這麼好了。」

——在「事發現場」反而睡得著覺，好奇怪哦。

——說得沒錯。

水人說著，憔悴的臉上露出苦笑。後來他哪裡都沒去，下一天、再下一天都一樣，他待在我家成了件理所當然的事。營業中有他坐在身邊令我安心，而且他已經知道我家所有不為人知的內情，相處起來十分自在。主動提出要登記結婚、要生小孩的都是我，因為我知道水人渴望這些，卻不敢開口。

「我再也不會踏進老家一步了。」

水人說。

「剛才我告訴他們，就當我這個人已經死了。……果遠，這一次我們三個人一起，搬到遙遠的地方去吧。」

換作是不久前的我，應該會回答「好呀」，我們可以一起去水人想去的地方。然而現在，我答不上話，因為這裡有結珠在。

「……果遠，妳睡著了嗎？」

我沉默不語，也沒有回答水人的這個問題。

我在六點左右醒來。身旁的瀨瀨似乎仍在熟睡，我悄悄起身也完全沒有驚動到她。低頭看著落在她柔軟臉頰上的睫毛、嘴角沾著的一點口水痕跡，便令我自然而然地露出笑容。不像是對瀨瀨，而是對果遠每天看見的日常風景產生了憐愛之情。

我想稍微呼吸一下外面的空氣，於是靜靜換了衣服、迅速洗了把臉，只帶著鑰匙和智慧型手機便走出家門。昨晚原想著說不定會接到果遠的聯絡，我到一點左右都還醒著，卻只接到丈夫『我明天傍晚就回去囉』的LINE。什麼也沒說代表她沒遇到任何麻煩嗎？又或者……

雨雖然停了，天空卻仍然陰鬱，距離爽朗的早晨天差地遠。一打開門的瞬間，溼氣便往身上直撲而來。或許是距離山野較近的關係，青草和土壤悶蒸的甜味瀰漫在四周，濃烈得難以呼吸。上週剛拔乾淨的雜草像雨後春筍般探出頭來，無窮無盡的生命力令人畏懼。附近的樹木也已褪去新綠時的稚嫩，綠意漸濃的葉片吸飽了雨水，為即將到來的夏季陽光做好準備。

我嘗試深呼吸，卻感覺不到振作精神的效果，於是向著大海信步而行。路過觀光塔前方時，我看見果遠站在入口處的階梯前面。她在自動販賣機前面抽著菸，一身喪服配上稍微鬆開的髮髻、茫然自失的憂鬱神情，非常有架勢。那張吞雲吐霧的側臉看上去就是個飽經世故的風塵女子，我站在原地不敢喊她，結果是她發現了我，急急忙忙捻熄了菸，將菸蒂塞進攜帶式菸灰缸裡，然後背過身在自動販賣機買了瓶茶，開始咕嘟咕嘟灌下。

「怎麼了？妳繼續抽沒關係呀。」

我過去搭話，結果果遠用力搖頭，掩著嘴喃喃說「嚇我一跳……」，恢復成了平常的果遠。

「我平常不抽菸的，大約一年會抽個兩、三次，大概是鬼迷心竅吧……」

只是抽個菸，沒必要辯解成這樣吧。

「妳為什麼遮著嘴巴講話？」

「我怕有味道……正在用綠茶裡面的兒茶素除臭。」

「這裡是戶外，聞不出來啦。」

「喪服我會送洗之後再還給妳。」

「沒關係，那種事不用在意。不說這個了，守靈儀式還順利嗎？」

「啊、嗯，完全沒事。」

昨晚思慮凝重的氛圍不知去了哪裡，她一臉若無其事，不過也可能只是為了讓我安心才刻意表現出開朗的模樣。

「他們沒對妳說什麼吧？」

「差點要說了，不過我按照結珠妳的建議擺出光明正大的態度，他們就『嘖』地跑走了。多虧了護身符的功勞。」

她終於露齒笑著說「一瞬間就結束了」。

「燒香致意原來那麼快就結束了，我還有點措手不及。燒過香之後我迅速離開，跑到車上小睡一下之後在凌晨回到家，但我完全沒有睡意，要去接瀨瀨又太早了，所以才在這打發時間。」果遠說。

「水人先生呢？」

「在睡覺。」

果遠還是像往常一樣說得不多，我無從得知詳情，但可以確定的是兩人都平安從那場大雨中回來了，因此我說：「這樣啊，太好了。」

「謝謝妳。」

「我沒做什麼呀。」

「沒那種事。要不是有結珠妳幫忙，我真的會穿著那套日常衣服直接過去，應該會被大家羞辱吧。」

看著果遠那張撥雲見日的側臉，我回想起小直昨晚的告白，想起籠罩在我們姊弟上方厚重的雲層。

「哎，能跟妳借點零錢嗎？我也渴了。」

「嗯。」

果遠從喪服的連身裙口袋掏出硬幣交給我。我買了平常不喝的果汁，為自己打氣似的將它一口氣灌下，呼出一口摻雜香料味的氣息，說：「我打算去見我母親一面。」

「咦，為什麼？」

「有些事情非得向她問清楚不可。」

這份決心要是只藏在自己心裡，總覺得我拿不出勇氣，只會在原地躊躇不前。我想把這件事說給言出必行的果遠聽，藉此斬斷自己的迷惘和動搖。

「什麼時候去？」

「我先生今天回來，所以應該明天出發吧。畢竟不能把小直一個人丟在這裡。」

「那我也一起去吧。」

果遠說道，語氣像陪我去趟便利商店一樣隨意，嚇得我直盯著她的臉看。她面上仍是一副若無其事的神情，甚至讓人以為剛才那是玩笑話或是我聽錯了，但眼神卻無比認真。即使我什麼也不說，果遠仍然一聽就明白了——一定發生了「某些事」，我才不得不主動去拜訪媽媽；為了不讓我的決心退縮，我選擇將這件事告訴果遠，而不是除了她以外的任何人。我腦中浮現出「為什麼？」、「這怎麼可能」這些否決的話語，說出口的卻是「可以嗎？」。

「距離很遠哦？我想應該很難當天來回。」

「是在松本對吧？原來過去要這麼久啊，沒想到日本這麼大。」

果遠樂在其中似的呵呵笑了，看見她這副神情，我沉悶的心情稍微輕盈了一些。我只能送她出發，她卻能立刻說出「我也一起去」這種話。如果我是準備去參加守靈的那一方，果遠肯定也會理所當然地陪著我去吧。我們是如此截然不同，所以才這麼需要彼此。

我沒做進一步說明，便與她結伴回到家中，看見小直待在客廳裡。

「你已經起床啦？瀨瀨呢？」

「應該還在睡，沒看到她從房間出來。」

看見果遠和我一起回來，小直有些驚訝，但還是微微低頭道了「早安」。我叫醒瀨瀨，用事先做好的番茄醬烤了吐司披薩，四個人一起享用。和平常不一樣的早餐讓瀨瀨興奮得不得了，她邊吃邊懊惱地跟果遠分享著昨晚看卡通看到一半睡著的事情。

送果遠她們離開之後，我和小直分工合作一起洗碗（雖然碗盤的量也沒那麼多），一面猶豫著該不該把我和媽媽會面的計畫告訴弟弟。小直說不定會說「我也要去」。當然，他有權利知道自己的出身，但我完全無法想像媽媽會說什麼，或者什麼也不說，見了她之後，也可能反而害小直傷得更深。在洗完碗盤前短短的時間內，我已經得出了「這一次先不告訴他」的結論。我先去看看情況，假如沒什麼問題，我們再兩個人一起去一趟就好，這樣對小直也比較好——其實這也不過是我為自己找的藉口罷了。比起感情還稱不上融洽的弟弟，我更希望果遠陪在我身邊，不讓我臨陣脫逃，不讓我心生畏怯。果遠雖然是毫不相干的外人，卻是唯一與我共享著在那座公寓社區的記憶，像證人一樣的存在。

午後，我打了電話給爸爸，彼此交換過簡短的近況之後便試探地問「媽媽最近怎麼樣？」。

「還一直很不舒服嗎？」我問。

『是啊，哎，她這幾年這樣算是常態了，一直都是低空飛行。還真難得，妳居然會主動來問媽媽的情況。』

「不是你叫我去探病的嗎？」

『是有這回事。』

爸爸不以為意的語氣讓我目瞪口呆。他只是不想因為小直出走的事遭到質疑批評，才拿這件事當作轉移話題的材料，其實根本不是發自真心希望我去探望媽媽。爸爸這個人並不冷酷，也並非討厭媽媽，只是容易對不在眼前的人失去興趣與關懷而已。我、媽媽和小直，對他來說全是在與不在都無所謂的人。

還住在老家的時候，我拚命窺探媽媽的臉色，無暇他顧，但像現在這樣搬出來之後，爸爸扭曲的一面就看得很清楚了。當然，他作為醫師勤懇地工作賺錢，從來不曾沉溺於喝酒賭博，也不曾以言語或肢體暴力傷害家人。媽媽也一樣，她從來沒打過我，也不曾疏忽過監護人該盡的任何職責。她只是一直都不喜歡我而已。

「我想去見見她。」

『見妳媽媽？』

「是的，我會一個人去。小直還在努力適應這裡的環境，我不想打擾到他。」

爸爸「哦——」地發出呆愣的聲音，似乎想說今天到底是颳了什麼風。在他眼中，我和媽媽之間的關係也不過是「個性不合的神經質母親和細膩女兒」而已吧，他完全不打算負責居中協調。

「我過去應該是明天的……接近傍晚了，你能幫我問問媽媽時間上方不方便嗎？約在媽媽住的公寓，或找間餐廳都可以。」

『好。』

雖然遲鈍又不夠細心，但像這樣提出具體的要求拜託他就會答應，也是爸爸的優點所在。

星期一也一樣，天空從早上開始就布滿了混濁的烏雲。我在八點鐘來到車站，結珠已經站在湧向驗票口的人流之外，像與上班和上課的人群走散了似的。

「早安。」

「早安，來，這給妳。」

結珠匆匆打過招呼，將車票遞給我。我還來不及拿出錢包，她便催著說「走吧」。

「電車馬上要開動了。」

「啊，好。」

抵達月臺，距離發車還有五分鐘左右。我心想明明不用那麼緊張的，不過這很符合結珠愛操心的性格。在座位上一坐下來，她安心似的吁了一口氣，隨即又面帶不安地看向我。

「真的可以嗎？」

「我已經上車囉。而且說到底，妳不是都幫我買好車票了。」
「話是這麼說沒錯，可是……妳是怎麼跟水人先生說的？」
「我說我突然想到外面過夜，所以要出去一趟。」
「就這樣？那他怎麼說？」
「他說『知道了』，請假幫我顧家。就這樣。」
「也沒問妳要去哪裡？」
「嗯。就算他問了，我也只會回答『看心情』而已吧。」
「那瀨瀨呢？」
「稍微鬧了點脾氣，吵著說『我也要一起去』，但水人一說要帶她兩個人一起去吃壽司，心情馬上又好起來了。」
即使我一個晚上不在，他們也不會死掉，結珠卻這麼在意水人和瀨瀨的情況，讓我感到不可思議。
「以前妳像這樣離開家過嗎？」
「沒有。但我並不是因為有水人和瀨瀨在而委屈自己。至今為止我沒特別想去哪裡，但今天想去，所以就出發了。瀨瀨還無法照顧自己，因此我將她託付給水人，就是這樣而已。」
在我們說話的期間，車廂裡響起發車廣播，電車緩緩開動。結珠取下頭頂上的帽子說「這樣啊」，稍微將頭髮往上撥了撥。

「那結珠妳呢？」

「我說，我想上東京買點東西。無論跟丈夫還是跟小直，我都沒說出實情。先生好像以為我跟小直待在一起太累了，想出去喘口氣，還告訴我『怎麼只住一晚，好好出去玩一趟吧』。」

那就表示，我們倆出門時都對最親近的人撒了謊。我沒有任何罪惡感。

「妳吃過早餐了嗎？」

「還沒。」

「那太好了。」

和只提了個手提袋、像到附近買個東西的我不同，結珠背了個大托特包，從裡面接連取出餐盒和寶特瓶裝的茶，餐盒裡裝著豆皮壽司。

「好厲害，像遠足一樣。這樣妳得很早起吧？」

「我趁著昨晚先做好了。滾煮豆皮去油、往白飯裡拌壽司醋的時候，我不知不覺哼起歌來，自己也覺得就像遠足前一天一樣。明明這次要去辦的完全不是什麼令人開心的事。」

「妳為什麼要去見妳母親？」

我終於問了這個問題。結珠一聽，立刻斂起神情，說：「因為小直。」

「小直說，他不是我父親的小孩……好像是我母親對他說了類似的話。雖然不知道是否屬實，但小直很擔心我父親知道這件事之後會把他趕出家門，一直為此非常苦惱。」

「所以，妳要替他去審訊犯人呀。」

「雖然我沒有信心拿出那麼強勢的態度。果遠，如果是妳的話會怎麼做？」

結珠可能期待我做出什麼大快人心、大膽果決的行動吧。當我老實回答「什麼也不會做」，她有些不滿地偏了偏頭。

「因為自己和誰有血緣關係，對我來說根本無所謂。我就只是我自己而已。是誰的小孩、誰的父母，那些都只是單純的資訊罷了。小直害怕的，也是現在的生活因此受到威脅吧？換作是能出去工作、獨立生活的年紀，他應該也不會受到這麼大的衝擊才對。」

結珠仍然偏著頭說：

「妳和我丈夫說了類似的話。」

「咦？」

「我先生對小直非常寬容，當我說他心胸寬大，他卻回說，『這是因為我們家足夠寬敞，經濟上也還有餘裕』。簡言之，就是因為小直並沒有打擾到他。你們兩人看待事情的角度都很冷靜。」

「這是同一件事嗎……？」

這就好像在說我和藤野的思考方式類似，讓我有些無法釋懷。

「不過，不只是我弟弟的問題，我自己也有些事想問媽媽。要是小直沒有向我坦白，我會把那些事蓋上蓋子，一輩子藏在心裡吧。那跟果遠妳也有點關係。」

「該不會是在那座公寓社區的事？」

「嗯。住在公寓裡的那個男人，跟她到底是什麼關係……這只是推測，但他或許就是小直的父親也不一定。」

我稍微猶豫了一下，還是說了：「其實我去過那裡兩次。」既然結珠渴望撬開盒蓋，那麼我也該向她坦白。

「咦？」

「五號棟的504號房……第一次，是結珠妳在公園留下白花三葉草的前一天。我去到504的房門前面，聽到奇怪的聲音——現在想起來就是做『那檔事』的聲音，我嚇得逃回家去了。第二次，是最後見到結珠妳的那天。妳突然不見了，除了504號房，我想不出妳還有可能去哪裡，所以我戰戰兢兢地過去一看，發現房門沒鎖，那個大叔在裡面痛苦地掙扎。」

等一下，結珠帶著一臉來不及消化所有情報的神情喃喃說：

「等一下、等一下……妳說最後一天，就是我媽媽比平常更早下樓那天，當時我不得不跟著離開……妳說那個大叔在掙扎，是什麼意思？後來他怎麼樣了？」

「抱歉，我不知道。總之他看起來很痛苦，看起來就像生病還是什麼症狀發作的感覺。後來我還是嚇得逃跑了，那天實在發生太多事，我整個人傻住了，沒想過要報警，或是跟媽媽說之類的。有段時間我根本不敢靠近五號棟，然後回過神來，504就變成空屋了。哎，妳的表情好恐怖，妳在想什麼？」

「媽媽她，該不會把那個男人……」

「殺死了？如果是那樣，她不太可能沒被逮捕吧。」

我輕輕搓了搓結珠的肩膀。

「妳冷靜點。應該只是因為大叔身體出了狀況，妳媽媽丟下他逃跑而已吧？」或者是兩人起了什麼爭執，結珠的媽媽跑出家門，大叔氣得血液衝上腦門，身體因此鬧出了什麼毛病也不一定。從那間屋子的慘狀看來，他的生活習慣應該也不可能多健康。

「說得也是。不用這樣東想西想，直接問她本人就知道答案了。」

結珠深吸一口氣，對我露出了笑容：

「嚇我一大跳，我沒想到妳居然去過504號房。」

「我也一樣啊，沒想到結珠妳在高中的時候居然來過公寓社區。妳遇見千紗姊了吧，感覺怎麼樣？」

「怎麼樣……當時只覺得她是個看起來有點可怕的女人。」

「這樣啊。」

「不過，她對果遠妳很溫柔吧。」

「應該說很照顧我吧。」

千紗姊現在也還住在那裡嗎？我不會想去確認，但希望她不再把自己活得千瘡百孔，也不要招惹到莫名其妙的男人，過得一切安好。每當奶奶流著眼淚高歌〈LOVE IS OVER〉的時候，總讓我想起千紗姊和小綠。我想，奶奶的眼淚和小綠的「好想見你——」是一樣的。而我不知身在何方的媽媽，肯定也有著同樣的眼淚。如果是現在的我，明明可以傾聽她的故事了，但以她的個性，可能會吵鬧著發牢騷：「我居然已經有孫子了，我才不接受！」

我們在途中轉乘一次，過了水人老家那一站，但距離接下來換車的名古屋站仍然十分遙遠。軌道左手邊是綿延不盡的山，右手邊是大海和山巒，偶爾能見到城鎮街道。我們坐在靠海那一側。「妳要不要換到靠窗這一邊？」結珠體貼地問我，但我回答「不用」。

「大海我天天都在看。」

「這麼說也是哦。」

其實真正的原因，是我更喜歡同時望見撐著臉頰靠在窗邊的結珠和車窗外的景色。白色與濃灰彼此暈染的柔軟雲層，與倒映在車窗上的結珠重疊在一起。雨水將落未落、泫然欲泣的天空和結珠十分相襯——要是我這麼說，她會不高興嗎？吸飽了水分，卻揣著它們無從傾吐的雲。從一開始就什麼也不往懷裡放是最輕鬆的，結珠理智上肯定也明白這點。所以即使再怎麼想說「媽媽的事情怎樣都無所謂」，這種話我也說不出口。難得可以兩個人一起出門，只和我做些快樂的事，開開心心地度過嘛。

「……不知為何，讓人想起那張照片呢。」

結珠無從得知我的心聲，語帶懷念地這麼說。

「妳還記得嗎？掛在高中圖書室的那張照片，妳說妳很喜歡吧？」

「妳是說古斯塔夫・勒・格雷？」

「我倒是不知道名字。」

「那張照片是合成的哦。」

「這樣啊？」

「修女告訴我說，天空和大海是分別拍攝的。」

「是哦。」

結珠取出智慧型手機，稍微操作了一下，緊接著便湊過肩膀，指著螢幕說「真的耶」。小小的螢幕當中，顯示著那張曾經無比吸引我的相片。我自己也有智慧型手機，但幾乎很少使用，所以從來沒想過上網搜尋它。褪色的褐色調比記憶中更強烈，飄浮在畫面邊角的雲朵和濃重的陰影，激起觀者對天空中央那道光的想像。是黎明、日暮，抑或是正午。

「上面說是以海平線為界線合成的。這麼一說，海平線確實太清晰了一點。」

「是啊，一般的海平線還會再朦朧一點。」

雖說是海平「線」，但它實際上並不是任何事物的界線。抵達海平線的位置，也只會在那裡看見另一條海平線罷了。天空與大海交會的場所並不存在。

「我那時候很悲傷。」我說：

「聽說它是合成的照片，就覺得它是虛假的東西。」

「是為了將眼前看見的景色忠實沖印出來，才選擇合成的吧？對作者來說，應該是合成之後更接近實際景象才對……嗯，不過，我懂妳的意思。」

我將頭靠上結珠的肩膀，聞到一陣好聞的味道。那不是香水，而是結珠的味道，像香皂和綠葉一起提煉熬煮過一樣，清爽卻帶著點固執的苦味。從前的她身上明明還沒有任何氣味，乾淨到不自然的地步。

遇見結珠之前，我什麼也不思考，心不在焉地活著。父親素未謀面，母親在自己的世界裡當公主，鄰居對我們退避三舍，同學總是取笑我。只有小綠，是具有生命的、鮮明的存在。直到那一天，遇見從地面上朝我伸出雙手的結珠，我的人生才真正展開。我開始感覺到色彩、聲音、觸感，單槓的金屬氣味和溫暖的光開始令我眷戀。和她一起度過的一秒鐘，比那之前的一年還更有價值。就像雛鳥認親一樣，只要時間點對了，或許當初出現在那裡的即使不是結珠也無所謂。像合成相片那樣，在結珠所在的位置剪貼上其他的什麼人，我或許也會同樣為之著迷。但來到我身邊的是那女孩，而她現在也在我的身邊。

若是從東京出發，搭乘新宿發車的梓號列車兩個半小時即可抵達松本，我們卻花了兩倍以上的時間才到達這裡。本州最南端果然是個偏遠的地方啊，我再一次心想。車站大廳是具有開放感的整面玻璃牆設計，能一眼眺望飛驒山脈的群山。槍岳、常念岳，這裡也設有金屬解說牌，記載著連不登山的我也曾經耳聞的山岳名字。山頂一帶飄浮著成片的帶狀雲朵，看不太清楚，不過低處可見的天空是清澈的冰藍色，像高原清涼的空氣凝聚而成的色彩。溫度及溼度都與最南端大相徑庭，我們一踏上月臺便忍不住感嘆「啊，真涼快」，盡情吸了一大口氣。感受不到梅雨季那種肺部越吸越潮溼的窒息感。

「好像風景畫裡的山哦。」果遠說。

「是因為距離遙遠的關係嗎？一點也不真實。」

「我懂妳的意思。」

媽媽透過爸爸轉達的約定地點，是松本城附近一間飯店旁邊的咖啡廳。在計程車乘車處，我提議和果遠分乘兩輛車前往。

「進到咖啡廳以後，我希望妳坐在附近的位置假裝成陌生人，在視線範圍內看得見妳就能讓我安心。」

「知道了。」果遠點頭答應。一和她分別，獨自坐上車，緊張感便倏地膨脹。胸口到胃部一帶開始不太舒服，早餐豆皮壽司的醋味湧回口腔深處，火辣辣地泛酸。但我來不及下定決心撤退，也來不及做好赴約的覺悟便抵達了目的地，距離近得讓人覺得搭了計程車不太好意思。我下了車，刻意不確認後方便徑直踏進建築物，往咖啡廳走去。店裡客人不少，媽媽坐在中央附近的一桌，背對著入口，像在說自己沒在等任何人。光看背影就知道她瘦削了不少，但背脊挺得筆直的優美儀態依然和從前一模一樣。我說是和人約好的，拒絕了服務生帶位，繞到媽媽的正前方。還想著周遭怎麼特別安靜，原來是我自己的心臟跳得太大聲。

「媽媽。」

站到她眼前，或許我終於面對了現實，說話的聲音比想像中更有力。

「哎呀，妳來得比我預計的還要早。變得這麼漂亮，我一時間還認不出是誰呢。」

她露出柔和的笑容，讓人不禁覺得她說的這些或許都是真心話。她剪著超短髮，頭髮不知從什麼時候開始不再染了，像電車上看見的陰翳天空一樣混雜著黑、白、灰色。臉上的皺紋增加了，但肌膚仍然光潤，簡直就像自然老化的範本一樣。乾脆地接受老化，同時不疏於保養，看似簡單，卻是最難達成的風格。

「謝謝。」

「妳搭計程車過來的？這裡街景很美吧？」

我內心實在沒有餘力欣賞街景，因此隨口順著她的話回答「是呀，很美」。

接過菜單時我抬起臉，正好看見果遠走進店內。對上視線的瞬間，我看見她堅定地點了下頭。光是這樣，我便感覺到腳彷彿踏上了實地，鬆了一口氣。

「媽媽妳要點什麼？」

「已經點過了。」

「那麼，請給我一杯溫紅茶。」

兩人份的紅茶被端上桌，等到服務生離開桌邊，我才問：「妳最近身體還好嗎？」

「不適的地方真是說也說不完，不過像這樣喝個茶還是沒問題的。」

「這樣呀。」

「結珠，我們大概五年沒見了吧？上一次見到妳好像是在妳爺爺的葬禮上。時間過得真快呀。」

「現在小直跑到我家來了。」

母親說「好像是這樣呢」，眉毛動也沒動一下。

「我聽妳爸爸說了，真不曉得那孩子在想什麼。」

「媽媽，妳有資格說這種話嗎？」

她說得太事不關己，聽得我怒火中燒。在憤怒的同時，我也驚訝於自己能夠對母親表現出這種情緒。

「怎麼啦？突然露出這麼嚇人的表情。」

「妳跟小直說過他不是爸爸的小孩吧，那孩子因此非常苦惱。」

「哎呀。」

媽媽睜圓了眼睛——刻意表現出睜圓眼睛的樣子。

「是這樣呀？那我還真是對不起他呢。不過不用擔心，從血型上不會被懷疑，就算被妳爸爸知道了，那個人也不會做出有損體面的事來。他是有可能在遺書上揭露這件事，在分配遺產的時候導致繼承糾紛，不過爭奪遺產在真正具有血緣關係的家人之間也十分常見，不是什麼需要苦惱的大問題。」

我原本就知道她即使被我逼問也不會驚慌失措，但如此平心靜氣的反應還是在我意料之外。

「不是那個問題。」

「那是什麼問題？」

「小直的父親是誰？」

媽媽刻意做作、慢條斯理地喝著紅茶，她光是坐在那裡，就足以讓我虛脫乏力。我果然還是受不了她，沒辦法跟這個人好好溝通。要是我隻身赴約的話，或許早已放棄對話直接離席了，但媽媽身後的那一桌還坐著果遠。她坐在與媽媽背對背的位置，從這裡看不見她的臉，我想她應該是特地挑選了這個座位，以免害我分心。

「妳都不覺得小直被妳這樣傷害很可憐嗎？」

「妳真正想問的是這件事？」

「什麼意思？」

媽媽盯著我看，並未別開視線。她為什麼有辦法這麼坦然地看著我？難道心中就沒有半點內疚嗎？

「被傷害的、可憐的是結珠妳吧？妳心裡應該一直想著這個問題吧？『為什麼媽咪對我這麼冷淡』？說不定小直的事，也不過是妳替自己找的一個藉口呢。」

我沒想過她會主動提起這回事。像耳朵上貼了層膜似的，從明亮的咖啡廳各處傳來的說話聲、餐具碰撞聲變得遙遠。快醒醒，我往紅茶裡加了兩匙砂糖，試圖用甜味讓自己冷靜。

「我的確想過，這是理所當然的吧。還住在老家的時候，我一直為此非常苦惱。即使到了長大成人、離開妳之後，我還是得拚命說服自己，我們只是天生處不來，這可能是源自於生理上的好惡。」
在我以教師身分接觸到的家庭當中，許多親子之間都看得出大大小小的裂痕，當中也存在從外部難以確知原因的例子。
「我——即使我自己生了小孩，也絕對不想成為像媽媽妳那樣的母親。」
我用湯匙攪拌著紅茶裡化不開的砂糖顆粒如此斷言。媽媽稍微抬起下顎，只說了「哦，這樣啊」便不再計較。接著她叫來服務生，以輕鬆的口吻問：「你們這裡有酒精飲料嗎？」
「有啤酒，以及高腳杯裝的紅酒、白酒、氣泡酒。」
「那請給我一杯啤酒。」
她將喝到一半的紅茶往旁邊一推，等啤酒一送上來，便一口氣灌下快半個玻璃杯的量，在呼出一口氣的同時毫不客氣地說：
「妳這孩子，無論過多久還是這麼纏人。」
「啊？」
「這麼說也太不知足了吧。我確實不疼愛妳，但還是好好把妳拉拔長大了，不是嗎？飯也煮給妳吃了，衣服也替妳洗了，家裡也幫妳打掃得乾乾淨淨的，妳還有什麼不滿？甚至還撮合妳跟那個不起眼的家教老師結了婚呢。」
最後一句話明顯帶有對我丈夫的嘲笑意味，我放任憤怒的情緒，仰頭灌了一大口甜膩的紅茶，動作粗暴地將茶杯放回碟子。

「結珠聰明伶俐，聽話又乖巧，總是窺探著大人的臉色，什麼也不說，只是一聲不吭地擺出一副『我正在忍耐』的表情。就是這點特別惹人厭。」

妳以為那是誰害的？在我來得及回嘴之前，媽媽先一步問我：「小時候我帶妳去過公寓社區，還記得嗎？」

「可憐的小結珠嚇得像誤闖鬼屋一樣，看見什麼東西都害怕，但那明明是她親生母親的老家呢。」

「咦？」

我是在那裡長大的。媽媽說著，喝了口剩下的啤酒。

「在妳看來破舊不堪的建築物、布滿裂痕的牆壁，對媽媽來說都是懷念的風景啊。」

「那麼，那個住在五號棟的男人是？」

「我的青梅竹馬。」

在驚訝的同時，我聽了也有種「原來如此」的心情。和那個男人說話時，媽媽那種親暱隨意的語氣，其中有著我和爸爸都無從得知的、屬於她曾經的生活。就像我和果遠一同嬉戲一樣，媽媽也曾經吊著單槓玩嗎？我嘗試將幼小的母親配置在記憶久遠的那幅景象當中，但一切模糊不清，難以想像出具體模樣。

「我第一次懷孕，是在十五歲的時候。」

媽媽的說話聲將我拉回現實。

「那時我很高興，也打算好好將孩子生下來撫養……至少我是這麼想的。不過後來流產了。」

流產──光是聽到這個詞，我的下腹部便傳來鈍痛。單論這種心情，或許我是能與這個人相互理解的，但我提不起勁向她坦白「我也經歷過」。

「和一個不在乎的男人結了婚、生下結珠妳的時候，我覺得空虛極了，只想著這孩子早已經不是我失去的那個孩子。一想像妳從今以後將不會有任何匱乏，養尊處優地長大，就覺得這孩子真是面目可憎。但即便如此，我也算是努力忍耐啦。」

她說得十分輕鬆。我並不打算要求她發自內心賠罪，但我在內心一角仍然對媽媽有所期待，希望她吐露出與我十幾年的人生重量相等的感情，這個人卻說得臉不紅氣不喘。

「也就是說，我對此沒有任何責任吧。」

在人格形成之前的階段就被憎恨，那我也無可奈何。

「是呀，所以我不是一次也沒有責備過結珠妳嗎？」

「但同時，妳卻無時無刻不在拒絕我、否定我。」

「都這麼大年紀的人了，就別再擺出那副悲劇大小姐的樣子自怨自憐了吧？」

「我說的只是事實。」

「跟我所知的事實對不上呢。」

媽媽的態度甚至有點樂在其中。我心想，原來這個人越是無法與我互相理解、越是傷害我，就越覺得高興啊。既然如此，我才不會讓她看見我受傷的神情，我鞭策著自己打起精神。我們的談話還沒有結束。

「妳為什麼要特地帶我到那座公寓社區？」

在與青梅竹馬幽會的時候，她大可以替我排滿才藝課、安排保母看顧我。

「這我就不太清楚了。」

媽媽事不關己地聳了聳肩，點了第二杯啤酒。

「可能是內心一角期待著結珠妳跑去跟爸爸告狀，身為醫師太太優雅的生活因此崩塌；也可能是期待那傢伙看見結珠之後，會告訴我他這一次想要自己的孩子；也可能是想逼妳看看溫室外面的世界吧。總之有許多原因。」

「後來，妳跟那個青梅竹馬吵架分手了？最後一次去公寓社區那天，妳的表情明顯和平時不一樣。」

「他好像用了什麼可疑的藥物呀，我們見面沒多久，模樣看起來就不太對勁。」

「妳報警了嗎？」

「怎麼可能報警啊。過幾個月之後我打了電話給他，但聯絡不到人，當時我就想他要不是死了，就是銷聲匿跡躲起來了，於是決定不要再把他放在心上。」

事情大致與果遠想像的一致，我稍微鬆了口氣。就在這時，我看見果遠忽然站起身走出咖啡廳，也沒回頭看我一眼。上洗手間嗎？在這種時候？一直盯著她看也不太自然，因此我立刻收回視線。

「但他還活著吧？」

「是呀。」

「然後你們再次復合，生下了小直？但實際上，應該無法確定小直是爸爸還是那個人的小孩吧？」

我記不清那個男人的五官，對於媽媽向小直說的那句「越來越像那傢伙」無從評論起。但爸爸要是對這回事沒印象，必然也會察覺不對，因此媽媽肯定是巧妙地和雙方同時發生關係——在她管理我的生活、丟棄鋼琴的同一時間。

「哎呀，當然知道呀。從他還在肚子裡的時候開始，就和結珠妳完全不一樣。妳要是站在我的立場，一定也感覺得出來。」

「我不會讓自己站在那種立場的。」

「未來的人生妳也全都看透啦？那妳真厲害。」

她的語氣一點也不尖酸，不知情的人聽了，還以為是感情要好的母女半開玩笑地在交談。

「我沒這麼說。」

等你出社會就懂了、等你結婚就懂了、等你當上父母就懂了……這種帶有預言意味的說法不僅卑鄙，父母用在孩子身上更近似於一種詛咒。難道是想表達孩子遲早會與父母踏上同一條人生道路，只是父母的迷你仿製品嗎？

「我剛才也說過了，小直因此受了傷，內心也非常混亂。妳心裡難道沒有半點反省或懊悔嗎？」

「妳要我說什麼，『對不起，媽媽不應該出軌生下你』？我也被他說『噁心』，覺得很受傷耶？明明跟照顧他姊姊的時候不一樣，好好投注了愛情把他養大的。」

「什麼叫『好好投注了愛情』？媽媽，妳心裡永遠只為妳自己考慮，愛的也只有自己一個人。」

「是啊，可能哦。」

媽媽點頭，語氣滿不在乎。

「所以呢，結珠，妳想怎麼樣？跟小直或爸爸告狀？我都無所謂就是了。」

要是把這番話告訴小直，我無法想像那孩子會露出什麼樣的表情。他肯定無法像媽媽說「不是什麼需要苦惱的大問題」那樣，輕而易舉地將它放下。我能夠成為弟弟的助力嗎？店內照明漂浮在剩下數公分高的紅茶表面，在杯中微微搖蕩。該問的問題都問過了，至於媽媽是如何在那座公寓社區長大，又如何離開那裡、成為爸爸的繼室，我並不想探問詳情。這場無益的對話再繼續下去，也只會消磨我的心神而已。

我正要伸手去拿擱在桌緣的帳單，卻聽見有人開朗地叫了一聲「結珠」。

「入住手續已經辦好囉。」

果遠站在我和媽媽之間，笑瞇瞇地這麼告訴我。「啊，不好意思，打擾兩位聊天。」她不理會腦中一團混亂的我，像剛剛才注意到我媽媽一樣，對她欠了欠身說：

「您是結珠的母親對吧？我叫海坂果遠，是結珠高中時候的同學，和她一起結伴到這裡旅遊。」

媽媽露出了措手不及的表情，不過仍然以客套的嗓音回答「我家女兒平時受妳關照了」。看來即使她不喜歡自己的女兒，面對女兒的友伴還是想維持起碼的體面。

「結珠說她想跟母親獨自喝個茶，所以我剛才在這附近閒逛……不過咖啡廳也越來越擁擠了，如果您不介意，要不要到我們房間來繼續聊？」

她到底想說什麼？我內心膽戰心驚，卻插不上話。

「不用了，這樣很打擾妳們吧。」

媽媽明顯表現出不感興趣的樣子，果遠卻毫不在意地積極邀約：「一點也不打擾！」

「我好想聽聽結珠小時候的故事哦，請您一定要跟我分享。」

「好吧，那就一下下……」

這時的媽媽看起來像一頭捲起尾巴的獅子，氣勢輸給了「比自己年輕的母獸」。笑容活潑的果遠不只是漂亮而已，還有著能令對方折服的氣魄。我們三人一起前往住宿棟，走向客房的期間，果遠一直找些「這城市真漂亮呢」之類的話題跟媽媽攀談，媽媽也回她一些無關緊要的客套話。

雙床雙人房裡有兩張單人座沙發，以及供寫字桌使用的椅子。果遠說「我去幫您泡點東西喝」，便張羅飲料去了，我只得再一次跟媽媽面對面坐下。為什麼呢，我總覺得三人待在一起反而比剛才更尷尬了，等待熱水壺把水煮開的時間漫長得令人髮指。果遠為我們端上咖啡，自己則拿著冰箱裡的寶特瓶，在靠近沙發的床鋪上坐下。可能覺得她怎麼穿著外出服就坐到床上，媽媽挑了挑眉，但最終還是沒有訓斥她，只是啜了口咖啡。

「啊，您要加砂糖或牛奶嗎？」

「不必了。不過還真讓我驚訝，沒想到結珠居然有一起出遊的好朋友。」

「我們感情很好哦。」

對吧？果遠衝著我笑，我充其量只能輕輕點頭回答。她到底想做什麼？我試圖用眼神抗議，但果遠裝作沒看見，只顧著問媽媽推薦的觀光景點，談話間大口大口喝著水。我忍受著坐立難安的不適感聽著她們倆對話，越聽越煩躁，真想立刻衝出這個房間。我明明只是拜託果遠裝作陌生人坐在附近，她卻擅自訂了間房跟我媽媽接觸，我完全弄不懂她在想什麼。

「海坂小姐，妳結婚了嗎？」

「結婚了，有一個女兒。」

「這樣啊。」

忽然間，媽媽的聲音讓我感到不太對勁。她說「這樣啊」的聲音拖得太長，聽起來有點遲緩。我往媽媽臉上瞥了一眼，看見她短促地眨著眼睛，動作反覆了好幾次。

「我孕吐很嚴重，懷孕期間都很不舒服。」

「那還真不走運。」

果然不是我的錯覺，媽媽這句話說得很遲鈍，一點也不像她。可能是累了吧？但果遠毫不介意，只是繼續跟她對話。

「您猜猜看，我和結珠是在哪裡認識的？」

「妳們不是高中同學嗎？」

「不對，我在更早之前就認識結珠了。我以前住在那座公寓社區。」

剛才為止的煩躁瞬間被我拋到腦後。說真的，她到底在想什麼？媽媽也詫異地偏了偏頭，用撐在桌上的那隻手支撐著頭部，回她：「哦，是這樣啊。」

「我偷偷跟獨自一個人等待媽媽的結珠玩耍，和她作伴的時間很快樂，當時只有每週三那段短短的時間是我活著的意義。您不知道吧？」

「是啊。」

「所以，我也去過五號棟的504號房。」

「……我聽不懂妳在說什麼。」

「我在說以前的事。在那個大叔倒下的地方，地上還掉落著剩下的藥物，對吧？」

果遠以指尖捏著一個銀色的小東西，遞到媽媽面前。那是一片空的藥錠包裝殼。

「我剛才放到妳的咖啡裡了。藥效發作了吧？妳開始口齒不清了。」

「結珠。」

媽媽瞪向我，但她似乎正拚命跟落下的眼皮搏鬥，表情沒什麼威脅性。

「這個女生從剛才開始，到底在搞什麼鬼……」

儘管她這麼問，我也答不上來。當我茫然看著果遠的時候，媽媽按著嘴巴站起身，在走向浴室的途中倒在了果遠旁邊的另一張床上。

「媽媽。」

我急忙跑到她身邊，聽見響亮的鼻息聲。果遠神態自若，像個雜耍藝人似的拋接著空空如也的寶特瓶，空瓶在空中旋轉又落下。

「哎，這是怎麼回事？那是什麼藥物，我根本沒聽妳說過。」

「都是騙她的。這是水人跟醫生拿的安眠藥，『那個大叔……』那段是我剛才即時編出來的。」

「就算是這樣，妳讓她吃那種東西做什麼？」

「要是就那樣放她離開，會談只在妳媽媽一個人暢所欲言之後就結束，那也太讓人生氣了。藥量我只用了一半，本來不知道她願不願意喝咖啡，但我刻意在她眼前大口喝水，幸好成功影響到她了。要是計畫失敗，我本來打算隨便結束對話，就地解散的。」

「在別人飲料裡放安眠藥是犯罪哦。」

「我知道。」

果遠接住在半空中骨碌碌旋轉的透明寶特瓶，將它放在桌上，站起身來。

「妳想報警就報警也沒關係，只是我會被逮捕而已，沒什麼大不了。要是完全不報復她，光聽她那些自私的一面之詞就不了了之，反而更不服氣吧？」

七歲時堅持將死去的小綠帶出來埋葬、說什麼都不肯罷休的果遠，和此時此刻的果遠重疊在一起。去參加守靈儀式的時候也一樣，無論哭到不成人形，還是怕得渾身發抖，這女孩一旦決定要做什麼事，就會付諸實行。她是如此果決，總是輕而易舉從怯懦的我頭頂上飛躍而過。

我「呵」地笑出聲來，這一次換成果遠露出了擔心的神情。我不以為意，雙手按著肚子大笑起來。

「媽媽她、剛才的表情……有夠狼狽，我第一次見到媽媽那副模樣。嚇成那個樣子，真糗。」

即使盡情放聲大笑，媽媽也沒有醒來的跡象。

「然後呢，接下來妳打算怎麼做？」

「這就讓結珠妳決定吧。」

果遠回答。

「在她臉上塗鴉，或是拿走她的鞋子之類的。」

才剛下藥迷昏別人，緊接著卻提出小孩子惡作劇等級的報復，這落差很符合果遠的個性。

「我想想，該怎麼辦才好呢……」

我將媽媽的身體翻到正面，讓她仰躺在床上。身體輕得一下就翻了過去，她半張著嘴，發出「咻——咻——」的呼吸聲，像鳥兒瀕死前發出的SOS訊號。整個人毫無防備，稱得上天真無邪，教我想起昨天早上瀨瀨的睡臉。那孩子總有一天也會長大，而我們將日漸變老。雖然媽媽才五十幾歲，若是知道我看著她湧現了這種感慨，或許會不高興吧。被身分不明的人下了藥，她陷入昏睡之前一定很害怕，我覺得這樣便足夠了。

「這是我第一次看到媽媽的睡臉，感覺好像看了不該看的東西。」

「妳害怕嗎？」

「不害怕。」

「結珠，我也沒看過妳的睡臉。」

「是呀。」

我從寫字桌上的面紙盒抽出一張面紙，鋪在媽媽臉上。面紙隨著「咻——咻——」的節奏向上翹起的模樣十分滑稽，同時也帶來一股令人胸口滯悶的愛憐之情。我很驚訝，這是我第一次對媽媽懷抱這種感情。

「妳在做什麼？」

果遠納悶地問我。

「喪禮……的預演吧。」

我不會再向想像中的妳探問「為什麼」。有些我渴望的事物從來不曾被給予，但我再也不會含著手指滿心羨慕地看著它們的殘影。未來我可能會生小孩，也可能不生；無論做出哪一種選擇，那都是我的人生故事，和妳再也沒有關係。

我俯視著媽媽，在心中喃喃說了「再見」。

我們就這樣離開了飯店。走出房間之前，結珠將蓋在她媽媽臉上的面紙取下，用力拍打她的臉頰，嚇了我一跳，不過那並不是出於憤怒的舉動。

「她表情皺了一下，表示還有反應。」

然後，我到櫃檯告訴服務人員：「我們行程有所改變，所以不住宿了，要直接離開。」

「好的，但您登記入住時支付的住宿費將無法退還……」

「啊，這個完全沒有關係。只不過我媽媽還在裡面小睡，大概過三個小時之後，能不能請你們打電話叫她起床？假如沒有回應，可以直接進房叫醒她沒關係，她睡得很沉，本人也已經同意了。如果有什麼事，請聯絡這支電話。」

我說出結珠交代的臺詞，將寫有結珠手機號碼的便條紙交給櫃檯。因為我忘記幫自己的手機充電，它已經沒電了。

「好的，沒問題。」

「再麻煩你們了。」

我跟等在飯店外面的結珠會合，心情就像平安完成了跑腿工作的小孩子。

「結果如何？」

「他們說沒問題。抱歉呀結珠，用了妳的電話號碼。」

「倒不如說不用我的號碼不行吧，畢竟那是我的母親呀。」

為了防止母親出了什麼萬一一睡不醒，結珠有條不紊地安排了後續事宜。我誇她厲害，她便露出苦笑：「果遠妳比我厲害多了。」

「但我完全沒想過事後該怎麼辦。」

「這也是妳厲害的地方。對了，妳為什麼會把安眠藥帶在身上？」
我們上了計程車，因此結珠稍微壓低了聲音問。
「我想說，可能有些場合需要用到。」
「什麼場合？」
「……像是掩埋或丟棄某些東西的場合。」
我把聲音放得更輕，小聲耳語，結珠便尖聲說「我怎麼可能做出那種事！」嚇得司機微微抖了一下。
「就算是開玩笑，也不要說這麼嚇人的話。」
她說完便別過頭，將臉轉向車窗外。
「抱歉。」
「萬一事情演變成那樣，妳也不打算阻止我嗎？」
「嗯，我會幫助妳。」
結珠跟我這種做事全憑衝動的人不一樣，當她做出驚人之舉，我想那一定是經過深思熟慮的結果，所以我想替她分擔一半的責任。
「妳完全不猶豫呢。」
「怎麼可能猶豫。」
「果遠，假如妳打算做出無法挽回的事，即使知道無法阻止，我還是會去攔著妳。」
「嗯。」

結珠有些苦澀地說：「這不是很不公平嗎？」

「因為結珠不是我，所以沒關係。」

「是這樣嗎……」

我們決定先回到名古屋，再隨便找間飯店過夜。一搭上五點前的特急列車，我馬上覺得餓了。

「我肚子餓了。」

「畢竟我們沒吃午飯嘛。車上沒有餐車，等到了名古屋再吃點好吃的吧。」

「有什麼好吃的呀？」

「棊子麵、鰻魚三吃之類的。」

「兩個我都想吃。」

「明天回去之前，感覺還有一點時間可以觀光。妳有什麼想參觀的嗎？」

我對名古屋的印象大概只有名古屋城而已，也不特別想參觀，所以我老實回答：「結珠，我想聽妳彈鋼琴。」

「為什麼要特地在名古屋聽？」

「最近很流行吧？在街上擺一架鋼琴，人人都可以過去彈。名古屋是大都市，感覺也有這種機會。」

「不行不行，我這種程度的技術太丟人現眼了，我可不敢去彈。」

「明明就彈得很好。」

「就說彈得不怎麼樣了。」

「既然誰都可以去彈，那就算彈得很差也沒關係吧？」

「話是這麼說沒錯，但我絕對不敢。下次我用自由學校的鋼琴彈給妳聽，拜託妳饒了我吧。」

「好吧……話說回來，『卡農』到底是什麼意思？」

「簡單說就是輪唱吧。像〈青蛙之歌〉那首童謠一樣，同一段旋律錯開一定間隔，一層層往上疊加上去，這種形式就稱為『卡農』。巴哈也創作過卡農哦。」

「是哦。」

「『Canon』這個詞原本的意思則是蘆葦。由於蘆葦筆直生長，後來就慢慢有了規則、規範的意思。」

「是一種草呀。」

「筆直生長，跟果遠妳非常相稱哦。」

車窗上開始滴滴答答沾上了水滴。松本明明還是好天氣，我們的行進方向上卻開始湧現一團團混濁的烏雲。雨聲越來越密集，我聽著聽著逐漸產生了睡意。結珠也緩緩點著頭，可能是剛才一直繃緊神經，現在鬆懈下來的關係吧。難得兩個人一起出門的機會，睡著太可惜了——我這麼想著，意識仍然像被烏雲包裹一樣墜入了夢鄉。

感覺好像只睡過去短短的一瞬間而已。身旁結珠的智慧型手機響起，我也因而醒來，看見結珠揉著眼睛，急急忙忙走向車間通道。是飯店打來的電話嗎？車窗外一片昏暗，斜斜落下的雨水匯成激流，雨聲也十分激烈，車廂內響起「由於雨勢過大，目前列車減速行駛」的廣播。外面光線昏暗時看不清風景，只有自己的臉特別清晰地映照在玻璃窗上，真無趣。或許是剛醒不久，意識還有點朦朧的關係，我沒什麼危機感地想著，要是結珠的母親出了什麼事，我大概會被逮捕吧。這種時候我應該回到當地的警察局比較好嗎？假如真的被逮捕，我必須告訴他們一切都是我自作主張，跟結珠沒有關係才行。接下來就交給藤野，他一定會好好保護結珠。

過了十分鐘，結珠快步走了回來，神情僵硬緊繃，像跌進座位那樣一屁股坐了下來，雙手掩面。看來我真的要有前科了。

「結珠？」

「怎麼辦……」

「咦？」

結珠抬起臉，從她口中說出我意想不到的話：「瀨瀨和小直都沒有回家。」

「他們兩人都從自由學校失蹤了，找不到人……怎麼辦才好……」

「即使妳這麼問……」

我們人在遙遠的外地，而且外面下著大雨，就連移動到下個目的地都難以如願。

「剛才那通電話，是妳先生打來的？再跟我說得仔細一點。」

「我先生去接小直的時候，發現小直不在學校，水人也說他找不到瀨瀨，出動所有職員到學校附近找過了，也沒找到人。詢問站務員之後，對方說不久前看見他們兩人一起站在往新宮的月臺上。雨下得這麼大，新宮站以後的電車已經停駛了，所以他們打電話問過中間每一個車站，確定有符合描述的小朋友在新宮下車，但那之後就不曉得他們去了哪裡。」

「報警了嗎？」

「報警了。」

結珠的呼吸像盛夏裡的小狗一樣慌亂，哈、哈地喘著氣。「妳冷靜一點。」我拍撫著她的背，她呻吟似的洩漏出一句「對不起」。

「為什麼道歉？」

「因為，絕對是小直把瀨瀨帶出去的。那孩子到底在想什麼……」

「不一定呀，也有可能是瀨瀨耍賴要求小直帶她出去。水人的老家就在新宮那邊，雖然我們沒跟瀨瀨說過，但她可能在某些機緣下知道了，想過去看看也不一定。」

「在這種下大雨的日子裡？」

「小孩子嘛，有時候一旦下定決心就想馬上行動。」

「即使真是這樣，小直也應該阻止她才對。沒跟宗田先生或水人先生報備就出遠門，這是絕對不被允許的。」

結珠說得沒錯，我不認為小直會不明白這個道理。「對了，打過小直的手機了嗎？」聽我這麼問，結珠無力地搖頭。

「他們說，他的手機放在學校裡沒帶走。可能是刻意不想洩漏行蹤。」

「也可能只是忘記帶了呀。」

結珠面色慘白，像全身的血液都瞬間凍結似的，但我無論如何都不覺得那孩子有可能做出傷害瀨瀨的事。我的確很擔心，想法卻和結珠恰好相反，覺得「有小直陪在瀨瀨身邊」像一種保障。

「哎，別把事情想得太糟了，小直是個好孩子。」

「但果遠妳根本不瞭解小直，不是嗎？就連我都完全不瞭解他。」

結珠顫著聲音回嘴，但一對上我的視線，立刻又無力地垂下頭說「對不起」。我回想起我們三人一起度過的那個週六，總覺得已經像歷史久遠的往事了，當時小直一直牽著瀨瀨的手。瀨瀨的身高和步幅都跟他差那麼多，手心流著汗一定也不怎麼舒服，他卻一直沒放開她的手。這不就已經是相信小直的充分理由了嗎？雖然想這麼說，但感覺說什麼都只會徒然刺激到結珠，於是我把話倒吞了回去。

「為什麼偏偏發生在我們離開家的時候……真的很抱歉，我也無顏面對水人先生了……」

「結珠，都說過不是妳的錯了。哎，我們來想想接下來該怎麼辦吧。這輛電車雖然誤點了，但還是會正常抵達名古屋對吧？只要沒有宣布禁止行車，我們就能開車回去。我們租輛車吧。」

「嗯。」

結珠搜尋過路況情報，喃喃說：「應該沒問題。」聲音比剛才多了幾分生氣，接著她馬上又站起身來。

「我去打電話給我先生，告訴他我們會開車過去，還有果遠也跟我在一起。妳的手機打不通，我想水人先生應該也很擔心。」

「啊，好。」

抵達名古屋之後，得買個行動電源才行。結珠沒過多久便回到座位，告訴我「他說會轉告水人先生」。

「他們正在分頭找人，所以彼此好像不在附近。」

「嗯。」

「電話另一頭的雨聲好大，簡直像站在蓮蓬頭底下一樣。」

理應人在東京的結珠，卻和我一起搭乘著從長野開往名古屋的電車——我沒能問她是怎麼向藤野解釋這件事的。在緊盯著智慧型手機的結珠身旁，我閉上嘴，任由被雨幕攔阻、緩緩行駛的電車載著我們前進。

我們晚了三十分鐘抵達名古屋，坐進結珠事先預約好的租賃車輛，這一次等著我們的是塞車。新幹線的班次也大幅延誤，實在沒辦法。我本來打算負責開車，但結珠堅持要我「先跟水人先生聯絡」，我於是插上在站內商店購買的行動電源，在副駕駛座上打給水人。

『喂？』

水人的聲音有如怒吼，但這不是出於焦急或憤怒，而是因為雨聲太吵了。這種情況下即使孩子們出聲求救，搜救者很可能也聽不見——一想到這裡，連我都感到五臟六腑發涼。那兩個小朋友人生地不熟的，究竟跑到哪裡去了？說到底，他們跑這麼遠又是為了什麼？

「抱歉，我的手機沒電了。人找到了嗎？」

『還沒有。』

「雖然不知道幾點能趕到，但我們現在正在開車過去，有什麼狀況隨時打給我。」

『好。』

掛斷電話，結珠直視著前方喃喃說：

「碁子麵和鰻魚飯三吃都沒吃到呢。」

「是啊。」

面臨這種緊急狀況，我的飢餓感也煙消雲散了。

「下次再吃吧。」結珠說道，我感覺得出來她自己也不相信這句話真能實現。換我開車吧——我正想這麼說，但又想到她有事能忙或許心情會比較輕鬆，於是打消了念頭。反正路上塞成這樣，也開不了快車。

雨刷在擋風玻璃上眼花撩亂地來回擺動，讓我聯想起音樂教室的節拍器。那一天也下著雨，一場轉瞬即逝的驟雨。雨雲急匆匆地經過之後出現了彩虹，光是這樣就教我們開心得又叫又跳。真懷念。

我們或許永遠都是這副模樣，像一首卡農，反覆輪唱著轉瞬即逝的微小幸福與離別。

如果真是如此，那下一個音符的位置早已敲定了。前方車輛的輪胎像鯨魚噴水一樣掀起一大片水花，都市的霓虹燈和紅綠燈在化作小河的路面上投下色塊，雜亂無章的色彩令我聯想到禮拜堂的玻璃花窗與彌撒時間。但我並不想向神明祈求女兒平安無事，因為越是祈禱，我越覺得那是無法實現的願望。

過了四日市的交流道之後，車流終於轉趨順暢。平常從這裡開到新宮大約三小時左右吧，但現在這個狀況下完全無法預測。雨勢毫無減弱跡象，我們的手機都沉寂無聲。

「我們到底算什麼呢。」

結珠說。

「打電話給丈夫的時候，我覺得很心虛。但那種心虛卻不是因為我出門前對他撒了謊，而是因為我自己也無法解釋為什麼要撒謊，所以對他感到抱歉。」

「嗯。」

「如果能直接把我眼中的果遠呈現在他面前，事情就簡單多了，但即使真的辦得到那種事，我肯定也不願意吧。不希望被任何人知道、不想要任何人產生共鳴……抱歉，現在明明不是說這種話的時候。」

從出生以來一天也不曾離開我身邊的女兒，突然從我眼前消失——我難以想像這種事發生，但內心某個角落卻也覺得「果然如此」。小綠也好、千紗姊也好、結珠也好，我總是得和喜愛的人事物道別。要是瀨瀨有了什麼萬一，水人說不定也會離開。

車窗外的天空和群山都像遮光布幕一樣漆黑一片，遠處建築物的光孤零零地在雨中暈開，總覺得我們好像被困在夜幕和雨幕無邊無際的隧道之中，永遠無法脫身。心跳聲微小而迅速，怦、怦、怦、怦，像被雀鳥啄食的聲音。

我放在大腿上的智慧型手機響了起來，過幾秒結珠的手機也響了。結珠用力踩下煞車，靠向路邊停車，幸好我們後方沒有車輛。兩人在狹窄的車內一起講電話可能聽不清楚，因此我拋下一句「我到外面講」，急匆匆打開車門，雨聲登時湧入耳中。

「喂？」

我塞住一隻耳朵，扯開嗓門接起電話，水人在那一頭說「人找到了」。

「真的？兩個人都找到了？」

『對。男孩子好像有點扭傷，不過瀨瀨一切平安。』

「這樣啊……」

我鬆了口氣，同時雙腿慢了許多拍發起顫來，我靠在車上，以免當場跌坐下去。

『來，瀨瀨。』

下一個瞬間，我聽見瀨瀨喊「媽——！」的聲音。

「瀨瀨，妳沒受傷吧？有沒有哪裡痛？」

『都沒有。媽——對不起，瀨瀨本來想跟小直去東京的。』

「為什麼？」

『去接結珠老師。』

是意想不到的理由。

『是瀨瀨說要去的，所以妳不要罵小直。』
「好。小直不在你們那邊嗎？」
『只有小直一個人被帶上警車了。』
瀨瀨不安地說：
『小直會被抓走嗎？可是小直沒有做錯事……』
「不用擔心，只要好好解釋清楚，警察伯伯會理解的。瀨瀨，妳現在在哪裡？」
『伯伯的車上。』
「咦？」
哪來的伯伯？電話再一次換到水人手上，他回答「是我哥哥的車」。
『我一說瀨瀨在這附近失蹤了，他們都一起出動幫忙找人。』
「原來是這樣。」
水人在宣告斷絕關係之後兩天向家人求助，而水人的親族向他伸出了援手，雙方都是為了幫助瀨瀨。我發自內心感到高興。
『接下來我們準備到老家借個浴室，全身都溼透了，衣服上也沾滿泥巴——我們快到了，晚點再跟妳聯絡。』
「好，謝謝你。」
只講了不到五分鐘的電話，我也淋得渾身溼透了。回到車上，結珠也已經講完電話，向著彷彿剛從海裡爬上來的我遞出毛巾。

「趕快把身體擦乾。妳有衣服能換嗎？行李裡面沒帶？」
「只住一晚，所以我只帶了內褲。沒關係啦，放一下子馬上就乾了。」
我只迅速擦拭了臉和頭髮，將毛巾墊在座椅上坐好。
「水人打來跟我說平安找到人了，瀨瀨聽起來也很好。結珠，妳那邊呢？」
「也一樣，我先生說他正準備前往警察局。他好像還沒跟小直會合。」
「這樣啊。這是瀨瀨說的，所以可能不完全正確，但他們本來好像打算去東京迎接結珠妳哦。」
「咦？為什麼？」
「詳情我也不清楚。不過瀨瀨叫我『不要罵小直』，至少可以確定那孩子沒有違背瀨瀨的意願，強制將她帶離學校。」
結珠頓時神情扭曲，往方向盤上一趴，呼出一口長長的氣。
「太好了……」
聲音細如蚊鳴。不過她立刻直起身說「我們該趕路了」，堅定地面向前方。
「開往新宮就可以了吧？」
「這我不確定。我沒辦法踏進水人的老家，可能回家等他們比較好。」
「反正回妳家也是同一個方向。後續應該還有聯絡，總之我們先往前開吧。」
我們才剛過松阪，路程還很漫長。
「要不要換我開車？」

「沒關係，我把空調關小一點哦。」
「不用在意我。」
「不行，這樣會感冒的。妳突然衝出去，嚇了我一大跳。」
「總不能兩個人在狹窄的地方同時講電話吧。」
「我出去也可以啊，妳總該先問一下吧。」
雖然剛才根本無暇多問，但我還是回答「我會注意」。對了，高中時結珠好像也提醒過我，不用做那種「像男人一樣的事情」。但我不是想模仿男人，不是想像男人那樣觸碰妳。無論何時，我都只是我自己。
下一次結珠的手機響起，是在我們開到尾鷲一帶的時候。結珠停下車，簡短回答「嗯」、「我知道了」，接著乾脆地掛斷電話，再一次開動車子。
「怎麼樣？」
「嗯，小直他在警察局，除了『我想跟姊姊說話』之外，好像什麼也不願意說。警方請我們帶他回去好好談談，所以我先生準備帶他回家了。」
「那結珠妳也能直接開回家了。」
「嗯。」
想跟姊姊說。這句話代表他不願向其他人透露詳情。小直的心情，只有小直自己一個人清楚。我也掛心瀨瀨的狀況，因此打給了水人，電話響一聲他便接了起來。為了讓結珠也能聽見，我切換成免持通話。

『我剛好也想打給妳。』

「瀨瀨呢？」

『我嫂子幫她洗過澡了，現在正在吃飯。他們端出漢堡肉排，還有各式各樣好吃的，這也是瀨瀨第一次見到堂哥堂姊，正興奮呢。時間很晚了，我們今天會先在這裡過夜。』

「好啊，那我在家等你們。」

『……嗯。』

「怎麼了？」

『沒事。瀨瀨跟那個男孩子，最後是在新宮一間神社後面找到的，在社殿和外側圍欄之間，樹木長得像森林一樣茂盛的地方。男生跌倒扭傷了腳，沒辦法繼續走動。周圍一片黑暗，他撐著一把傘坐在那裡，抱著瀨瀨以免她淋溼，雨下得太大了，瀨瀨說她也沒聽見我們的聲音。』

「後來是怎麼找到人的？」

是防身警報器。水人說。

『瀨瀨拉響了果遠妳讓她帶在身上的那個防身警報器，所以我們才得知他們的位置。那東西立了大功啊。』

我答了聲「嗯」，聲音或許有點哽咽。一掛斷電話，淚水便溢出我的眼眶。結珠默默踩下煞車，再一次停下車子，朝我伸出手。她的眼睛也同樣溼潤。我們扭轉著上半身，以不自然的姿勢相擁。結珠的身體十分溫暖，她應該覺得我的身體很冰冷吧。「太好了」，我說，而結珠也回答「太好了」。我們兩人互為彼此的護身符——即使在見不到面的時刻，在我們用盡全力維持各自的生活、連回憶也迷失不見的時刻。總覺得瀨瀨替我們證明了這一點。

在「繁花」前面讓果遠下車，準備道別的時候，我不曉得該說什麼才好。

「結珠，抱歉，我可以直接把毛巾留在車上嗎？」

「嗯。」

晚安？明天見？對不起？謝謝？我凝視著果遠的雙眼，失去言詞般沉默不語，而她對我說了聲「辛苦了」。

「……真的辛苦了。」

這句話太過貼切，我輕聲笑了出來。我確實累得筋疲力盡了。現在已接近午夜十二點，我從來沒想過這趟會變成這麼極限的單日來回之旅。本來，此時此刻我應該跟果遠在名古屋的飯店放鬆休息才對。我們應該已經吃過晚飯，也泡過了澡，兩個人躺在床上，聊些無關緊要的小事，討論明天回去前要做些什麼，度過只屬於我們的時光。平凡無奇，卻如夢似幻的夜晚。

短期內我大概不會想再開長途車了——我邊想邊在傾洩不止的雨中回到家，丈夫走出來迎接我。

「妳回來了，一路上肯定很辛苦吧。」

「你才辛苦了。造成這種困擾，真的很對不起。」

眼見我低頭道歉，丈夫皺起臉來打斷我：「不用這樣跟我客氣啦。」

「小直呢？」

「他沖過澡，也吃過飯了，現在待在房間裡，應該還沒就寢。他腳踝的扭傷並不嚴重，但明天我們還是帶他到醫院看看吧。還有，也要記得跟幫忙尋人的宗田先生和岡林先生道謝才行。」

「好。」

「妳要不要也吃點東西？看妳臉色不太好。」

「沒關係，時間已經這麼晚，我就不吃了。得先去跟小直談談才行。」

我在樓梯前回頭看向丈夫，再一次向他道歉：「對不起，向你撒了謊。」

「因為小直的事情，我有些事非得去跟媽媽談談不可。可是我沒有勇氣一個人去，所以才找了果遠陪我。其實我們以前就認識了。」

「沒關係啦。妳又不是在斷絕聯絡的情況下人間蒸發，而且我也不是沒有事情瞞著妳呀。」

「是嗎？」

「當然。」

丈夫豎起食指笑著說道，我想，他肯定是為了減輕我的罪惡感而開了個玩笑吧。
「我只希望妳告訴我一件事。陪妳同行的那個人，不能是我嗎？」
「嗯。」
「這樣啊——回答得這麼毫不猶豫，那我也不好再糾纏囉。」
另一句「對不起」差點又脫口而出，但這麼說沒有意義，我於是將它憋了回去。
我爬上二樓，在小直房間外喊了他幾聲，但沒有回應。我說聲「我進去囉」，打開房門。
「我回來了。」
「……歡迎回來。」
弟弟坐在床上，像剛睡醒一樣看起來有點茫然，這孩子也累壞了吧。他右側腳踝上貼著一大塊貼布。
「你的腳還好嗎？」
「走路的時候有點痛，但還好。」
「不要太勉強哦。晚餐吃了什麼？」
「姊夫煮了義大利麵給我吃。」
「這樣啊。」
我從書桌前拉來椅子，坐在正前方或許壓迫感太強了點，因此我將椅子拉到小直的斜前方。

「對不起。」

我首先道了歉，弟弟一聽，好像被責罵似的渾身抖了一下。

「聽說你和瀨瀨兩個人不見蹤影的時候，我不應該以為是你硬把瀨瀨帶出了學校。還有，我說要去東京是騙人的，其實是去見了媽媽，為了確認小直你之前跟我講過的事情是否屬實。但由於不曉得最後事態會怎麼發展，所以我本來打算等釐清事實之後再告訴你。」

小直低垂著頭，不發一語。

「你們本來想到東京去接我嗎？瀨瀨好像是這麼說的。」

弟弟的膝蓋從五分褲的褲管底下露出來，骨節像樹瘤一樣凹凸分明，他的手指在上頭不知所措地摩挲。我不知道該握住那隻手，還是別碰他比較好。

「聽說瀨瀨拜託大家『不要罵小直』，所以我也不打算責罵你。只是希望你用你自己的話，告訴我發生了什麼事。」

小直仍然低著頭，咬緊了下唇，雙手在膝上握成拳頭。我靜靜等待他鬆開嘴唇。

「……在自由學校……」

小直終於娓娓道來。

「瀨瀨問我，『結珠老師呢？』我回答『出去旅遊了』。她說『我媽也是』，我一聽就覺得妳們一定在一起，可能不打算回來了。我說，我可能再也見不到我姊姊了，瀨瀨聽了好像以為我心裡寂寞，於是說『那我們去接她就好了』……我並不打算真的跑到東京去，可是實在沒辦法呆坐在原地。」

「等一下。」

我忍不住打岔。

「你為什麼會覺得我和瀨瀨的媽媽在一起？而且還不打算回來了？」

「因為我聽見了。」

小直首度由下往上朝我仰望過來。

「星期六那天晚上，瀨瀨在沙發上睡著了，我想問毛巾毯放在哪裡，一走到姊姊妳的房間門口，就聽到妳們兩個人在說話……氣氛很嚴肅，說著要回來、不要再消失不見之類的話。我聽不太懂，但知道在這時候不應該打擾。我悄悄回到一樓，後來妳們出來了，我看見姊姊妳的嘴唇上沾著口紅。……姊姊，妳以前和瀨瀨的媽媽交往過，只是後來分手了吧？」

我實在藏不住動搖，視線往旁游移。我懊悔自己太粗心大意，但為時已晚。我想說我們並沒有交往過，但無論如何解釋也不會被理解吧。

「但我很高興妳願意好好聽我說話，所以我決定不要把這件事告訴任何人。可是，妳們卻在那之後馬上像串通好一樣不約而同出去旅遊，一定是打算丟下我和姊夫兩個人私奔。姊姊撒謊欺騙了我，看見瀨瀨說不定都被拋棄了，還天真地說著『我今天跟爸爸兩個人看家』，我就覺得好不甘心。」

小直反覆握緊拳頭，像想要捏碎什麼似的。

「所以我告訴瀨瀨『妳媽媽好像也跟我姊在一起』，撒謊說『妳爸爸那邊我已經跟他講過了，不用擔心』，帶她偷偷溜出了學校。走向車站的途中下起雨來，所以我們買了一把塑膠傘，然後搭上電車。電車開到新宮就停駛了，我思考著接下來該怎麼辦，在車站前漫無目的晃來晃去的時候，總覺得擦肩而過的人一直看我，突然讓我覺得好害怕。後來找到一間大神社，我在圍欄內側的樹叢間前進時跌了一跤，走不動了。我搞不懂自己到底在這種地方做什麼，覺得一切都無所謂了。雖然知道瀨瀨很擔心我，我還是默默撐著傘動也不動，那孩子突然在這時候說『啊，對了』，從口袋拿出防身警報器拉響它，幫我找來了救兵。」

「原來是這麼回事。」

我仍然深感混亂，但還是勉力告訴他：「謝謝你願意跟我說。」不受弟弟信任雖然讓我感到打擊，但這方面我也一樣。我們一點也不瞭解彼此。

「我明白了。對不起，因為我事前沒有好好跟你溝通的關係，造成了你的不安。剛才也說過了，我是到媽媽在長野的住處去了一趟。至於瀨瀨的母親——果遠，她只是陪著無所依靠的我一起同行而已。從結論說起，沒有人能確定你的生父真的不是爸爸。媽媽相信跟你有血緣關係的是她交往的另一個男人，但她並沒有證據。關於那個男人，我也只在小時候見過幾面，不知道他的姓名和出身。如果小直你無論如何都想知道，或許可以從媽媽那邊打探消息、跟他聯絡，但老實說，我覺得這只會造成更多麻煩。我知道的就只有這些了。」

不知不覺間，小直已經抬起臉凝視著我。

「如何看待這件事情取決於你。不過我星期六也說過了，我絕對不會放任小直你被獨自拋棄。只有這點，請你相信我。」

小直沒有應答，甚至沒有點頭。這也不能怪他。「總而言之，今天先好好休息吧。」我說完，站起身來。

「明天我們一起去醫院吧，晚安。」

我將椅子推回去，手剛搭上門把的時候被叫住了。「姊姊。」我回過頭，看見小直仍坐在床鋪上，攀住浮木似的探出身子。

「姊姊，妳沒有外遇吧？」

剛才的「私奔」也是，從這麼小的孩子口中聽見「外遇」這個詞，就像穿著鬆垮過大的衣服一樣不相稱，但小直的表情卻無比認真。

「妳跟媽媽那種人不一樣吧？妳不會背叛姊夫吧？」

我閉了閉眼，再緩緩睜開。

「我並不是媽媽，這是不證自明的事。無論血緣關係如何，我和媽媽、和小直你都不一樣，是完全獨立的另一個人。假如說除了丈夫以外，我曾經有過喜歡的人，光是這樣你就會覺得我和媽媽一樣嗎？我就會成為不值得信任的背叛者嗎？我並不是想為自己開脫，只是不希望你僅僅憑藉著片面的要素，先入為主地評判你未來將會遇見的許多人。小直，你是我的家人，但我並不會因此毫無保留地向你坦白我人生中的一切。這點媽媽肯定也一樣，而你當然也可以保有只屬於你的寶貴回憶和秘密。要讓誰踏進你的心房、踏進到什麼程度，都是小直你有權自己決定的事。」

小直看起來不太服氣，顯然並沒有接納我的說法，但我講這番話並不是為了說服他。我沒有必要配合他，他也沒必要配合我。最後，我再說了一次「謝謝」。

「你是為了我著想，才沒有把我和果遠的事告訴任何人吧。我很喜歡你溫柔善良的這個優點哦。」

我走出房間，反手關上門，聽見細小的抽泣聲漏出門縫。在樓梯下方，丈夫正憂心地仰頭看向我。

「你特地醒著等我呀？謝謝你。」

「辛苦了。」

和果遠臨別時同樣的臺詞，讓我聽了忍俊不禁。

「你也辛苦了。」

「我來泡個茶吧，不含咖啡因的。」

「就算含咖啡因，感覺我喝完還是能立刻睡著。」

我在沙發上和丈夫並肩坐著，喝著溫熱的南非國寶茶，感覺到長途駕駛後緊繃的肌肉終於逐漸放鬆下來。

「妳跟小直說上話了嗎？」

「嗯，他好像以為我去東京之後就不打算回來了。把瀨瀨牽扯進來確實是他不對，但原因出在我，不該怪罪小直。」

「這樣啊。」

聽完我並不充分的說明，丈夫也體貼地不再深究。我將週六小直的告白，以及和媽媽會面的始末告訴他（省略了安眠藥的橋段），丈夫便說「真是場大冒險啊」，誇張地慰勞了我一番，然後感嘆道：

「小直也真不容易。我年輕的時候也曾經覺得，一旦違背父母的決定，人生好像就要結束了一樣。長大成熟一點之後，就會明白完全沒這回事。但是，告訴正處於漩渦中心的孩子說『等你長大就不會在乎父母了』，也無法為他們帶來希望，反而會造成反效果。」

「是啊。」

小孩子活在此時此刻、活在當下這個瞬間，向他們講述時間的效用未免太殘酷了。

「你覺得小直接下來該怎麼辦才好？假設他繼續留在這裡好了，但都已經給大家添了麻煩，即使宗田先生願意原諒他，我也不好意思再讓他到自由學校念書了。」

「嗯……回到東京過原本的生活，或者有沒有第三個選項？乾脆換到一個誰也不認識他的地方？」

「例如住宿制的學校或是國外嗎？跟爸爸說一聲，他應該願意幫忙辦理手續，但小直說不定會覺得自己被遺棄了。」

「確實，也得問問他本人的意願才行。先睡吧，疲倦的頭腦想不出好主意哦。」

「嗯。」

我明明已經疲憊不堪，到了真正鑽進被窩的時候，雨聲卻一直縈繞在耳邊，遲遲無法入睡。我不由自主地想起果遠，她已經睡了嗎？儘管我睡在丈夫身邊、在近處感受著丈夫規律的鼻息，但一想到她在水人和瀨瀨都不在的家中不曉得過得如何，我便覺得胸口發緊。這也是一種背叛嗎？

這麼說來，我還沒有一個人獨自生活過。只有在奶奶剛死，水人還沒來到家裡的短暫期間，我曾經一個人睡覺、一個人起床。我連澡也沒洗，甚至沒鋪棉被就躺在榻榻米上睡著了，睜開眼一時之間還搞不清自己的狀況。瀨瀨在哪裡，現在是幾月，我又是幾歲……隨著朦朧的意識逐漸清晰，現實輕輕落進心底。啊，沒錯，我去了長野，然後……

我將一直插著行動電源的手機拉近身邊，一看時間，還不到六點。我沒什麼睡回籠覺的興致，迅速洗了個澡，肚子開始叫了起來，於是我決定下到一樓，為自己煮鍋泡麵。潮溼的頭髮沒吹、一手拿著鍋子吃的泡麵真是極品美味，結珠要是看見我這副樣子，一定會氣得說「妳真沒規矩」。假如兩個人一起生活，不難想像我們會為了這些瑣事不斷起衝突。但如果能和她一起妝點平凡日常的破綻和傷痕，在反覆修補它的過程中逐漸老去——這個想法，或許也只是天真的美夢吧。

我站在吧檯內側，唏哩呼嚕吃著沒有配料的泡麵，這時後門打開，水人走了進來。他看見我邋遢的用餐情景睜圓了眼睛，但沒多說什麼，只說：「妳已經起床了？」

「嗯，睡不著。你才是，回來得真早。」

「嗯。」

「要吃泡麵嗎？幫你煮一碗？」

「不用了。」

我一個人吃完泡麵，將鍋子洗乾淨。水人坐在平常的老位子上看著我忙完，問我：「要不要一起去散步？」

「好呀。」

外頭下著細細的霧雨，像昨晚大雨被搾乾後的殘餘。我們沒撐傘，走到海水浴場時頭髮和肌膚都沾著水氣。覆蓋海面的雲層是霧濛濛的象牙色。

「瀨瀨還在睡？」

「是啊。她昨天太興奮了，一直睡不著。」

我們走在飽含水分的沙灘上，每一步都踩出沙沙聲，沙粒噴上腳踝的感覺有點癢。水人停下腳步，凝神望向大海。

「怎麼了？」

「覺得大海真遼闊啊。」

「怎麼到現在才這麼想？」

「只是突然冒出這個想法。」
「有時候就會這樣呢。」
「嗯。」
他點點頭，站在原地不動。即使規律湧上岸邊的海浪打溼他的運動鞋尖，他仍然像被某種事物奪去心神似的瞇著眼睛遠眺，然後輕聲說：
「找到瀨瀨的是我哥哥。」
那道被無聲雨霧模糊的背影遠比我更加魁梧，感覺卻縹緲單薄，好像即將消失不見。
「當我衝進老家說『我女兒失蹤了』的時候，原本以為他們會說『關我們什麼事，給我滾回去』。我哥哥卻立刻取出雨衣，四處打電話聯絡親朋好友一起尋人，找到瀨瀨之後還哭著說『太好了、太好了』。他為母親守靈那一晚也沒哭過，不知為何反應這麼大。瀨瀨什麼也不懂，看到他這樣都傻住了。」
「太好了。」我對面帶苦笑的水人說：「真的太好了。」
「嗯。」
水人回過頭來，臉上並不是面無表情，神態卻風平浪靜，從中讀不出任何情緒。
「昨晚我一夜無夢，睡得很熟。我很訝異，原來晚上能睡得著是這麼如釋重負的事情。我想，這應該是因為我放棄了妳吧，放下了『萬一果遠去了我無法觸及的遠方該如何是好』的那種不安。我明明連那種事都做了，明明拋下了一切來找妳……自己這種斤斤計較的想法一直讓我很厭煩。當果遠妳突然說要出遠門的時候，我就想，啊，這一刻終於來臨了。」

「我不是白鶴哦。」我說，「我不會飛，沒有其他去處，也沒有別的家能回。」

「沒那種事。果遠，妳是自由的，從我初次見到妳的時候就是如此。總是一副心不在焉的神情，無論誰說了什麼妳都無動於衷，那時我很喜歡這樣的果遠哦。」

「我不是無動於衷。只是我必須裝作視而不見、封閉自我，告訴自己我不管、不關我的事，否則就過不下去了。」

「嗯。妳和我在一起的時候，也還是一直封閉著最深處的自己吧。」

我無法回答他「沒那回事」。一小滴雨水掉進眼睛，我用手指去揩，看向水人的時候，看見他臉上帶著悲喜交加的表情。

「果遠，和我分手吧。我想再一次在故鄉生活，重新展開自己的人生。」

是和浪濤聲重疊的關係嗎？這句話聽起來無比溫柔，像一句愛的告白。水人的語調中沒有悲壯，從中只感受到他已經下定了決心，那是一種沉著安穩、巍然不動的意志。

「好。」

我點了頭。因為我知道，水人不僅僅是為了他自己的人生，同時也是同等地為我的人生著想才說出這番話。拋棄別人的，永遠是弱小的那一方？並非如此。水人一直都是個溫柔的人，他正準備用最後的溫柔，為我放開這雙手。

「我什麼也不需要，只希望妳把瀨瀨留給我。」

「瀨瀨不是東西。」

「但妳是因為我想要小孩才生下她的吧，要不是這樣，妳一點也不會想生小孩。」

水人不曾清楚說過「我想要小孩」這種話。但是每一次在街上與親子檔擦肩而過的時候、客人拿自家小孩的照片給他看的時候，水人總會瞇著眼露出略顯落寞的笑容。

「我害怕果遠妳離我而去，所以心想，要是我們有個孩子就好了。可是把剛出生的瀨瀨抱在懷裡的那一刻，我便對於把她視為道具的自己感到慚愧。」

「嗯。」

你有多愛女兒，我最清楚了。我一旦身體不舒服、心情不好，總是立刻表現在態度上，但水人和我不一樣，無論何時都真摯地對待瀨瀨。我從小在沒見過父親的環境中長大，這情景看在我眼中十分新鮮，還有一點點羨慕。水人會將瀨瀨高高抱起，讓她騎在肩膀上，「嗯、嗯」地傾聽她說著那些無關緊要的小事。

「我並不後悔生下瀨瀨哦。」

「嗯……問瀨瀨自己想跟哪一邊太殘酷了吧？即使問了，我想那孩子也會回答『爸爸』。」

因為我比較窩囊嘛。水人搔著頭說道。

「我並不覺得你窩囊，不過……說得也是，瀨瀨一定會說她『想陪著爸爸』。」

我看向水人，看向水人身後那片遼闊的大海，以及遠方的海平線。也許在守靈那晚，水人說「我們三個人一起，搬到遙遠的地方去吧」，而我答不上話的那一刻，水人就已經下定了一半的決心。剩下的，只需要像等待滿潮一樣，靜候恰當的時機來臨。

「我還沒告訴哥哥他們，但我想他們應該會原諒我吧。雖然我很清楚，孩子即使被再多的親戚團團圍繞，也比不上一個母親，但我會努力的。」

「雖說我是她的母親，但我做的事也沒那麼了不起。」

我說。

「陪在她身邊餵她吃飯、好好愛她的人，無論是誰都沒有差別。我不認為生下她的那個人所做的事有多特別、多珍貴。」

「這樣啊。」

如果我說，我哪裡也不會去、要一輩子跟水人在一起，我們之間會恢復原樣嗎？像結珠到來之前那樣過著生活，直到有一天瀨瀨離家獨立之後，我依舊在小酒店工作。店裡會有一定數量的客人光顧，說我「以前是個美女」，而我會在這遼闊大海與群山交界的小鎮上，過著平凡安穩的生活。這種人生一點也不差，我真的這麼想，口中卻說不出挽留水人的話。曾經為了一無所有的我捨棄一切的水人，正準備選擇沒有我的未來。

「這段時間我很快樂。」

我情不自禁地用了過去式。

「跟你和瀨瀨在一起的時光，真的很快樂。」

「我也是。」

水人笑了，是我從前經常見到的那種，靦腆又令人懷念的笑容。遠處的雲層散開，天空散發出亮白的光。和那張相片一模一樣的情景。合成的天空與海洋，比喻的並不是我和結珠，而是我和水人。我們被扭曲的羈絆拼湊在一塊，如今終於要各自分飛。我內心某處鬆了一口氣，覺得這一天終於來了，水人肯定也一樣。

「妳要不要跟瀨瀨見個面？」

「不用，我不會再跟她見面了。你要怎麼跟她解釋、把我說成什麼樣子，我都無所謂。」

「需要幫妳轉達什麼嗎？」

「不必了。我沒什麼想說的。」

正確來說，是想說的太多，不可能將它統整為一段話。晚上就寢時瀨瀨不在身邊，早晨起床時瀨瀨不在身旁，瀨瀨的笑聲、哭臉、耍賴時鼓起臉頰的神情——將這一切全數拋棄，我一定會寂寞、會悲傷，會痛苦掙扎無數次吧。一想到我也要將同樣的痛苦帶給女兒，心臟就像被擰碎一般地痛。無法為妳做到任何事，真對不起呀，明明該目送著妳用自己的雙腳離開我身邊才對的。我不向神明祈禱，我祈禱的對象是水人，以及水人身邊的親戚朋友。請守護那孩子，請讓她幸福，幸福得足以忘記有我這個母親的存在。

「謝謝妳，果遠。」

我不發一語地凝視著水人，感覺我一開口說話就要哭出來了。我想將我丈夫最後展現的笑容好好銘記在心底，比那張相片更加鮮明、更加珍重。

隔天早上，弟弟頂著一雙有些發腫的眼睛起床，用清晰的聲音向我道「早安」，吃光了兩片吐司。即使不多交談，從這些細微舉動就能看出小直正以自己的方式嘗試理解我所說的話。正因為是共同生活，我們才能接收到這種細微的信號，無數的信號層層累積，「家人」就是這麼像派一樣堆疊而成的吧。

我先打了通電話，然後帶小直到醫院檢查，接著是自由學校、岡林先生的店鋪，我們兩個人跑了好幾處低頭向各方致歉。宗田先生慚愧地說「我監督不周，才該向妳道歉」，還告訴小直「等到塵埃落定之後，歡迎你再來上課」。岡林先生則拍拍小直的肩膀說，「要是有什麼不如意，我隨時可以帶你去潛水哦」，誰也沒有質問他「為什麼做出那種事」。小直臉上始終帶著老實乖順的表情，肯定也感受到了他們的體諒吧。

「我們稍微休息一下，吃個午飯吧。」

下午我們預計到新宮的警察局致歉。原本還想去水人先生那邊一趟，但我丈夫詢問過他的安排，水人先生說他「今天有點忙碌」，委婉拒絕了。畢竟瀨瀨都那麼說了，水人先生似乎也完全無意責備小直，但即使聽丈夫這麼轉達，我也無法擺出無所謂的神情說「哦，那就算了」。

我們走進車站附近一間賣鰹魚茶泡飯的餐廳之後，小直垂下肩膀說了句「對不起」。

「嗯？」

「一大早就害妳一直道歉。」

「沒關係啦——倒也不能說沒關係，不過我工作上動不動就需要道歉，已經很習慣了。」

「是這樣嗎？」

「老師就是這樣的工作啊。非常抱歉，是我指導能力不足——這句話我不知重複過幾百次了。跟年紀更大的老師道歉、跟地位更高的老師道歉、跟家長道歉……雖然一部分也是因為我辦事太不牢靠的關係。」

「妳不會想辭職嗎？」

「會啊會啊，一天大概想個一百次吧。但大概每一百天，也會發生一次開心得不得了的事，足以蓋過辭職的念頭。」

我心想這是個好機會，於是向小直提起了接下來的打算。

「那個呀，我不會再到自由學校當志工了。」

「是因為我的關係？」

「這也是一部分的考量。但我本來就只是順其自然接受了這個安排，這並不是我原本的工作。我已經休息了很久，該回去了。」

要是相安無事地繼續在自由學校擔任志工，我可能會隨波逐流，就這麼辭去教師的工作吧。在這點上，我甚至很感謝小直。

「所以，我打算在近期內搬回東京。假如小直你想留在這裡生活，我也沒辦法滿足這個要求了。你還沒長大，許多事無法自己選擇，現在只能請你理解這是沒辦法的事情。」

「……嗯。」

「當然，在能力範圍內，我還是希望盡可能配合你的意願。你可以選擇回東京家裡住，或者在東京跟我一起住，還有個選擇是搬到哥哥那裡。」

聽見第三個選項，小直睜大眼睛。

「你知道他在九州離島一間診所工作吧？我打電話問過他願不願意收留你了。」

出乎我的意料，哥哥乾脆地回答「是可以」，接受了這個請求。

——他已經國中二年級了吧？我完全不打算照顧他的生活起居，不過只是讓他住在家裡的話沒什麼關係。

——真的？

——真的，但這段期間他在我家當食客的各種開銷，我可要在老爸分遺產的時候一毛不差地扣除啊。

——那些錢我會幫他付清。

我加重了語氣。

——少說這種斤斤計較的話，你要是在小直面前這樣講，我是不會原諒你的。

——好啦，知道了、知道了。

哥哥嫌麻煩似的回答完，悶聲笑著說「感覺妳好像不太一樣了」。

——是嗎？

——好像變得更堅強了。哎，妳一定也經歷過各式各樣的磨練吧。

我感受到當年，他對幼小的我說出「妳也很辛苦啊」的同一種溫暖。

「哥哥他雖然同意了，不過……他畢竟算不上『好人』，和爸爸一樣基本上對別人漠不關心，所以我不太推薦。除此之外，也可以考慮有宿舍的學校之類——」

話還沒說完，小直便回答：「我想去哥哥那裡。」

「不必立刻決定哦，再花點時間思考一下吧？」

「沒關係……因為哥哥不喜歡，也不討厭我。現在我覺得這種關係剛剛好。」

「這樣啊？」

「姊姊，妳之前很討厭我吧。」

小直本來不是會直接問這種問題的孩子，因此我有些張皇失措地回答：

「不能說是討厭，但我對你的感情很複雜。」

「我知道妳一向不喜歡我。那時候聽爸爸說，姊姊妳要搬到很遠的地方去，我就覺得好不公平。明明我哪裡都去不了，但姊姊是大人，愛怎麼做就能怎麼做……所以我明知道妳會不高興，還是不請自來地跑來找妳了，對不起。可是，妳卻還願意親切地對待我，真的很謝謝妳。我已經沒事了。」

小直的眼中充滿明確的決心，看來已經不需要我再多加干預了。他肯定會在轉眼間長大成人，做出屬於小直自己的人生選擇吧。對於無法在他身邊見證這個過程，我第一次感到有些落寞。

離開餐廳，我傳了LINE給果遠，問她「你們那邊安頓下來了嗎？」，她回覆我「嗯，沒事了」。我邊猶豫著該不該打電話給她，邊處理各種待辦事項，天色眨眼間就暗了下來。到了晚上十點左右，水人先生突然來到了我們家。

「不好意思，這麼晚來打擾你們。我哄女兒上床睡覺之後才過來，所以才會拖到這個時間。」

他在玄關前深深鞠躬，我和丈夫都慌了手腳。

「別這麼說，該道歉的是我們這一方。」

或許是今天也各種忙亂的關係，小直很早就說「我要睡了」，窩回自己房間去了。該叫他起床嗎？在我和丈夫面面相覷的時候，水人先生先一步表示「不用麻煩了」。

「再請您轉告您弟弟不用介意，聽說他經常陪我們家瀨瀨玩，我對他很感謝。」

「那個，瀨瀨還在新宮那邊嗎？」

「關於這件事……」

水人先生不知為何有些支吾其詞，他看向我丈夫，問他「方不方便讓我跟藤野老師在外面談談」。

「只要給我五分鐘就好。」

我丈夫點了頭，於是我困惑不解地穿上涼鞋，走出屋外。一直下到傍晚的小雨已經停了，外頭悶熱得像走在蒸氣當中。

「我會跟果遠離婚。」

我身上剛滲出的汗水一口氣全倒抽回去。

「咦？」

「申請書已經送出去了。我們打算讓瀨瀨就這麼留在我老家那邊生活。」

這個人在說什麼？我跟不上他這段話，不知所措地說「咦、咦，請等一下」。

「這是怎麼一回事？怎麼這麼突然……那個，這一次事件都是我的責任，外出旅遊也是我提議的，果遠完全沒有……」

「並不是因為這件事。」

水人先生十分平靜，與我形成鮮明對比。

「只是事情已經決定了，這也是我們兩人都接受的結果。」

「為什麼特地告訴我呢？」

「這個問題，藤野老師您知道得比我更清楚吧。」

他的語氣淡然，感受不到任何憤怒或嫉妒，我一時說不出話來。

「我和果遠，本來就像各自死去了一半一樣。我們沒有想去的地方，也沒有想做的事，兩個假死狀態的人處得還算不錯，而瀨瀨把我們拼在了一塊。我不曉得藤野老師您和果遠之間發生過什麼，不過遇見您之後，果遠死去的那一半復甦了。看見果遠那副模樣，我自己也產生了復甦的渴望——用言詞說明的話就是這麼回事。不好意思，我不太會表達。」

水人先生稍微向我欠了欠身，邁開步伐。直到車子的引擎聲遠去之後，我還呆呆地站在原地。

「……結珠？」

丈夫略顯遲疑的聲音使我猛然回神。我一把抓起掛在玄關掛鉤上的車鑰匙，白天她在LINE上傳來的那句「沒事了」原來是個天大的謊言。

「怎麼了？」

「我去果遠那邊一趟。」

我說完立刻想折回屋外，丈夫卻抽走了我手中的鑰匙。

「我載妳去吧。」

「不用了，就在附近而已。」

「不是的，因為妳看起來有點亢奮，感覺很危險。」

「好，那麻煩你了。」

我沒有時間繼續爭辯，所以才直接聽從他的要求，丈夫卻將車子往「繁花」的反方向開。「等等，你為什麼……」我在副駕駛座上抗議。

「讓我稍微繞點遠路吧。」

「請不要開玩笑了，我趕時間。」

「我沒在開玩笑，有很重要的事。」

他正經的側臉讓我噤了聲。果遠也好、這個人也好，都充滿了我不瞭解的部分。將轎車停在海岬燈塔附近的停車場，他終於恢復成那個我所熟悉的丈夫，喃喃說著「真懷念啊」。

「剛來到這裡的時候，我在這裡跟果遠說過話。」

「咦？」

「我說過，我並不是沒有事情瞞著妳，對吧？」

丈夫把他曾經見過果遠、事情的開端能追溯到高中時代的事全都告訴了我，果遠曾經為了保護我、試圖陷害我丈夫的事也不例外。我全都是第一次聽說，再加上水人先生剛才那番話，我感覺像大腦連續被揍了兩拳，讓人頭暈目眩。

「太難以置信了。你為什麼一直沒告訴我？」

「這個嘛，因為她叫我絕對不能說呀。」

「結珠。」丈夫溫柔地對我說：

「妳之前問過我，為什麼對妳這麼好吧？那是因為，我總是在妳身後看見果遠啊。一回想起那女孩使盡渾身解數，不顧後果衝上來說『要是敢傷害她，我不會放過你』的模樣，該怎麼說呢，總會督促我繃緊神經吧……警惕自己，不要做出無顏面對她的舉動。」

我想像著倒映在丈夫眼中，我所不曾見過的果遠是什麼模樣，感到有一點點不甘心。

「畢竟她給人的印象實在非常強烈。」

「我懂。」我說。

丈夫笑著，解開了安全帶。

「好了，看來結珠妳也冷靜下來了，我就走路回去吧。」

「素生。」

未經思索，婚前稱呼他的名字脫口而出。

「哈哈，這也好懷念啊。」

「我很感謝你，很尊敬你，對你沒有任何一丁點的不滿。」

「這是個善意的謊言。」

他打開車門鎖，另一手摸了摸我的頭。

「除了『我不是她』這一點以外，對吧？……我在家裡等妳，去吧。」

丈夫下了車，我鑽進駕駛座，發動引擎。丈夫的身影在側視鏡中越來越小，一轉眼便看不見了。

牛奶快過期了。我正想著要不要泡個可可來喝，這時突然有人「咚咚咚」地敲著我家後門。是喝醉的酒鬼嗎？我握住菜刀問「請問哪位」，門扇另一頭傳來一聲「是我」。

我趕緊去開門，結珠看見菜刀，小聲發出驚叫。

「啊，抱歉，我以為是什麼可疑人物。」
「嚇我一跳……也對，大半夜的跑來，妳有點戒心也是當然的哦，真抱歉。」
結珠氣喘吁吁地說。
「怎麼了？」
「還問我怎麼了，我聽水人先生說了你們離婚的事。」
「啊、嗯，對啊。」
「說得這麼輕鬆沒關係嗎？」
「說得再沉重也無可奈何啊。哎，妳該不會覺得自己有責任吧？結珠，這件事不是妳的錯哦，只是該來的終於來了。要是繼續拖下去，我們雙方都會更加痛苦，所以這樣就好。雖然對瀨瀨很抱歉……結果直到最後，我還是無法成為一個稱職的『母親』啊。」
「沒那種事。」
結珠使勁搖頭。
「妳不要把自己說成那樣。」
「妳是擔心我才跑來的？」
「該說是擔心嗎……我想說，妳會不會又要遠走高飛了。」
「怎麼可能。」我一笑置之，「酒店還在這邊，我也還有剩下的手續要辦。」
「太好了。」
結珠兩手空空，幾乎素顏。她真的什麼也顧不得，就急匆匆為我趕了過來，這讓我好高興。

「總不好一直站著說話，妳要不要進來坐坐?不過我正在整理瀨瀨的東西，屋裡很亂就是了。」

「可以嗎？」

「當然。」

爬上二樓，結珠在狹窄的室內東張西望，喃喃說「這感覺好懷念哦」。

「讓我想起小時候在公寓社區，進到妳家裡時的情景。」

「兩間屋子都一樣破舊嘛。哎，我整理壁櫥的時候，找到了一個好東西。」

我拿出那臺幼兒用的迷你鋼琴，擺在結珠面前。尺寸大約比Ａ４紙稍大一些，頂蓋打不開，不過它做成了平臺鋼琴的外型，也有琴腳。「好可愛哦！」結珠發出讚嘆。

「我忘記是水人買的，還是客人送的了。當時因為瀨瀨對它一點興趣也沒有，後來就一直收著，都忘了有這東西。」

「小孩子常常這樣呢。」

「哎，妳彈彈看嘛。」

「太小了啦。」

儘管嘴上這麼說，結珠還是以雙手小心翼翼地按下迷你琴鍵。咚、咚，不具延展性的生硬琴聲傳了出來。

「好厲害，真的彈得出聲音耶。」

「是沒錯，但感覺手指會抽筋。」
「那妳加油。」
「說得這麼事不關己。」
「對了，我剛才本來想泡熱可可，也去幫妳泡一杯哦。」
在一樓加熱牛奶、攪拌可可粉的期間，我一直聽得到細微的卡農旋律傳來。剛開始還彈得斷斷續續，沒多久或許是掌握了訣竅，旋律開始順暢地流淌，像蜘蛛網上連綿不斷的雨滴。這麼一聽，音符確實像在追逐著彼此一樣，我充分理解了「輪唱」的意思。沉浸在香甜的氣味之中，豎起耳朵聽著琴聲，我心想，我是多麼幸福啊。
我端著兩個馬克杯上樓，看見結珠趴在地上，以手肘底下墊著坐墊的姿勢彈著鋼琴。
「真抱歉，姿勢這麼沒規矩，但這樣彈起來最舒適。」
「這樣就稱得上沒規矩，妳還太遜了。」
「這有什麼好比的？」
結珠笑著坐起身，喝了一口熱可可，說：「好甜。」
「抱歉，我砂糖可能加太多了。」
「不會呀，可可就是該甜一點。」
我們並肩倚坐在牆邊，隨意伸展雙腿，呼、呼地吹著氣啜飲熱可可。
「……我打算回東京去。」
結珠說。

「這樣啊。」
「妳不驚訝嗎？」
「我之前就覺得妳會這麼做。不只是『打算』，妳已經決定了吧？」
「嗯。我還是不想半途扔下自己的工作，所以想再努力一次看看。」
跟只顧眼前、得過且過的我不一樣，結珠實在是個個性認真的人。
「那小直呢？」
「這個呀，他說要搬到哥哥那邊去住。他本人的態度很積極。」
「哇。」
「驚訝嗎？」
「嗯。」
「那我再告訴妳一件更驚訝的事哦？」
「嗯。」
「我先生跟我說囉，果遠妳的事蹟。」
「那傢伙……」
我反射性地咋舌，結珠上下踢動著雙腳大笑。
「妳為什麼要一直隱瞞到現在？告訴我也沒關係吧。」
「我才說不出口，太丟臉了。」
「哪裡丟臉？」

「全部。明明什麼也做不到，還自以為是地瞧不起藤野，覺得『反正男人全都一個樣』。但是，那個人遠比我更加成熟，又非常光明磊落。每次一回想起來，就讓我既羞恥又不甘心，所以總是不由自主地對他態度很差。」

「光明磊落，嗯，這個詞確實很適合我丈夫。但是，他好像是因為在我身後看見果遠，才總是能夠保持誠實哦。」

「什麼意思，妳身上附著我的怨魂嗎？」

「不要說那麼嚇人的話。」

「藤野現在在做什麼？」

「在等我。」

結珠緊緊縮起雙膝回答：

「他說，他會等我。」

藤野這傢伙，真的有夠笨。要是希望結珠回到他身邊，何必那麼多嘴啊。我就是受不了他這點，所以才一直不喜歡藤野。

可是，我很慶幸結珠身邊的人是你。

喝完熱可可，我又拜託結珠繼續彈鋼琴。結珠表現出一副拿我沒轍的樣子，卻二話不說為我彈起了卡農。我閉上眼睛，專注聆聽，午後的公寓社區、開學典禮的禮堂、禮拜堂、圖書室、音樂教室、打工回家的夜路、街燈下的水窪，一切的一切似乎都與音符一起，逐漸飄向又高又遠的地方。等到徹底無法觸及的時候，我就能愛上它們，沒有後悔，也沒有焦躁。

沒多久，像沒有盡頭一樣繞著圈子的卡農慢慢開始出現破綻，錯音、漏彈，節奏混亂。聽見結珠焦急地說「咦」、「抱歉」，我睜開眼睛。

「累了嗎？」

「沒有呀——咦、等等，為什麼……」

結珠的手指伏在琴鍵上，狀似沉重地搖著頭。見我拿著空馬克杯站起身，她瞇細眼睛咕噥：「真不敢相信……」

「妳在裡面下了藥吧？」

「我還是控制過藥量了，用得比妳媽媽那一次更少。」

「別開玩笑了。」

儘管咬字含糊不清，仍然聽得出她正拚命與睡魔搏鬥。

「抱歉呀，我怕我會喪失決心，所以無論如何都想立刻出發。」

「那樣的話——」

「妳想說，妳要和我一起走嗎？我就是因為有這種預感才下藥的。」

「為什麼？」

「即使我們切斷各種牽絆，兩人一起重新開始，結珠妳一定也無法忘記過去。妳會想起瀨瀨和藤野，受罪惡感折磨。結珠，妳就是這樣的人吧？所以我才喜歡妳。」

既然曾經要結珠「待在有光的地方」，我可不能自己在她身上投下陰影。

「那種事——」

結珠還想再說什麼，我以一句「我很害怕」打斷了她。說不定我並沒有自己想像中那麼堅強。

「我害怕我們終有一天會分開。我們都是大人了，這一次這段關係或許不會因為外力中斷，而會毀壞在我自己手上，那我無法忍受。所以，我期待有朝一日再和妳毫無預警地重逢。下一次可能是三十年後吧？」

「我不想要那樣。」

「對不起。」

「果遠。」

「等妳醒來，就回到藤野身邊去吧——待在有光的地方。」

「妳不要走。」

最後一句話可能是擠出了僅存的力氣，特別清晰響亮。下一秒，她整個人便斷氣似的跌進坐墊。我想應該不至於窒息吧，但以防萬一，還是將她翻過來呈現仰躺姿勢，結珠「嗯嗯」地低聲悶哼，像在抗議一樣。要不是現在這種狀況，好想悠哉欣賞她的睡臉啊。

在熟睡的結珠身旁，我繼續替瀨瀨打包剛才整理到一半的行李，收拾舊物。說歸說，我也只是將東西一個接一個丟進紙箱而已。原以為這個家裡沒什麼東西，真的到了打包的時候，才發現分量還是相當可觀。我還挖出了奶奶的肚圍和媽媽的女用襯衫，感傷了一瞬間，然後將它們扔進「丟棄」的箱子裡。收著收著，外頭的天色開始發白，我已筋疲力盡，於是決定半途而廢地把剩下的事交託給水人。他應該會在今天內來拿東西。

給水人：

我把瀨瀨的東西打包好了，其餘物品請你全部處理掉。我會遞送解約通知書到房仲那邊，雖然很不好意思，但後續的手續再麻煩你了。萬一結珠還睡在這裡的話，請把她叫醒吧。

我拿膠帶將這張任性妄為到極點的便條貼在小鋼琴上，把馬克杯清洗乾淨，只拿著之前帶到長野的那個手提包走出家門。電車尚未發車，因此我一手拿著便利商店買的罐裝啤酒，一路走到海岸邊，直接往人煙稀少的沙灘上一坐，咕嘟咕嘟灌下啤酒。經過剛才的身體勞動，啤酒顯得特別美味。

適逢梅雨的中場休息，鋪展在眼前的天空久違地不只有黑白灰三種顏色，是我喜歡的那種黎明的淡粉色。雲朵呈現飛鳥展翅的形狀，好多好多塊形成了鳥群，向著海平線飛去。啊，看起來也像船隻，薔薇色的行船，正航過早晨澄澈的天空。那裡有小綠、有千紗姊、有奶奶、有媽媽，那些與我相遇、離別，再也見不到面的人們。我站起身，使勁揮了揮手。

太大意了，我忘了果遠是個大騙子。但果遠也有所疏忽——她減少了藥量。停職前後，我也到身心科拿過安眠藥，似乎產生了一點抗藥性，勉強在還能稱作清早的時段取回了意識。掛鐘的指針指著七點多，我抵抗著濃烈到像在蛹中被融化成泥的睡意爬起來，跌跌撞撞走到廚房，扒著流理臺把頭伸進水龍頭正下方，將水流開到最大。沖過水，我拿馬克杯將水大口大口灌下肚，以求多少稀釋一下藥性。一想到自己被裝在這杯子裡的可可擺了一道就讓我生氣。果遠家的轎車被水人先生開走了，如果要離開這個城鎮，她人可能在車站。該跑過去，還是開車？我猶豫了一下，還是決定開車，於是立刻趕往停車場。沒有綁帶的涼鞋跑起來礙手礙腳也讓我生氣，頭髮上滴落的水珠也好、一大早就刺痛肌膚的豔陽也好，一切都教人火冒三丈。

擅自做出這種決定，這樣為所欲為。幾天前才告訴過她不要突然消失不見、惹我傷心，結果她根本不聽。是瞧不起我吧，覺得我醒來之後肯定會回到丈夫身邊求取安慰，乖乖再續前緣。開什麼玩笑，不要單方面認定我「就是這樣的人」。我會證明給妳看，妳看好了。

一坐上車，我差點敵不過頑強的睡意，於是握緊拳頭，往自己眉心狠狠揍了一拳。鼻根和手指都痛得要命，眼皮內側迸出火花，拜此所賜我清醒了不少。「好。」我打起精神開往車站，一靠著圓環停好車便奮不顧身地全力往車站跑，看見票口另一側停著一輛特急列車。果遠的背影被吸進車門。

「果遠！」

我甩亂了濡溼的頭髮，用盡全力大喊。不要走，明天也跟我在一起，然後兩個人一起思考後天該何去何從。果遠回過頭來，車門在她眼前關閉。仗著車站裝設的不是自動驗票閘門，我直接跑進站內，卻還是趕不及。電車在轉眼間駛遠，我在月臺正中央跪下，喘得上氣不接下氣。

「小姐，別這樣亂來。」

站務員走近我，彎下身來，卻一臉吃驚地抬起制服帽的帽簷。

「喂、喂，妳沒事吧？」

「咦？」

我抬起臉，有某種溫熱的東西流進嘴裡，味道嚐起來不怎麼樣。

「妳是不是情緒太激動了？流鼻血了。」

是剛才那一拳的關係吧。血從下巴滴落水泥地面，立刻被水滴稀釋。呵，笑意湧了上來。我有幾十年沒流過鼻血了？

「不好意思，我沒事。」

我站起身，手背往鼻子底下用力一抹。

嚇我一跳，我的心臟還狂跳不止。我沒想過她居然會追到這裡來，假如列車再晚一分鐘發車就要被她追上了——不對，我可能會高興到自己走下電車吧。意志實在薄弱到教人慚愧。

我在靠海的位置上坐下，往車窗外眺望。太陽已經完全升起，毫不留情灑下純白的日光。駛過幾站之後，軌道往海岸線貼近了許多。我拿出智慧型手機，打開郵件APP，輸入要傳給藤野的訊息。

『請你到「繁花」來接結珠回去。』

只是短短的一句話，我的手指卻不太靈光，花了一段時間打字。明明是我自己拋下她的，卻無法下定決心按下「傳送」。這封郵件傳出去，一切就結束了。拋下了水人、瀨瀨和結珠，我接下來該如何是好？明天的到來讓我害怕，我咬緊牙關，想咬碎那些喪氣的想法。沒事的，有得是辦法。之前也是一路這麼走到今天的，不是嗎？有朝一日或許還能相見，靠著這一個渺茫的希望，我就能夠活下去。

手機螢幕反射炫目的陽光，什麼也看不見了。我想拉上窗簾，抬起臉時，視野一角有個東西吸引了我的目光。那是一輛轎車，開在沿著海岸鋪展的國道上。白色的Prius。從這裡看不清車牌，也看不見駕駛，我卻沒來由地明白——

那是結珠的車。

好不容易平靜下來的心臟再一次狂跳起來。她是打算先繞到停靠站等我。下一站在哪裡停車？該怎麼辦？

我明明害怕，明知道不該如此，卻滿心期待。按捺著想邁步奔跑的心情，我將臉抵在車窗上，無法再靠得更近實在令人焦躁難耐。結珠，妳看得見我嗎？

大海在發光，浪頭在發光，天空也在發光。結珠那輛轎車的引擎蓋和擋風玻璃，全都沐浴在有光的地方。

國家圖書館出版品預行編目資料

請待在有光的地方 / 一穂ミチ 著；簡捷 譯. --
初版. -- 臺北市：皇冠, 2024. 06
432面；21×14.8公分. --(皇冠叢書；第5163
種)(大賞；163)
譯自：光のとこにいてね

ISBN 978-957-33-4151-2 (平裝)

861.57　　　113006254

皇冠叢書第5163種
大賞 | 163

請待在有光的地方

光のとこにいてね

作　　者—一穂ミチ（Ichiho Michi）
譯　　者—簡　捷
發 行 人—平　雲
出版發行—皇冠文化出版有限公司
臺北市敦化北路120巷50號
電話◎02-27168888
郵撥帳號◎15261516號
皇冠出版社(香港)有限公司
香港銅鑼灣道180號百樂商業中心
19字樓1903室
電話◎2529-1778　傳真◎2527-0904
總 編 輯—許婷婷
責任編輯—蔡承歡
封面設計—鄭婷之
內頁設計—李偉涵
行銷企劃—薛晴方
著作完成日期—2022年
初版一刷日期—2024年6月

法律顧問—王惠光律師

讀者服務傳真專線◎02-27150507
電腦編號◎506163
ISBN◎978-957-33-4151-2
Printed in Taiwan
本書特價◎新臺幣499元/港幣166元